RECUÉRDAME

UN ROMANCE DE OFICINA CON CITAS FALSAS

SYNERGY
LIBRO 5

MICHELLE MCCRAW

1

MIMI

LO HABÍA OLVIDADO TODO. Excepto sus bonitos ojos.

Azules y redondos, aunque el tequila había opacado los detalles. No podía recordar el tono exacto o si tenían manchitas. Solo azules. Y lentes. Lentes a lo Clark Kent. La lámpara colgante que pendía sobre nuestras cabezas destellaba en los cristales.

La forma y el color de los marcos estaban borrosos en mi memoria, pero estaba un noventa y dos por ciento segura de que no eran redondos y de metal como los de Byron. Incluso tan borracha como estaba, habría corrido en la dirección opuesta.

¿Cuánto tiempo me había quedado mirando sus ojos mientras estábamos sentadas en ese bar de la calle Divisadero? Parecieron horas, pero el tequila. Tanto tequila.

Un destello de memoria: ojos azules arrugados por la preocupación y una mano grande agarrándome el brazo para estabilizarme en el taburete. Y otro destello, aunque este se me escapaba, justo fuera de mi alcance. Su mirada clavada en mí, seria e intensa. Algo presionado en mi mano.

Me miré la palma de la mano como si todavía fuera a estar ahí. Pero no había nada, excepto un feo anillo de plástico, el falso diamante luminoso del tamaño de una nuez. Cuando lo toqué, parpadeó débilmente en un rosa neón. Como dama de honor de Bree, había impuesto la regla: nada de chucherías vulgares en su despedida de soltera. Pero una de las otras amigas de Bree había traído una bolsa llena de porquerías de plástico. Y después de un par de chupitos de tequila, las reglas me importaron un bledo. Me arranqué el anillo del dedo y lo dejé caer sobre la encimera.

Maldita resaca. Me froté la sien, pero eso no alivió en absoluto la opresión alrededor de mi cerebro.

Aunque no recordaba mucho de su aspecto, sí recordaba cómo me había hecho sentir el hombre misterioso de anoche. Interesante. Cuidada. Segura. Y me había reído tanto que los músculos del estómago todavía me dolían un poco.

En realidad, eso podría haber sido por los vómitos.

El zumbido de mi teléfono contra la encimera de la cocina desató un nuevo dolor en algún lugar cerca de mis molares.

Le quité de encima la banda fucsia barata —la inscripción decía: «Hot Mess», y ¿no había *resultado* ser cierto?— y la tiré a un lado. Deslicé el teléfono por la encimera y entrecerré un ojo para mirar la pantalla. Bree. Apreté el botón de responder.

—¿Por qué estás despierta tan temprano?

Ella gimió y su voz salió ronca. —Tuve que abrazar el trono. Bebiste tanto como yo. ¿Cómo estás?

—Igual. —«¿Qué tal mi aliento?». No podía llegar a mi presentación oliendo a tequila regurgitado. Ahuequé la mano sobre mi boca, exhalé y olfateé. Fresco como menta. Metí una cápsula en la cafetera y pulsé el botón de preparación.

—Mimi —se quejó mi mejor amiga—, ¿no era esto más fácil a los veinte?

—¿La parte de beber o la de la resaca?

—Ambas. Recuerdo salir el sábado por la noche y luego beber mimosas en el *brunch* del domingo. Ahora, solo pensar en champán —o en jugo de naranja— me da ganas de vomitar.

—Supongo que muchas cosas son diferentes ahora que pasamos los treinta. —Como el extraño sarpullido alrededor de mi boca que tuve que cubrir con una capa extra de base de maqui-llaje. Uno que se parecía sospechosamente a una irritación por barba, aunque definitivamente no recordaba haber besado a nadie —. Oye, ¿recuerdas mucho de anoche?

—Uf, la verdad es que no. Sobre todo después de la tercera ronda de chupitos de tequila.

¿Tercera ronda? Esforcé mi perezosa memoria, pero todo era una nebulosa de la cabeza de Bree echada hacia atrás en una carcajada, las risitas de las otras chicas y esos lentes enmarcando un par de ojos azules centelleantes.

La luz de la cafetera se apagó y tomé mi taza. Su aroma amargo hizo que se me revolviera el estómago. La volví a dejar en la encimera. —¿Te la pasaste bien?

—Sí. Gracias por venir. Sé que tenías mucho lío con la fiesta de compromiso de tu hermano ayer.

—No me habría perdido tu despedida de soltera por nada del mundo. Hemos sido amigas por demasiado tiempo para eso. —Éramos mejores amigas desde que nos conocimos en el cine viendo *Los Increíbles*. Ninguna de nuestras familias había querido verla con nosotras. Era la tercera vez para mí, la quinta para ella. Nos unió lo mucho que nos identificábamos con Violet, aunque entonces no sabíamos cómo expresarlo. A medida que nuestra amistad se profundizó, nos obsesionamos con Spider-Man, el Superman de Henry Cavill y cada uno de los Vengadores.

Así que, aunque normalmente no perdía el tiempo en fiestas, había reorganizado todo mi fin de semana para poder asistir tanto a la fiesta de Ben como a la suya, trabajando hasta tarde el viernes por la noche para terminar mi presentación.

—Gracias a Dios que tenemos un día para recuperarnos antes de tener que volver al trabajo —dijo ella.

Hice un ruidito con la garganta y saqué mi presentación del maletín, solo para revisarla una última vez. Los nítidos gráficos circulares, los gráficos de líneas mostrando mis proyecciones. No había nada que la perfecta de Larissa pudiera criticar, e íbamos a impresionar a su jefe, Jackson Jones. Quien también resultaba ser un ejecutivo en Synergy, donde yo trabajaba.

—Oh, no —dijo Bree—. Ese no es un *hmm* de «me vuelvo a la cama». Es un *hmm* de «voy a correr dieciséis kilómetros».

Me reí entre dientes. —Sabes que odio correr. En realidad, tengo que trabajar hoy.

—¿Un domingo?

—Es para la fundación. Tenemos una reunión con almuerzo en el Mission en media hora, y voy a presentarle el presupuesto del próximo año a Jackson Jones.

—Espera, ¿ni siquiera te *pagan* por esto?

—No. —Aunque algún día, si le copiaba a mi hermanito y convertía mi pasión en un trabajo remunerado, podría tener un día libre de vez en cuando—. La cultura del *hustle,* ya sabes.

—Uf, no me vengas con esa tontería. Eres un sol. Lo haces por... por los niños.

Sabía que casi había dicho *por mí.* Era cierto que había empezado a ser voluntaria en la fundación por mi mejor amiga. Desde la vez que oí a ese imbécil, Anthony Anker, llamarla Barbie Parpadeos el primer día de séptimo grado. Había querido plantarle cara, probar el puñetazo que mi hermano me había enseñado el verano anterior, *definitivamente* asegurarme de que Anthony nunca más se burlara del tic de mi amiga, pero Bree me había detenido, diciéndome que no valía la pena que me castigaran por él. Pero todos estos años después, había seguido con mi trabajo voluntario porque de verdad amaba el trabajo que la fundación hacía por los niños con síndrome de Tourette. Niños como lo había sido Bree.

Justo había abierto la boca para romper la tensión con una broma cuando ella dijo: —¿Pensaste en lo que hablamos anoche?

Mirando mi póster del Doctor Strange, busqué en mis recuerdos algo más que tequila, gritos de risa y bailes. ¿Bailes? —Vas a tener que refrescarme la memoria.

—¿No te acuerdas? —Mierda, sonaba dolida—. Hablamos de que eres la última soltera de nuestro grupo de amigos. Prometiste intentar...

—Lo dudo. —Giré mi taza sobre la encimera hasta que el asa formó un ángulo preciso de 45 grados—. Sabes lo centrada que estoy en mi carrera ahora. Y en la fundación. No tengo tiempo para distracciones.

—¿Una distracción como Byron, quieres decir? Ese tipo era un patán de primera. Hay montones de chicos buenos por ahí, Mimi. Chicos que te ayudarán y no te robarán tu ascenso.

—No necesito ayuda. Puedo triunfar por mis propios medios. —Las palabras salieron más cortantes de lo que pretendía.

—Lo sé, lo sé. Todo lo que necesitas es inteligencia, empuje…

—Y confianza —terminamos a la vez. Mi madre había dicho esas palabras como un millón de veces.

—Tu mamá se casó —dijo Bree.

—Es la mejor abogada medioambiental del estado. Nunca me compararía con ella. Y solo porque estés a una semana de dar el «sí, quiero» no significa que sea lo correcto para todo el mundo. Quiero establecerme en mi carrera primero.

—¿Y rascarte esa picazón con rollos de una noche?

Levanté la barbilla aunque no pudiera verme. —No hay nada de malo en mis ligues sin compromiso. Obtengo todos los beneficios y nada de las discusiones sobre a qué evento de trabajo tenemos que ir y dónde pasamos las fiestas.

—Es bastante agradable tener a alguien con quien pasar las fiestas, ¿sabes?

Apoyé una cadera contra la encimera. No se me había escapado la forma en que los ojos de mamá se habían suavizado cuando mi hermano apareció en su fiesta de Hanukkah con su prometido. Llevaban suéteres feos de Hanukkah a juego. Incluso mi frío y negro corazón se había derretido un poco al ver lo adorables que eran juntos.

¿Yo? No podía exactamente pedirle a uno de mis ligues que viniera a la fiesta de mis padres después de haberme escabullido de su apartamento antes del amanecer y haber dejado de responder a sus mensajes.

—¿Qué, quieres que aparezca en tu boda con un acompañante?

—¡No! —Su risa fue aguda y forzada—. Ya le dimos el número final al servicio de catering. Pero estás evadiendo el tema. Incluso Ben…

El intercomunicador sonó, salvándome del discurso de mi mejor amiga sobre cómo hasta mi hermanito había encontrado finalmente el amor duradero. Tenía razón en todo eso del emparejamiento. No pasaba una semana sin que llegara una invitación a una boda, una despedida de soltera o una fiesta de compromiso. Si alguien me enviaba un anuncio de nacimiento, iba a vomitar. Otra vez.

—Lo siento, Bree. Alguien está en la puerta. —Probablemente era Ben, que pasaba a ver cómo estaba. Aunque la última vez que lo vi en su fiesta de compromiso ayer por la tarde, él también estaba bastante borracho.

—Buena suerte con tu gran presentación. Sé que la romperás. ¿Me llamas después? —Hizo un ruido de beso antes de que yo colgara.

Caminé hacia el intercomunicador. Era muy propio de Ben traerme una bolsa de bollería para el desayuno para absorber el alcohol. Mi estómago gruñó.

—Hola —dije por el altavoz mientras le abría.

Abrí la puerta una rendija y me dirigí de nuevo a la cocina para guardar mi presentación en el maletín. Entonces me quedé helada. Ben todavía tenía una llave. ¿Por qué usaría el timbre?

Cuando me di la vuelta, la respuesta llenó el umbral de mi puerta. Un metro ochenta y tantos de piel bronceada, pelo rubio, una mandíbula bien afeitada que podría cortar cristal y ojos del color del océano Pacífico en un raro día soleado. El amigo de Ben, y primo de su prometido, Mateo. Me quedé mirando su hombro redondeado por los músculos, donde su camiseta negra demasiado ajustada se ceñía a él. Mirarle a la cara era como mirar al sol. Cegadoramente brillante y hermoso. Demasiado guapo para ser real. Y hoy no necesitaba una distracción que viniera en la forma de un doble de Thor coqueto.

—Buenos días, bella —dijo, entrando en mi apartamento.

Arrugué la nariz ante el leve olor a humo de cigarrillo que entró con él. Conocía a Mateo lo suficiente como para no sentir ningún aleteo en el estómago. Todo el mundo en su universo —hombres, mujeres, viejos, jóvenes— recibía un apodo coqueto. Era un donjuán para todos por igual, y no significaba nada.

Un ejemplo: en la fiesta de Ben de ayer, había estado coqueteando con Marlee, la mejor amiga de trabajo de Ben. Era la mujer más hermosa que había conocido, todo cabello suave color miel y sentido de la moda. Pero tenía pareja, y Mateo lo sabía. Aun así, lo había pillado mirándome por encima de su cabeza un par de veces. Como si quisiera que me diera cuenta de que Marlee era el tipo de persona con la que él pasaba el tiempo. Nunca alguien como yo. Conmigo, era silencioso y distante.

De hecho, ¿por qué había venido aquí esta mañana? Nunca había estado en mi casa, ni siquiera con Ben.

—¿Por qué estás aquí? —Me crucé de brazos—. ¿Se te acabaron las modelos de trajes de baño a las que seducir?

Su sonrisa resplandeciente se desvaneció. Parecía... ¿dolido? —Vine a ver cómo estabas. ¿Te sientes bien esta mañana?

—Bien —dije—. Aunque en realidad estoy en un... espera. ¿Qué sabes de anoche?

Sus cejas rubio oscuro se fruncieron. —¿No te acuerdas?

Rememoré el día de ayer. Ya estaba entonada cuando salí corriendo de la fiesta de compromiso de Ben para unirme a la despedida de soltera de Bree, que ya había empezado. ¿Se habría dado cuenta Ben y habría enviado a Mateo a vigilarme? Era el tipo de cosa que haría mi hermanito.

No recordaba haber visto a Mateo en el primer bar. Ni en el segundo. Recordaba el reservado, la mesa redonda llena de chupitos, a Bree riéndose a carcajadas, tiaras de plástico brillantes, luces de Navidad parpadeando alrededor de la ventana y la habitación girando a mi alrededor mientras las bebidas seguían llegando.

—No. ¿Por qué? ¿Estabas allí?

Las comisuras de sus labios se curvaron hacia abajo. —¿No te acuerdas?

—¿Debería? —Definitivamente recordaría si él hubiera estado en el bar. Las amigas de Bree lo habrían convertido en el rey de su corte. Lo habrían halagado, tocado, coqueteado con él de una manera que me daba repelús. No conocían a Mateo como yo. Podría ser guapo como un modelo de fitness, pero era tan profundo como un charco.

Pareció desinflarse. Luego, pegó una sombra de su habitual sonrisa burlona y me tendió una bolsa blanca de panadería. —Te traje el desayuno.

Se me revolvió el estómago. —No, gracias. Resaca. Necesito café.

—No. —Pasó a mi lado—. Necesitas carbohidratos. Azúcar. ¿Tienes té de jengibre?

Corrí para alcanzarlo, pero sus anchos hombros y el apeste a cigarrillos llenaron toda mi cocina alargada. Me ardía la garganta. No tenía tiempo para otra visita al baño. Agité la mano delante de mi cara. —Lo siento, pero hueles a humo y... —tragué saliva— me temo que mi estómago no está lo suficientemente asentado para eso. Gracias por pasar, pero...

Su rostro palideció, pero dejó la bolsa en la encimera antes de abrir de un empujón la ventana de la cocina. Vaya. Pensé que estaba sellada con pintura.

—¿Mejor ahora? —Se quedó a su lado un momento, como si pudiera airearse.

Respiré hondo el aire frío y fresco. —Mejor. Gracias.

—Ahora, para tu estómago. —Abrió un armario superior—. Necesitas algo con jengibre. ¿O nopal?

¿Nopal? —No. Vivo en el mundo real, donde bebemos café cuando tenemos resaca. Gracias por venir, pero necesito prepararme.

—¿Prepararte? —Cerró el armario y se giró hacia mí—. Te ves perfecta.

—Gracias. —Las palabras salieron secas, automáticas. Él le decía esa clase de mierdas a todo el mundo. Con mi suéter negro holgado y mis jeans, no estaba ni cerca de ser perfecta, no en comparación con un semidiós como Mateo. Obviamente, él mantenía su físico con entrenamientos diarios. Era el tipo de hombre que bebería batidos de kale con su pareja, un modelo de ropa interior igual de atractivo. Que hablaba de suplementos y repeticiones y de nopal.

No es que hubiera nada malo en eso. Simplemente era diferente. Yo prefería ejercitar mi cerebro con hojas de cálculo, impulsada por una bolsa de papitas de sal y vinagre. Al kale, paso total.

—Tengo que irme. A una reunión. Comeré allí. —Me escurrí a su lado para entrar en la cocina y echarlo.

—Sí, tu reunión con Larissa y Jackson. ¿No deberías comer primero?

—Mi… mi ¿qué? ¿Cómo sabes eso?

Miró la bolsa y murmuró algo.

Claro. Ben debió de mencionarlo en la fiesta de ayer. Con un par de copas encima, nada era un secreto. No es que mi reunión de la fundación fuera un secreto, pero definitivamente no era asunto de Mateo.

—Vale, pues, buena charla, pero estoy segura de que tienes algunos músculos que necesitan ser esculpidos. —No los tenía. Eran absolutamente perfectos, pero su ego no necesitaba que yo se lo inflara—. Y yo tengo que irme.

—Lidiarás mejor con las tonterías de Larissa si no llegas con hambre y mal humor. Prueba esto. Están deliciosos. —Alcanzó la bolsa de la panadería, pero cuando su brazo rozó el mío, dio un respingo. La bolsa golpeó mi taza de café y la volcó. Un líquido marrón oscuro se derramó por la encimera, directo hacia mis papeles.

—¡No! —Salté para recogerlos, pero el sólido cuerpo de Mateo me bloqueó el paso. El café empapó los papeles, derritiendo mis perfectos gráficos circulares y manchando mis preciosos gráficos de líneas—. Mierda, Mateo. Esa es mi presentación para… —miré el reloj de la pared— ¡para mi reunión que empieza en quince minutos!

—¿Puedes imprimir otros nuevos? —Agarró el paño de cocina y secó los papeles, pero lo único que consiguió fue transferir la mancha a mi impecable paño de color crudo. El pánico me oprimió la garganta.

—¡No! Para. —Cuando le agarré el brazo, se encogió. El papel mojado se rasgó.

Aunque pudiera secar mágicamente el papel en quince minutos, un gráfico circular unido con cinta adhesiva no iba a impresionar a nadie. Mi presentación, y mi oportunidad de impresionar a Jackson Jones, estaban arruinadas.

—Lo… lo siento, Miriam.

Mi cuerpo se acaloró y mi ira estalló. —Maldita sea, Mateo. Voy a llegar tarde, y ahora no tengo presentación. Quítate de en medio. —Tiré los papeles a la basura. No tenía tiempo de ir a la oficina a reimprimirlos. Tendría que mostrarlos en pantalla. Excepto que…

Con un horror creciente, miré el café. Se había filtrado en mi maletín. Con mi laptop dentro. Cuando la saqué, el café goteaba de una esquina.

—¡Mierda! —Le arrebaté el paño arruinado a Mateo y sequé el borde. *Por favor, por favor,* por favor, *arranca.* Coloque la laptop en una parte seca de la encimera, la abrí y presioné el botón de encendido. Unos pocos píxeles se iluminaron, y luego la pantalla se puso negra.

Apreté el botón de encendido con fuerza, y esta vez, no pasó absolutamente nada. —¡Carajo!

Su cara estaba más pálida que mi paño de cocina. —¿Puedo hacer algo?

Apreté los molares. —Lárgate.

—Yo… yo puedo pedirle a Lito… quiero decir, a Cooper… que te consiga una laptop nueva…

—¡No! —Podría ser el primo favorito de Mateo, Miguelito, pero para mí, era Cooper Fallon, el jefe del jefe de mi jefe. De ninguna manera podía enterarse de que había arruinado mi laptop de Synergy. Su temperamento era legendario, y ni siquiera su futura cuñada podría estar a salvo de uno de sus famosos regaños—. Solo vete.

—Pero yo…

—¡Vete! —Señalé la puerta.

Se encogió sobre sí mismo y se fue arrastrando los pies. La puerta de mi apartamento se cerró con un clic mientras metía mi laptop fallecida en mi maletín empapado.

Desesperada, miré de nuevo el reloj. Definitivamente llegaría tarde. Ni Larissa ni Jackson Jones quedarían impresionados. Y mañana, tendría que pedirle una laptop nueva a mi jefe.

Gracias, Mateo.

2

MIMI

NOS ÍBAMOS A REUNIR en uno de esos lugares *hipster* de moda donde el café era de comercio justo y orgánico, y los dulces —si se les podía llamar así— eran bajos en carbohidratos y aptos para la dieta keto. Un lugar que le gustaba a Larissa, que prácticamente no comía nada y nunca se perdía una clase de *spinning*. Pertenecía a la misma clase que nuestros donantes, siempre impecable, sin un solo cabello rubio fuera de lugar.

Ojalá fuera como ella.

Pero hoy, yo era todo lo contrario. Sudorosa, sin aliento y diez minutos tarde, sin ninguna presentación que mostrarles. Solo mi laptop muerta en su bolso empapado y una cabeza dolorida llena de cifras.

Estaba un sesenta y tres por ciento segura de que me despediría. ¿Aunque se puede despedir a alguien de un puesto de voluntario? De cualquier manera, no me daría el elogio que tanto ansiaba. No es que lo mereciera.

El aroma a canela y nuez moscada del café con especias navideñas me revolvió el estómago. Tragué saliva. Vomitar delante de

Jackson, Larissa y la otra mujer en su mesa sería la cereza del pastel de mi desastre.

Me apresuré a acercarme.

—Lamento llegar tarde.

Larissa no tuvo que decir ni una palabra. El arco de sus cejas y el movimiento de su lacio cabello rubio platino lo decían todo. Recordé la última vez que la había decepcionado, cuando le pedí más tiempo para procesar un cheque de gastos porque estaba concentrada en el cierre de mes de Synergy. Había roto su típica fachada dulce como la miel para decir con un tono de acero: *Ya hemos hablado de esto, Miriam. Necesito poder contar contigo.*

Y la había vuelto a decepcionar. Esta vez, delante de su jefe. La línea recta de sus labios rosados me golpeó justo en mi centro blando y complaciente. Me ardieron las mejillas.

—Siéntese, Miriam. Empecemos —dijo fríamente.

—Lo siento —masculló, dejando que el bolso de la laptop se deslizara de mi hombro. Ni siquiera tenía una buena excusa hoy. Nada más que una resaca y el error que cometí al dejar que el huracán Mateo entrara en mi apartamento.

—No se preocupe por eso. —Jackson se reclinó en la silla y estiró sus largas piernas bajo la mesa. Se estiró de hombros bajo su desteñida camiseta negra de Santana—. Usualmente, el que llega tarde soy yo. Se siente bien no ser el flojo por una vez. Permítame presentarle a mi hermana, Natalie.

Que me llamara floja me oprimió el pecho. Esbocé una sonrisa temblorosa y extendí la mano.

—Miriam Levy-Walters. Pero todos me dicen Mimi.

Se puso de pie, era media cabeza más alta que yo con sus tacones. ¿Usaba tacones un domingo? Su vestido tubo de manga larga color magenta realzaba su esbelta figura. Era rubia, a diferencia de su hermano de cabello oscuro, y su melena dorada estaba recogida en la nuca en un elegante moño. Sus ojos, sin embargo, eran iguales. Unos iris de un cálido color chocolate, bordeados por una abundancia de pestañas oscuras.

Me limpié las manos sudorosas en los jeans antes de estrechar la suya. Ojalá me hubiera puesto pantalones de vestir. Si hubiera sabido que la hermana *socialité* de Jackson se nos uniría, habría pensado más en mi atuendo para tomar un café un domingo. Y habría usado botas en vez de bailarinas. Me sentí como Ant-Man a su lado.

El apretón de manos de Natalie fue reconfortantemente firme.

—He oído cosas maravillosas sobre usted. Me alegro de que las finanzas estén en buenas manos. —Frunció el ceño, pero luego sonrió. La transición fue tan rápida que no estaba segura de haberla visto fruncir el ceño—. Estoy deseando ver el trabajo que ha hecho en las proyecciones.

Me picó la nuca. Hoy no iba a oír cosas maravillosas sobre mí.

—Nat se une al equipo para ayudar con la gala. ¿Un café? —Jackson movió los pies como si fuera a levantarse de un salto para buscarlo. Un multimillonario como Jackson Jones trayéndome un café a *mí*.

—No, gracias. Una historia curiosa…

—En ese caso —Larissa enderezó sus papeles—, terminemos con los números de una vez.

Larissa era una modelo a seguir en el mundo de las organizaciones sin fines de lucro, habiendo ganado un premio por su anterior fundación. Pero, al parecer, los números eran su punto débil. Yo había sido voluntaria cada semana en la nueva fundación de Jackson para niños neurodivergentes desde que él la había creado y, un día, me presentó a la nueva directora, Larissa. Me dijo que necesitaba ayuda para elaborar un balance general y, sabiendo que yo era contadora en su empresa con fines de lucro, me pidió que la ayudara.

Larissa necesitaba mucho más que un balance general. Su contabilidad era un desastre, pero la había organizado y estaba orgullosa de lo que había hecho.

Bueno, a excepción de la catástrofe del café de hoy.

Tragué saliva.

—Tengo una noticia desafortunada sobre la presentación del presupuesto. Mi laptop murió y las copias impresas se arruinaron.

No podía volver a invocar mi ira contra Mateo. Fui la tonta que lo dejó entrar en mi departamento a torpear por ahí. Además, si no hubiera sacado los papeles de mi bolso para admirarlos en un arranque de arrogancia, podrían haberse salvado.

—¿No están en el servidor? —preguntó Jackson—. Puedo buscarlas. Estoy conectado a la VPN.

Cerré los ojos con fuerza mientras el calor inundaba mi cara y mi cuello.

—No. Las terminé el viernes por la noche desde casa. No se me ocurrió subirlas.

—Debería habérmelas enviado por correo electrónico. —La voz de Larissa fue tan afilada como la picadura de una avispa. No era la primera vez que me recordaba que no debía dejar nada al azar. Ella nunca lo hacía. Bueno, excepto por esos recibos.

Bajé la mirada a mi zapato. Ya me había quemado antes, y tenía miedo de que Larissa se atribuyera el mérito de mi trabajo. Pero eso era ridículo. Podía ser autocrática y una guardiana de registros desordenada, pero no era una ladrona. No como Byron. Si le hubiera enviado la presentación, al menos tendríamos algo que mostrarles a los Jones.

—Pensaba que ustedes, los contadores, siempre ponían los puntos sobre las íes. Y que éramos los creativos como yo los que la cagábamos. —Jackson se rio entre dientes.

El nudo frío en mi estómago me impidió ver el humor en la situación.

—Lo siento.

—¿Qué le pasa a su laptop? —preguntó él.

—¿Café? —Hice una mueca.

—Démela. —Se tronó los nudillos—. Haré un poco de magia con ella.

—No, yo solo... —Pero no pude negarme a sus dedos que me hacían señas. Saqué la laptop de mi bolso y se la entregué. Chasqueó la lengua mientras sacaba el dispositivo de su funda empapada y lo secaba con el dobladillo de su camiseta.

Larissa se aclaró la garganta.

—¿Puede, al menos, resumirnos las proyecciones financieras?

—Claro. —Saqué la cuarta silla y me senté. Jackson ya había sacado la batería de mi laptop y la estaba secando con una servilleta de papel, pero levantó la vista cuando comencé a hablar.

Intenté pintar imágenes verbales de los hermosos gráficos que tanto me había esforzado en crear. Pero después de unos minutos, vi a Jackson bostezar detrás de mi laptop, que había puesto boca abajo sobre la mesa como una carpa. La mirada de Larissa estaba en su teléfono. Solo Natalie me sonreía animándome.

Finalmente, concluí débilmente:

—Le enviaré la presentación mañana. Hay una copia más antigua en el servidor, y cuando regrese a la oficina, podré recrear las proyecciones finales.

Larissa levantó la vista de su teléfono.

—Necesitamos esos números lo antes posible.

—Por supuesto. Lo siento —mascullé.

—Ahora —Jackson se frotó las manos—, llegamos a lo divertido. Traje a Nat aquí para que pueda rescatar la fiesta.

La gala de la fundación difícilmente era una fiesta como la celebración de compromiso de Ben en su patio trasero de ayer. En mis proyecciones arruinadas, habíamos planeado que aportara la mitad de los ingresos anuales de la fundación. Había mucho en juego.

—¿Rescatar? —repetí.

—Un pequeño contratiempo —dijo Larissa, agitando la mano —. El lugar nos canceló. Pero tengo un plan B.

—¿Canceló? Vamos a recuperar el depósito, ¿verdad? —pregunté. Larissa lo había pedido en efectivo, aunque yo le había aconsejado que no lo hiciera.

—¿Depósito? No creo que hayamos pagado un depósito. —Levantó la nariz.

—Yo… por supuesto que sí. ¿No es así? —Quizás había aprobado un retiro en efectivo para otra cosa.

—Creo que lo recordaría —dijo.

—Revisaré las cuentas de nuevo. —Miré con anhelo mi laptop muerta y las hojas de cálculo que tenía como rehenes.

Jackson dijo:

—De todas formas, como la gala es en dos meses, necesitamos toda la ayuda posible. Por eso traje a Nat.

—He ayudado a mi madre con docenas de estas cosas —dijo Natalie—. Lo sacaremos adelante.

—Pero mi gala va a ser especial, ¿verdad? —preguntó Jackson—. No una de sus galas de etiqueta clonadas.

—Claro. —Puso una mano en el brazo de su hermano—. Haremos que sea algo de lo que puedas estar orgulloso.

—Yo también ayudaré —dije, buscando desesperadamente cualquier cosa que pudiera compensar mis errores—. Fui la presidenta del comité del baile de graduación de mi escuela.

Larissa resopló.

—Un baile de graduación de preparatoria difícilmente es un evento de recaudación de fondos de un millón de dólares.

Hice una mueca. Tenía razón. Nuestro presupuesto había sido una centésima parte de ese porcentaje.

—Aun así, podemos contar contigo. Gracias, Mimi —dijo Jackson.

—Necesitamos toda la ayuda que podamos conseguir —dijo Natalie—. Con un lugar completamente nuevo y sin comida, no tenemos mucho tiempo para cambiar de rumbo.

Oh, vaya. Había olvidado que el lugar original, un hotel, incluía el *catering* del restaurante del lugar. Los donantes esperaban comida elegante por dos mil dólares el plato.

—Va a ser genial. Ya verás, Mimi. —Jackson metió la esquina de una servilleta en una grieta de mi laptop—. El comité de planificación tiene que estar al frente para representar a la fundación. Soy bueno, pero no puedo hacerlo todo. —Nos dedicó una sonrisa deslumbrante, y si hubiera tenido algo de efectivo en la cartera, lo habría sacado para dárselo. Por los niños.

—Las fiestas no son realmente lo mío. —Casi deseaba haberme

saltado la fiesta de anoche. Así no me dolería la cabeza como si Larissa la hubiera golpeado con mi laptop muerta.

Jackson se inclinó hacia adelante.

—Pero mis fiestas son del gusto de todos. ¿Verdad, Nat?

Ella puso los ojos en blanco.

—Para nada. Me aseguraré de que te sientas cómoda en esta gala, Mimi. Te lo prometo. —Y su sonrisa fue tan amable que asentí.

Siempre había preferido la planificación y el trabajo tras bambalinas que asistir a los eventos. En las fiestas, me quedaba torpemente en los márgenes. No como Mateo, que siempre estaba en el centro de la acción.

Además, ¿qué me iba a poner? Uf, la ropa era incluso peor que las fiestas. Me preocuparía por eso más tarde. Primero, necesitaba concentrarme en por qué estaba en la reunión.

—Elaboraré un presupuesto revisado con el nuevo lugar. ¿Me pasará las facturas, Larissa?

Larissa agitó su mano elegantemente pálida.

—Jackson lo está pagando de su bolsillo. No necesita facturas.

—Pero —ladeé la cabeza hacia Jackson—, usted deducirá los gastos de sus impuestos. ¿Seguro que no quiere hacerles seguimiento?

—Bueno, yo… —Se encogió de hombros y lanzó una rápida mirada a Larissa—. Larissa dijo que se encargaría de ello.

Abrí mucho los ojos para no ponerlos en blanco. Larissa perdía la mitad de los recibos antes de que me los entregara. Si intentaba encargarse de cualquier cosa que tuviera que ver con dinero, seguro que lo arruinaría y luego me pediría que lo arreglara.

—La ayudaré.

Pero Larissa no parecía apreciar la ayuda. Volvió a apretar los labios.

—De verdad, yo…

—¡Oigan! —interrumpió Jackson—. Hablando de ayuda, ¿qué tal si ascendemos a Mimi al puesto vacante de subdirectora? Sus habilidades financieras son un buen complemento para su experiencia en organizaciones sin fines de lucro.

Sentí un zumbido en la piel y se me entrecortó la respiración en el pecho. ¿Había un puesto remunerado disponible en la fundación? ¿Uno para el que Jackson Jones pensaba que yo estaba calificada? Subdirectora sonaba a mucho. Y difícilmente lo llamaría un ascenso, ya que actualmente era una voluntaria no remunerada, pero no iba a contradecir al hombre a cargo.

Larissa sonrió, pero la sonrisa no llegó a sus fríos ojos azules.

—Pensé que había dicho que yo podía seleccionar a la candidata.

—Ah. —Jackson se movió en su silla—. Sí, claro.

El zumbido en mi piel se convirtió en un hormigueo doloroso. A veces sentía que lo que más le gustaba a Larissa de mí era que mi trabajo era gratuito. El fiasco de la presentación de esta mañana no había aumentado mi valor a sus ojos.

—Estoy buscando a alguien con experiencia en organizaciones sin fines de lucro. Aunque supongo que podría considerar a Miriam.

La voz de mi madre resonó en mi cabeza. *Defiéndete. Pide lo que quieres.*

—Me encantaría. Ya he investigado mucho…

—Lo hablaremos más tarde. —No me miró, pero su sonrisa para Jackson fue dulce como la limonada—. Gracias por la idea.

—¿Hemos cubierto todo? —preguntó Jackson—. Nat y yo tenemos que recoger a Alicia y a los niños para el almuerzo familiar.

Larissa escaneó su papel.

—Eso es todo lo que estaba en mi lista. Nos reuniremos de nuevo en un par de semanas, después de las fiestas. Natalie, si me envía sus ideas para la gala con los costos proyectados, se las enviaré a Miriam para su seguimiento.

—Lo haré. —Natalie se levantó y se alisó las arrugas del vestido—. Mimi, estoy deseando trabajar en la gala con usted. Felices fiestas.

—Felices fiestas —dije, aunque Janucá había terminado hacía semanas—. Yo también estoy deseando que llegue. —Sonaba a mucho trabajo voluntario extra, pero si lo hacía bien, Jackson y su hermana se darían cuenta. Larissa no tendría más remedio que considerarme para el puesto de subdirectora. Por fin podría cobrar por mi trabajo en la fundación, renunciar a mi empleo en Synergy y tener algo de tiempo libre. Quizás hasta le daría el gusto a Bree y encontraría tiempo para salir en citas.

Jackson me devolvió mi laptop y la batería.

—Déjela fuera de la funda unas horas más, vuelva a ponerle la batería y pruébela.

—Gracias. —Traté de infundir en la palabra toda mi gratitud, no solo por la ayuda con la laptop, sino por haber hablado en mi favor sobre el puesto de subdirectora.

Me guiñó un ojo y se giró para acompañar a Natalie fuera de la cafetería.

Larissa me lanzó una mirada de acero que debió de estar conteniendo durante la última hora.

—Mire, lo siento mucho —empecé.

Comprobó que los Jones habían salido del edificio. Con voz glacial, dijo:

—Si quiere que la consideren para el puesto de subdirectora, tiene que mejorar, Miriam. Si vuelve a humillarme, tendré que dejarla ir.

—Pero yo…

Se inclinó más cerca y su voz bajó a un susurro.

—Avisaré de usted a todas las organizaciones sin fines de lucro de la Bahía. Ni siquiera el refugio de animales la dejará limpiar mierda de gato. ¿Entendido?

Parpadeé ante su inusual grosería.

—Yo… por supuesto. Fue un accidente de verdad.

Me dedicó una sonrisa gélida.

—Las mujeres como nosotras no pueden permitirse meteduras de pata como la de hoy. Acepte mi consejo: sea lo que sea que haya causado esta, elimínelo de su vida.

—Por supuesto. —Asentí. Podía prometérselo.

Salió de la cafetería en una nube de perfume caro y un chasquido de tacones de suela roja.

Miré las servilletas manchadas de café que Jackson había dejado amontonadas alrededor de mi laptop.

Una mesera se me acercó corriendo.

—Serán nueve con noventa.

—¿Nueve con noventa? —No había tomado ni un café solo ni un *biscotti* sin gluten. Aun así, busqué mi cartera.

—Esa tipa rubia no pagó su *latte* descremado.

Le di un billete de diez, y luego un par de billetes de uno.

—Gracias. —La mesera recogió las tazas vacías y las servilletas en su bandeja y se alejó rápidamente.

Era de esperar que Larissa estuviera demasiado preocupada por la gestión de una fundación multimillonaria como para ocuparse de las minucias de los *lattes* de diez dólares. La próxima vez que la viera, no diría ni una palabra al respecto. Lo consideraría una inversión en el puesto de subdirectora.

El cual quería. Desesperadamente.

Nada me impediría petarla en esta gala y demostrarle a ella y a Jackson Jones que yo era material de subdirectora.

Recogí mi laptop con olor a café.

Ni siquiera Mateo Rivera me detendría.

3

MATEO

LE MOSTRÉ mi identificación a Bernard en la entrada de la urbanización privada de mi tía.

—¿Tienes identificación para tu amigo? —bromeó el guardia.

—¿Este? —señalé con el pulgar al muñeco de nieve de plástico de dos metros y medio que asomaba por la ventanilla trasera de mi Jeep—. Él no necesita identificación. Es Frosty, el muñeco de nieve. ¡Una puta celebridad!

Mientras Bernard se reía, entré lentamente con mi Jeep por la puerta y subí la colina hasta la casa de mi tía.

Mi hombre de seguridad no estaba en su camioneta afuera como se suponía. Nunca lo estaban.

Así que saqué a Frosty yo mismo y me abrí paso entre las otras decoraciones de su césped del tamaño de una cancha de fútbol, con un cable de extensión naranja sobre el hombro. Pasé junto a los inflables gigantes, un Santa que podía decir «jo, jo, jo» y un globo de nieve con una palmera festiva dentro. Le di una palmadita en la nariz a uno de los renos de plástico que tiraban del trineo de un segundo Santa. Finalmente, pasé con dificultad junto a lo que estaba seguro que más les fascinaba a sus vecinos, un pesebre iluminado de tamaño natural, con un par de cabras de resina, una vaca, un burro, dos ovejas tumbadas y una de pie. Los Reyes Magos todavía esperaban al otro lado del césped para la Epifanía en enero.

Cuando encontré el lugar vacío del que se había quejado la semana pasada, dejé a Frosty en el suelo y lo sujeté con un par de estacas. Luego enchufé su cable y encontré un enchufe libre en la sobrecargada caja eléctrica exterior. Apreté la cruz de oro que llevaba al cuello y recé una oración en silencio antes de enchufar el cable en la toma de corriente. Di las gracias en silencio cuando Frosty iluminado no provocó un apagón en todo el vecindario. No, el patio lleno de mierdas navideñas brillaba más que nunca.

De nada, vecinos ricos.

Me sacudí el polvo de las manos, subí los escalones del porche y toqué el timbre.

Carlo abrió la puerta, con migas cayendo por su polar negro. Ni siquiera se molestó en parecer arrepentido, no como lo habría hecho si hubiera sido mi primo quien lo hubiera encontrado dentro de la casa en lugar de afuera, vigilando a su cabrón de ex.

—Hola, jefe.

—¿Galletas de especias? —pregunté, señalando las migas.

La parte superior de sus mejillas se oscureció mientras se las cepillaba con cuidado en la palma de la mano. —Son mis favoritas.

—Las mías también. ¿Está en la cocina?

—Sí. ¿Fumas? —buscó su cajetilla en el bolsillo del polar.

—No. Gracias.

Cuando se llevó el cigarrillo a los labios y levantó las cejas, volví a negar con la cabeza, aunque me picaban los dedos por arrebatárselo y darle una calada. Había visto cómo se arrugaba la nariz de Mimi cuando entré en su casa ayer. Cómo casi vomitó.

Había dejado que los nervios se apoderaran de mí y le había dado tres caladas rápidas fuera de su apartamento. Dejarlo era jodidamente difícil cuando cada calada me traía una docena de recuerdos felices de pasar el rato con mi papá en su tabaquería.

Me metí una mano en el bolsillo y puse la otra en la puerta principal.

—Voy a revisar el perímetro —Carlo se deslizó hacia afuera y cerré la puerta con llave detrás de él, aunque iba a salir de nuevo. Órdenes de mi primo.

Seguí el aroma a vainilla, clavo y canela hasta la cocina. Me recordó a la casa de tía Camelia en la isla en Navidad. Siempre nos mandaba dulces a casa a papá y a mí. Mi cuerpo se sacudió al recordar que no pasaría la Navidad con mi familia extendida en la isla.

Pero tía Rosa también era mi familia, y esbocé una sonrisa para ella. Estaba pasando galletas de una bandeja de hornear a un trozo de papel de horno sobre la encimera.

—Hola, tía —fingiendo un balanceo despreocupado en mis caderas, me acerqué a ella y le besé la mejilla.

—Mateo —su voz se llenó de una calidez mantecosa—. Me alegro de que hayas venido. No dejes que me olvide de mandarte a casa con algunas de estas.

Tomé una de la encimera y la mordí con un crujido. —Ni soñarlo. ¿Quieres ver lo que te traje?

—¿Me trajiste algo? —sus ojos marrones brillaron mientras se secaba las manos en una toalla.

—Un regalo de Navidad adelantado.

Tomé un abrigo de su armario y la ayudé a ponérselo. Afuera, su mirada se dirigió directamente al muñeco de nieve.

—¡Es perfecto! —aplaudió como si tuviera seis años y no sesenta.

—Tienes que verlo desde la calle —le ofrecí el codo, ella pasó su brazo por él, y bajamos los escalones para caminar hasta el final de la acera.

Mientras admiraba la nueva adición a su zoológico navideño, miré las casas de ambos lados. Líneas de luces claras, rectas como las de un desfile militar, delineaban los tejados a dos aguas, las ventanas y los porches. Ambas puertas estaban decoradas con exuberantes coronas de hojas perennes que debían costar más que mi compra mensual del supermercado. Ni un solo inflable ni adorno de plástico para el césped a la vista.

Pero no se atreverían a llamar a la asociación de propietarios por la madre de Cooper Fallon.

—Gracias, hijo —tiró de mi manga y me incliné para que me besara.

—No es nada —masculló.

—No es nada —puso sus manos en mis mejillas para que la mirara a los ojos—. Eres un buen chico, Mateo.

Pero no pude sostenerle la mirada. No después de lo que le había hecho a la presentación de Mimi hoy. Mis dedos fueron a girar el anillo de mi mano derecha, pero no estaba allí.

Me tomó la mano. —Ojalá pudieras verte como yo te veo. Como te ve Miguelito.

—¿Miguelito? —resoplé—. Él cree que soy un jo… ah, un tonto.

—Si pensara que eras un tonto, no te habría traído aquí y te habría hecho mi jefe de seguridad.

—Ambos sabemos que no necesitas seguridad.

—Ah —guiñó un ojo—. Nosotros lo sabemos. Mi hijo no. Así que te paga, y tú pasas el rato con tu tía favorita. Es lo que él llamaría un ganar-ganar.

Traté de sonreírle, pero tía siempre veía a través de mis mentiras.

Chasqueó la lengua. —Entremos. Prepararé un poco de café para acompañar las galletas, y me contarás qué te preocupa.

En su cocina, mi tía revolvió azúcar en una taza de café fuerte y negro. —¿Qué pasó con Miriam anoche? Parecía que había tomado unas copas de más en la fiesta. Lito y Ben estaban preocupados por ella.

—Me pidieron que la siguiera —dejé la galleta que estaba a punto de devorar—. ¿Sabías que iba a una despedida de soltera? —si lo hubiera sabido, habría llevado algo más que mis nudillos para defenderla de todos los tipos que la miraban con lascivia.

Ella negó con la cabeza, frunciendo el ceño.

Una despedida de soltera. Su amiga Breina se casa el próximo fin de semana. Ben y Miguelito van a ir —solo lo recordé cuando vi a Breina colocarle la tiara de plástico brillante en los rizos oscuros de Mimi y ponerle la banda sobre sus preciosos pechos. Sonreí al recordar la forma en que Miriam había abrazado a su amiga, su formalidad habitual desapareciendo mientras le plantaba un beso baboso en la mejilla. Lo que no daría por tener eso dirigido a mí. Y lo tuve, por un corto tiempo anoche.

—Se emborracharon bastante, pero estaban juntas y estaban bien. Hasta que aparecieron sus hombres —un gruñido endureció mi voz—. Se llevaron a sus amigas a casa y dejaron a Mimi sola. Y los cabrones que habían estado rondando toda la noche se juntaron.

—Pero tú estabas allí —radiante, tía aplaudió—. La rescataste como un caballero.

—No sé si tanto —agaché la cabeza, recordando cómo me había escondido detrás de un periódico hasta que las amigas de Mimi se fueron—. Llevaba mis lentes, no una armadura.

—Oh —su rostro se desilusionó—. Pero incluso con esos lentes feos, nadie puede resistirse a ti.

—Nadie excepto Mimi —aunque por un rato anoche, sus ojos brillantes y esa sonrisa inesperadamente radiante habían sido solo para mí. Parecía haber visto más allá de mi exterior pulcro, la esencia de quién era yo. Y le gustó lo que vio. Hablamos de todo: de cómo le encantaba ser voluntaria en la fundación, de cómo admiraba a la directora. Aunque por lo que dijo Mimi, Larissa parecía una perra manipuladora y confabuladora. Incluso habló de su inquietud por ser la última de su grupo de amigos sin pareja.

Yo esperaba hacer algo con respecto a eso último. Pero cuando aparecí esta mañana con mi bolsa de buñuelos llena de esperanza, no tardé en darme cuenta de que tenía un vacío del tamaño de Mateo en sus recuerdos de borracha. Y después de que arruiné su presentación, me odiaba incluso más que antes.

—No se acordaba. Así soy yo. Olvidable —murmuré.

—¿Olvidable? Jamás, cariño —tía puso una mano suave en mi brazo—. Me alegra que, cuando el alcohol le aflojó el palo que tiene metido en el culo, por fin vio lo maravilloso que eres.

—¡Tía! —chillé.

—Es verdad. Esa chica necesita relajarse. Lo sé, lo sé —desestimó mis protestas con un gesto de la mano—. Te gusta. Pero tienes que admitir que es un poco... estirada.

—Decidida.

Ella negó con la cabeza. —Ambiciosa.

—Es voluntaria en la fundación de Jackson Jones. Se parece más a Ben de lo que parece.

Mi tía no parecía convencida. —A veces pienso que Ben se llevó todo el corazón de esa familia.

Con un hormigueo en los dedos, me levanté de un salto y tomé las bandejas para hornear. Dejé correr agua con jabón en el fregadero y restregué los residuos grasientos y las migas de galleta incrustadas. No, Mimi había mostrado mucho corazón anoche, especialmente cuando ella...

—¿Crees que debería decírselo? ¿Lo del... beso? —casi no podía creer que hubiera sucedido. Pero había visto la prueba esta mañana en la irritación de la barba que ella había intentado cubrir con maquillaje. ¿Cómo lo había olvidado? Nunca olvidaría la forma en que suplicó mi nombre justo antes de que sus suaves labios se posaran en los míos. Su sabor —a tequila, dulzura y canela— cuando me abrí a ella. La forma de su cuerpo en mis brazos, todas curvas suaves que quería recorrer con mis manos y mi lengua.

—¿No deberías? —tía se acercó a mi lado en el fregadero y me puso una mano en la espalda.

—No. Especialmente no después de hoy. Después de que arruiné su presentación —la ira que destellaba en sus ojos me había acobardado. Una Miriam Levy-Walters enojada era terriblemente hermosa.

—Deberías compensarla. Y entonces podrás contarle lo de anoche —me frotó un círculo en la espalda—. Has tenido tanta tristeza en tu vida, hijo. Mereces encontrar la felicidad. Y si es a Mimi a quien quieres, ve por ella. Nadie puede resistirse a tu encanto.

—Mimi puede —refunfuñé ante una mancha pegajosa en la última bandeja de hornear.

—Súbele un poco más el nivel, entonces.

—No puedo. Cada vez que lo intento, la cago —como cuando rompí su papel.

—Recuerda que ella también es humana. No una santa sobre un altar.

—¿Lo es? —y no estaba bromeando del todo—. Trabaja a tiempo completo, y además es voluntaria en la fundación. Y es la mujer más inteligente que he conocido.

—Tú también eres inteligente. No necesitas un título universitario de lujo para demostrarlo. Cuidas de Miguelito y de mí.

Resoplé. —Lito puede cuidarse solo. Y Ben también. Y por supuesto que te cuido a ti. Eres mi tía favorita —y lo más parecido a un padre que me quedaba, no lo dije. Ella lo sabía.

—Eres un buen chico. Digno de ella. Demuéstraselo. Ayúdala como ayudas a todos los demás. No importa que hoy no haya ido bien —se encogió de hombros—. Inténtalo de nuevo.

Supongo que se lo debía a Mimi después de joderle la presentación. —Está bien. Lo haré. ¿Me das unas galletas extra, por favor?

Buscó un recipiente de plástico en el cajón. —Ese es mi chico. Conquístala con comida.

4

MIMI

PARA CUANDO EL fotógrafo terminó con nosotras, las damas de honor, ya me dolían las mejillas por la sonrisa forzada que había mantenido en mi cara.

Bree y Josh, que tuvieron que quedarse para más fotos, se veían tan frescos como cuando se vieron por primera vez esta tarde, cuando él espió bajo el velo de ella y no podían parar de reír. Ahora se miraban a los ojos, compartiendo secretos mientras el obturador de la cámara sonaba. Su felicidad era casi indecente, la verdad.

No era que estuviera celosa.

Tenía un gran trabajo y una oportunidad aún mejor con la fundación si lograba impresionar a Larissa con mi trabajo en la gala. Deseé que pudiera ver la recepción de la boda de Bree en el Conservatorio de Flores. Bree y Josh habían querido algo en un jardín al aire libre, pero haría demasiado frío en su boda a finales de diciembre. Así que yo había sugerido el conservatorio. Los invernaderos eran cálidos y rebosaban de color y fragancia.

Era mi mejor idea para un evento desde que le pedí a la mamá de nuestra reina del baile, una aspirante a *influencer* de redes sociales, que decorara el gimnasio de la escuela como un escaparate y prometí que todos los asistentes la etiquetarían y compartirían sus publicaciones. Tuvimos el baile de graduación más despampanante de la historia.

Habíamos usado el presupuesto liberado de las decoraciones para alquilar una fuente de chocolate. No fue idea mía —soy alérgica al chocolate—, pero la aprobé. Y al final, lo lamenté. Un montón de adolescentes borrachos y chocolate derretido no son una buena combinación. Como presidenta del comité del baile, recibí personalmente docenas de facturas de la tintorería de padres enojados.

Me rugió el estómago. No había comido nada desde una taza de café y un bocado de un pastelito mientras nos peinaban esta mañana. Rechacé la oferta de un mesero de una copa de champaña y me dirigí hacia la mesa de los aperitivos.

Antes de que pudiera tomar siquiera una tartaleta de queso, el olor demasiado familiar de Paco Rabanne opacó el aroma terroso y frondoso del invernadero y me revolvió el estómago. Me quedé helada, a unos dos metros de la mesa del bufet, deseando que la palmera en maceta a mi derecha fuera lo suficientemente frondosa como para esconderme detrás. Pero era una cosita larguirucha, y sus suaves hojas no proporcionaban ni cobertura ni defensa. Me giré, sabiendo quién estaría ahí.

Solía pensar que su sonrisa era linda, pero ahora se veía petulante, un destello de dientes blanqueados. Lucía impecable como siempre, con el traje planchado y la corbata anudada con su habitual medio Windsor.

Se acomodó las gafas redondas y pasó el brazo por la cintura de una mujer. Era menuda, probablemente pesaba unos cuarenta y cinco kilos mojada, con una nariz de botón y un cabello sedoso y liso. Era como si Byron hubiera elegido deliberadamente a mi opuesto exacto.

—Mimi. Qué sorpresa verte aquí —dijo, irguiéndose para mirarme a los ojos. Con mis tacones, yo medía lo mismo que él.

Tragué saliva para humedecer mi boca. Ojalá no hubiera rechazado la champaña.

—Soy parte del cortejo nupcial —le indiqué mi vestido de dama de honor de satén azul marino como si no lo supiera ya—. ¿Qué haces tú aquí?

Acercó a la mujer hacia él. —Esta es Tanya. Es prima de Josh. Qué pequeño es el mundo.

—Qué pequeño es el mundo —repetí.

Tanya sonrió con incertidumbre.

Nada de esto era culpa suya, y ahora era familia de Bree. Extendí la mano. —Mucho gusto, Tanya. Soy Mimi. Bree y yo hemos sido mejores amigas desde los once años.

Su mano se sentía lacia en la mía, y de repente sentí que yo era demasiado. Demasiado contundente, demasiado grande, demasiado ruidosa. La incertidumbre que me había aplastado después de que Byron me robara aquel puesto de trabajo se deslizó de nuevo en mi corazón, fría y punzante. A él nunca le importé. Fui una tonta al pensar que podría hacerlo.

—Te extrañamos en SquawkClip —dijo él—. Nadie puede cerrar el mes tan rápido como lo hacías tú.

Las punzadas disminuyeron. —Gra…

—Deberías haberte quedado en el equipo. Te habría hecho mi asistente.

—Espera. ¿Qué? —parpadeé tan fuerte que mis pestañas postizas se enredaron—. ¿Tu asistente?

—Podrías ser mi mano derecha. Ahora tengo a siete personas a mi cargo.

Mi pecho se agitó con todas las palabras que quería decir. Gritar. Yo merecía ese trabajo. Incluso Byron me había dicho que sí. Pero había usado su red de contactos a mis espaldas y se lo había quedado.

Me lo guardé todo. No podía armar una escena en la boda de Bree. No delante de Tanya, que ahora era parte de su familia.

—Estoy feliz donde estoy. Soy contadora sénior en un equipo fantástico. Y creo en la misión de Synergy.

—SquawkClip es el sitio de videos de redes sociales más popular y exclusivo que existe. Todo el mundo quiere una invitación.

—Lo sé —lo había visto crecer en popularidad y menciones en los medios desde que me fui. Pero siempre me había sentido como una hipócrita trabajando en una empresa que promocionaba canales de video seleccionados, solo por invitación, de gente guapa. Mi yo adolescente habría consumido esos videos como papas fritas y se habría sentido igual de mareada después.

Byron se encogió de hombros. —Lástima que tu trabajo de voluntaria siempre te distrajera de tu trabajo pagado. Ascenderás más alto si no pierdes de vista el objetivo. Es irónico que, siendo contadora, seas tan descuidada con tu propio tiempo y dinero.

Apreté los labios para contener las palabras de enojo. *Sé amable por Bree.* Miré a Tanya.

Se subió las gafas por la nariz. —Si cambias de opinión y quieres volver, llámame.

La idea de trabajar para Byron o para la empresa que lo eligió a él en lugar de a mí me encendió una furia por dentro. Aun así, sonreí. —Claro.

—Oye —Ben se deslizó hasta mí sobre sus zapatos de vestir, un poco sin aliento. Debió de echar a correr cuando me vio hablando con mi ex. Frunció el labio—. Byron.

—Ben. —Byron inclinó la barbilla. Aunque eran casi de la misma altura, se las arregló para mirarlo por encima del hombro. Cuando salíamos, nunca tuvo el valor de decir nada, pero era obvio que se burlaba de la falta de título universitario y de un trabajo profesional de Ben.

No sabía que Ben ahora tenía tanto un título como una gran carrera. Ni mi hermano ni yo nos molestaríamos en informarle. Byron no valía la pena.

Nos miró a ambos. —¿Estás aquí con tu hermano?

Me mordí el labio para no hacer una mueca. —No, yo...

Cooper se acercó a nosotros, con dos copas de champaña en las manos. Le dio una a Ben y me ofreció la otra a mí. La tomé, agradecida de tener algo que apretar que no fuera el cuello de Byron.

El rostro de Ben se iluminó. —Amor, te presento a Byron, el ex de Mimi. ¿Y…?

—Tanya —dije yo.

Cooper les estrechó la mano. —Mucho gusto. Soy Cooper.

Byron se quedó boquiabierto. —¿Cooper *Fallon*?

Cooper le dedicó una sonrisa de labios apretados y entrelazó sus dedos con los de mi hermano. Sí, a mí también me sorprendió cuando Ben empezó a salir con su jefe multimillonario, que aparecía en las noticias financieras cada dos por tres.

Byron parpadeó. —Entonces, ¿con quién viniste, Mimi?

Las punzadas frías regresaron, incluso en el cálido invernadero. ¿Por qué no se me había ocurrido traer a alguien, a quien fuera? Mi última aventura de una noche, ese tipo que conocí en el pasillo de los congelados una noche después del trabajo en noviembre. ¿Cómo se llamaba? ¿Van? ¿Vin? Había tirado su número a la basura.

Si tan solo no me hubiera emborrachado tanto el fin de semana pasado y hubiera perdido mi oportunidad con mi hombre misterioso. Dejé la copa de champaña detrás de una bromelia de punta roja.

—Vine sola —dije.

Al mismo tiempo, Ben dijo: —Está aquí con nosotros —y sacó la mandíbula—. La dejarás en paz si sabes lo que te conviene.

Ese era mi hermano, siempre dejándose llevar por el corazón. —Ben…

—¿Te está molestando, Mimi? —preguntó Cooper.

—N-no —dijo Byron—. Solo quería saludar.

—Ya lo hiciste —dijo Ben, colocándose delante de mí—. Ahora lárgate.

Byron se acomodó las gafas y me fulminó con la mirada, como si la sobreprotección de mi hermano fuera culpa mía. Luego se dio la vuelta sobre sus mocasines y se alejó, arrastrando a Tanya con él.

—Eso no fue… —empecé.

—¿Estás bien, cariño? —preguntó Ben—. Te pusiste tan pálida que me preocupé.

—Estoy bien. Me sorprendió. Eso es todo.

—Bien. No vale la pena.

Miré alternativamente a Ben y a su prometido. —¿Se están divirtiendo?

Cooper esbozó una rápida sonrisa. —Por supuesto.

—Está mintiendo. —Ben enlazó su brazo con el de Cooper—. Cuidado con mamá. Ha estado hablando con la mamá de Bree, y ahora le dio fiebre de bodas. Intentó presionarnos para que fijáramos una fecha. —La sonrisa de Ben fue forzada—. Aún no estamos listos para eso.

Tendría que preguntarle más tarde por qué parecía que alguien le hubiera hecho comerse uno de los ramos de las damas de honor. —A mí no me molestará. Siempre ha dicho que primero debería establecerme en mi carrera. Además, ustedes están prácticamente casados.

—Creo que el que yo me comprometiera le aflojó un tornillo. Estaba preguntando dónde consiguió Bree su vestido.

Tragué. El cálido invernadero y el aroma de los lirios abrumaron mis sentidos. —Necesito un poco de aire.

—¿Quieres que te acompañemos? —Mi hermano dio un paso hacia mí.

Levanté las manos. —No. Solo necesito un minuto a solas.

Me di la vuelta sobre mis zapatos de tacón que me apretaban y me abrí paso entre los invitados radiantes, las parejas que iban de la mano celebrando su amor, hacia la salida. Todavía no estaba lista para casarme. Aunque tal vez Bree tenía razón. Tal vez ya no era feliz estando soltera. Seguro habría sido agradable tener a alguien que me rodeara con un brazo cuando Byron me enfrentó. Alguien que me sostuviera ante su desprecio.

Alguien amable y cariñoso como mi Hombre Misterioso.

De alguna manera, había arruinado eso. No tenía ningún número nuevo en mi teléfono. Había rebuscado en mi apartamento y no había encontrado nada más que un popote con forma de pene de color verde neón y un condón todavía en su envoltorio que decía «Las malas decisiones crean grandes historias».

Empujé la puerta y salí para llenar mis pulmones de aire fresco y frío.

Pero el aire no era fresco. Un hombre estaba de pie a seis metros de distancia en el área designada, con un cigarrillo entre los labios.

Sus anchos hombros y su camiseta negra eran de una familiaridad que me encogía el corazón, imposible de fingir que no lo conocía.

Ahí se fue mi momento para recomponerme.

5

MATEO

EN LA ÉPOCA en que trabajaba en la tienda de mi papá, siempre me daba cuenta cuando alguien iba a intentar robarse un cartón o un cigarro de la caja junto a la caja registradora. Incluso si estaba de espaldas, sentía un cosquilleo en la nuca.

Eso sentí ahora.

Lentamente, me di vuelta desde donde había estado admirando las camelias. Me quité el cigarrillo de los labios y exhalé una larga columna de humo azul.

Mimi estaba de pie en la puerta del invernadero, temblando. Su vestido sin mangas era del color de la medianoche en una noche sin luna, allá en la isla.

Me abalancé hacia el cenicero, casi tirándolo por la prisa.

—H-hola.

Arrugó la nariz.

—¿Me estás acosando?

—Eh… —Estabilicé el cenicero y tiré la colilla en la ranura—. Ah, no. Estoy de chofer para Ben y Miguelito.

Se cruzó de brazos sobre el pecho, lo cual fue una lástima. El escote corazón hacía que sus senos se vieran increíbles. Aunque tenía más posibilidades de decir algo inteligente si no estaba contemplando sus preciosas tetas.

—Pensé que eras de seguridad, no un chofer.

Me encogí de hombros.

—Hago lo que mi primo me pide.

Apartó la mirada, y noté que sus dedos temblaban. Hicieron lo mismo la otra mañana cuando se negó a comer los buñuelos que le había llevado.

—¿Estás bien? —le pregunté—. ¿Comiste algo? ¿O... o tienes frío? —Mierda, ¿por qué había dejado mi chaqueta en el auto? Di unos pasos hacia ella. Ansiaba envolverla en mis brazos como me había dejado hacerlo aquella noche en el bar.

—Estoy bien. —Levantó las manos frente a ella como para ahuyentar a un espíritu maligno.

Debía apestar a cenicero. Di un paso atrás.

Sus hombros se relajaron.

—Gracias por las galletas de especias que enviaste con Ben. Estaban deliciosas.

—Por supuesto. Mi tía es la mejor cocinera que conozco.

Cuando volvió a temblar, le dije:

—Deberías entrar donde se está más cálido. A menos que quieras que te preste mi chaqueta. Está en el auto.

Negó con la cabeza.

—¿Tienes hambre? Te buscaré un plato. —Incliné la barbilla hacia las puertas detrás de ella.

Resopló.

—Nunca saldrías vivo de ahí. No con esa apariencia. —Señaló con un círculo de la mano la camiseta negra que usaba cada vez que trabajaba para mi primo.

Me pasé la mano por encima como si pudiera transformarla mágicamente en un traje con corbata. Quizás entonces me respetaría. Me miraría como lo hizo el sábado pasado por la noche.

No, eso ya lo había jodido. Había sido lo que siempre era. Una forma divertida de pasar el rato. Alguien olvidable. Alguien que no valía la pena conservar.

—Lamento no estar vestido para la ocasión. No esperaba…

—No, quise decir… —Apretó los labios—. Quise decir cómo se ven tus músculos con esa camiseta.

No pude evitarlo. Flexioné los músculos. Era tan automático como respirar.

Pero Mimi no reaccionó como la gente solía hacerlo. Nunca lo había hecho.

—Necesito unos minutos a solas —dijo, viéndose vulnerable de una manera que nunca antes había visto—. ¿Sabes?

—La verdad es que no. Odio estar solo. —Levanté las comisuras de mis labios en una sonrisa irónica. Pero le daría lo único que me pedía—. Entiendo. Iré a sentarme en el auto.

Frunció sus cejas oscuras, pero hice lo que había dicho. Me di vuelta y caminé de regreso a la camioneta. Me encerré dentro e intenté no mirarla mientras permanecía allí, temblando, disfrutando más de estar sola que de mi compañía.

6

MIMI

LA FRUSTRACIÓN de Ben se manifestó en el aleteo de sus manos antes de agarrarme por los hombros y besarme la mejilla. —Gracias por venir.

Lo abracé. —Lo que sea por ti, Benny.

Una semana después de la boda de Bree, había abandonado mi ritual de limpieza dominical del apartamento para responder a su mensaje de S.O.S., y me encontré con él bajo el alero chorreante del centro comunitario donde solía trabajar como voluntario.

—Esto es demasiado, Mimi. Respira hondo.

No supe si sus últimas palabras eran para él o para mí, pero aspiré el aire frío mientras abría de par en par las dobles puertas metálicas del gimnasio con un gesto dramático.

Dentro del gimnasio, parecía que se estaba jugando un partido de los Warriors. Gritos y chirridos de zapatillas resonaban en el piso de madera y en las paredes de bloques de hormigón. Algunos adolescentes —los más tranquilos— se gritaban entre sí en grupos. Un grupo estaba enfrascado en peleas de caballitos, con los chicos más menudos montados sobre los hombros de sus amigos y golpeándose con flotadores de piscina. Entrelazándose entre todos ellos, se desarrollaban simultáneamente un partido improvisado de básquetbol y uno de fútbol.

En la esquina más alejada, Mateo metía sus anchos hombros en un círculo de aspecto ominoso que crecía en torno a algún disturbio.

—Se suponía que iba a tener cinco voluntarios —me gritó Ben al oído.

—¿Se quedaron todos en la cama? —le respondí a gritos. Empezaba a desear haberlo hecho yo también.

—Gripe estomacal. Todos fueron a la misma fiesta en Nochebuena. Gracias a Dios que tú y Mateo están aquí.

Metí la mano en el bolsillo de mi impermeable en busca de mi llavero con el silbato de seguridad, pero saqué otra cosa redonda y metálica. Me la deslicé en el pulgar para guardarla bien y metí la mano en el otro bolsillo.

Cuando me llevé el silbato a los labios, Ben supo que debía apartarse. Los chicos más cercanos a nosotros no. Solté un pitido penetrante y ellos se taparon los oídos con las manos.

—¡Oigan! —tuve que gritarlo varias veces e intercalarlo con un par de chillidos más de mi silbato, pero los partidos se detuvieron. Mateo por fin resolvió la pelea de la esquina y los rostros de cincuenta adolescentes se giraron hacia mí.

Cuando capté su atención, grité: —Escuchen a Ben. Él está a cargo.

Ben, sabiamente, consiguió que Mateo y los jugadores lo ayudaran a organizar a los chicos en equipos para unas tontas carreras de relevos. Fui al otro extremo del gimnasio, donde los introvertidos se habían apartado, y los animé amablemente a que formaran equipos. Si no fuera por mi hermano, habría tenido la tentación de unirme a ellos en las gradas y sacar mi fanfic favorito de Steve y Bucky en mi celular, pero este era el día de Ben. Él se aseguraría de que todos se divirtieran.

Horas más tarde, cuando los chicos ya habían quemado su

energía inicial y se habían formado en grupos para hacer una manualidad y conversar, por fin me apoyé en una colchoneta de gimnasia enganchada a la pared. La luz del sol de la tarde se colaba por las altas ventanas y destellaba en mi pulgar, recordándome la presencia del anillo. Porque eso es lo que era, un anillo. Una alianza de oro rayada que parecía haber visto pasar algunos años.

¿Qué demonios hacía en mi bolsillo?

Lo miré con los ojos entrecerrados, y la forma en que atrapaba la luz abrió algo en mi cerebro, como una palanca en una ventana sellada con pintura. Mi Hombre Misterioso, sus ojos azules oscuramente serios detrás de sus gafas, presionando el cálido círculo en mi palma.

—Cuídalo —había dicho—. Por mí.

Lo acaricié con la yema del dedo. Había hecho un pésimo trabajo cuidándolo, olvidándolo en el bolsillo de mi abrigo. Al menos todavía lo tenía. Pero, ¿cómo se suponía que iba a devolvérselo a mi Hombre Misterioso? Había revisado los contactos de mi celular cien veces. No había ninguna entrada para *Hombre, Misterioso* o *Desconocido, de Ojos Azules*, ni siquiera *Kent, Clark*.

—Hola.

Di un respingo y, por reflejo, me cubrí el pulgar y el anillo con los dedos. Si Mateo supiera lo que había pasado en la despedida de soltera de Bree, se pondría en plan de especialista en seguridad y me daría un sermón sobre conocer a hombres en bares cuando estaba entonada.

Lo miré de reojo, tratando de disimular mi irritación. Fantasear con mi Hombre Misterioso era incluso mejor que el fanfic de Stucky más picante, y él lo había interrumpido.

—¿Por qué me hablas? —torcí la boca—. Al menos cinco de esas chicas son mayores de dieciocho y tienen edad para que coquetees con ellas. No dejes que te detenga.

La expresión de sus ojos azules se contrajo como si le hubiera dado un puñetazo, y una punzada de culpa me retorció el estómago. ¿Por qué siempre era tan idiota con él? No se lo merecía. No siempre, al menos.

Me dedicó una sonrisa forzada. —Vine a darte las gracias por ayudar a Ben hoy. Me preocupaba que estuviera solo con todos estos vándalos.

—¿Vándalos? —me molesté—. Solo son chicos. Llevan una semana y media sin clases por las fiestas y se están subiendo por las paredes. Igual que tú y que yo a esa edad.

—Oye —dio un paso atrás y puso las manos delante de su pecho—. No quise ofender. Yo también fui un vándalo como estos. Sé exactamente cómo se podría haber descontrolado la situación.

—Ah. Claro —no era difícil imaginar a un Mateo adolescente. Su atractivo juvenil, su coqueteo fácil y sus movimientos desenfadados lo hacían parecer más joven de lo que era.

Como si lo hubiera dicho en voz alta, se sonrojó. —Yo… ah. Gracias por traer tu silbato y ser la voz de autoridad que necesitaban.

—No hay problema. Ben sabe que puede llamarme siempre que me necesite.

Mateo asintió, y de repente, su rostro perdió su aire juvenil. Esos ojos azules me taladraron de una manera que me recordó a… algo. Probablemente la mirada láser de su primo. Se me erizó la piel desde el cuero cabelludo hasta los dedos de los pies. Metí la mano con el anillo en el bolsillo de mis jeans.

—¡Mateo! —gritó Ben desde el otro lado del gimnasio—. ¿Una ayudita?

Aparté la vista de Mateo. Ben estaba de pie junto a un estante de balones de básquetbol, pero un par de chicos jugaban a no dejárselo tomar con el último que quedaba. Parecía que lo hacían en broma, pero me alegré de que Mateo estuviera allí para igualar el bando de Ben.

—Disculpa —dijo Mateo—, pero tengo que poner en su sitio a un par de tarados.

Se fue trotando, y el chirrido de sus zapatillas fue una advertencia. Los chicos le entregaron el balón a Ben en cuanto vieron acercarse al fornido Mateo.

Después de que los chicos se fueron y Mateo fue a buscar el auto, Ben se dejó caer a mi lado en el suelo del gimnasio.

—¿Cansada? Sé que hoy fue mucho.

—No, estoy bien —moví los hombros—. ¿En qué te puedo ayudar?

—En nada —hizo un gesto hacia el gimnasio vacío, los balones, los hula hula y los antiguos monopatines guardados ordenadamente en sus estantes—. ¿Vienes a cenar a nuestra casa?

Cenar con Cooper y probablemente con Mateo sonaba doloroso. —¿Qué tal un restaurante? ¿Solo nosotros dos?

—¿Un lugar con una terraza con calefacción para que pueda llevar a Coco?

Pensar en el perro de Ben —y en su pelo— hizo que me picaran los ojos.

—Te ayudé todo el día. Sin terraza. Sin perro.

Ben jadeó dramáticamente. —Coco es un chico muy, muy dulce. La única razón por la que no es tu mejor amigo es que eres alérgica.

—Déjame decirte que no he echado de menos el aturdimiento de los antialérgicos desde que te mudaste —me quedé helada. Antialérgicos.

—Creo que me drogué a mí misma —dije.

—¿Qué? ¿Hoy? —Ben me miró fijamente a los ojos.

—La noche de tu fiesta. Tomé mis antialérgicos antes de ir a tu fiesta, y luego fui a la despedida de soltera de Bree. Creo que los medicamentos amplificaron los efectos del alcohol. Me emborraché bastante, y yo… no recuerdo mucho.

Palideció. —¿Crees que pasó algo?

—Desperté sola en mi casa, todavía con la ropa puesta. Nada parecía… fuera de lugar.

Soltó un suspiro, y luego sonrió con suficiencia. —¿Nada fuera de lugar? *Supongo* que eso es bueno. Aunque te vendría bien más de *"fuera de lugar"* en tu vida.

—Eso lo dirás tú —me crucé de brazos—. Me gusta mi vida ordenada.

Ben refunfuñó algo que sonó sospechosamente a *vida aburrida*.

—Oye, estás prácticamente casado con la persona más ordenada que he conocido. No hay nada de malo en ser ordenado.

Sus ojos brillaron con picardía. —No cuando va acompañado de un cuerpazo y una lengua que...

—Jefe del jefe de tu jefe —le recordé, avergonzada—. ¿A dónde quieres ir?

—A la hamburguesería grasienta —dijo sin dudar—. Nunca puedo comer eso cuando Cooper está aquí. Ya sabes, su cuerpo es un templo y todo eso. Digo, lo *es*. —Una mirada soñadora apareció en su rostro—. Y yo lo venero como un bautista el domingo.

Negué con la cabeza. —Espera, ¿dónde está Cooper?

—Tuvo que ir a Singapur —Ben suspiró.

—¿La semana después de Navidad?

Se encogió de hombros. —Es un pez gordo de la industria, ya sabes. El capitalismo no se toma vacaciones.

—¿Cómo fue su primera Navidad juntos?

—Bien —sonrió—. Fuimos a casa de Rosa, y preparó la comida más increíble. Ni siquiera podría decirte qué era la mitad de las cosas, pero estaba delicioso —se frotó la barriga—. Mateo hizo un pudín de pan para morirse. Y eso que ni siquiera me gusta el pudín de pan. Pudín de pan, lo llamaron.

—Mateo —refunfuñé. Estaba por todas partes. En la boda de Bree cuando necesitaba un minuto a solas. En mi apartamento cuando necesitaba preparar mi presentación. El calor me subió del pecho al cuello. Todavía no había recuperado el terreno que había perdido con Larissa por mi presentación fallida. Cuando le envié los datos financieros actualizados, su respuesta fue escueta. Y no mencionó nada sobre el puesto de subdirectora.

—No entiendo por qué no te cae bien. Es guapo, ingenioso y de los tipos más amables que conocerás.

—¿Ingenioso? —resoplé. Miré las puertas del gimnasio, pero

seguíamos solos—. El tipo es un cabeza de músculo que apenas puede hilar dos frases seguidas.

—No sé de qué estás hablando. Contó chistes en casa de Rosa y nos tenía a todos revolcándonos de la risa en el suelo.

Negué con la cabeza. —Supongo que tendré que creerte bajo palabra. Además, el tipo me odia.

—¿Que te odia? No paraba de hablar de ti. De lo guapa que estabas, toda arreglada en la boda de Bree. De lo inteligente que eres.

Resoplé. —Debiste de haber tomado demasiado ponche navideño. Imposible que hablara de mí así. Piensa que soy una nerd gigante.

La primera vez que conocí a Mateo, poco después de que se mudara a San Francisco para dirigir el equipo de seguridad de Cooper, me sentí tan abrumada —no tenía ni idea de que existiera gente tan guapa fuera de las películas de superhéroes y las revistas de fitness— que solté uno de mis chistes tontos de matemáticas, el de los matemáticos infinitos.

Me miró con la boca abierta durante un segundo, y luego dijo algo sobre el tiempo. Me recordó —dolorosamente— a Byron. A cómo siempre fruncía el ceño con mis chistes matemáticos. Decía que me hacían sonar ridícula, como si me estuviera esforzando demasiado.

Y Mateo pensaba lo mismo. Que yo era una cerebrito. Una poco atractiva. Siempre lo pillaba mirándome las partes de mi cuerpo que Byron odiaba: mi trasero, mis muslos gruesos. Un año, Byron me regaló por mi cumpleaños un juego de bandas de ejercicio. *Booty Busters*, decía la etiqueta.

El musculoso Mateo también debía de haber juzgado que mi trasero necesitaba que lo destrozaran.

Pero ya no quería hablar de Mateo. Algo me carcomía la cabeza cada vez que pensaba en él. —Recuérdame cuándo empiezas tu nuevo trabajo.

—En realidad es solo una continuación de las prácticas que

estaba haciendo. Pero mi fecha oficial de inicio a tiempo completo es el cuatro.

—Mírate, señor Maduro —le tomé el pelo—. Con un título y un trabajo de adulto.

—¡Oye, ser asistente ejecutivo es un trabajo de adulto!

No según mamá. Pero no lo dije. Ella nunca presionaba a Ben como a mí. Sabía que las mujeres lo tenían más difícil que los hombres. Como me había dicho cien veces, como no orinaba de pie, tenía que esforzarme más para demostrar mi valía, para ganar lo que a ellos se les daba sin pensarlo. Incluso mi hermano Ben había convertido un historial laboral irregular, la licenciatura más larga del mundo y un poco de ayuda de su novio multimillonario en un gran trabajo en una fundación, haciendo exactamente lo que él quería. Mientras que yo había trabajado gratis durante un año, renunciando a mis noches y fines de semana, y estaba luchando por convencer a Larissa de que era digna de ser contratada.

—¿Y tú? —preguntó—. ¿Alguna novedad en el frente laboral?

—De hecho… —me mordí el labio—. Hay un puesto a tiempo completo que se abre en la fundación de Jackson.

—Con todo tu trabajo voluntario, más tu experiencia financiera, deberías ser la candidata ideal.

—No lo sé. No le he dado la mejor impresión a Larissa. Ni a Jackson. Y es un puesto de subdirectora. Yo solo soy una contadora sénior en Synergy.

—¿Quieres que hable con algunas personas? Podría pedirle a Cooper que hable con Jackson. O podría hacerlo yo mismo. Lo vemos a él y a su familia todo el tiempo.

Observé a Ben de su camisa de botones a sus jeans. ¿Eso era una *arruga*? Ni siquiera sus tenis tenían un rasguño. Ben tenía a alguien de la lavandería que se encargaba de su ropa. Y un trabajo de verdad en una fundación que ayudaba a niños en situación de riesgo. Era más grande y estaba mejor establecida que la de Jackson, por lo que no era un puesto de subdirector como al que yo aspiraba. Todavía. Aun así, en muchos sentidos, mi hermano pequeño me había superado.

No podía aprovecharme de sus contactos para avanzar. No, no iba a mentirme. Era demasiado orgullosa para aceptar la ayuda que me ofrecía. Demasiado orgullosa para admitir que necesitaba la ayuda de mi hermano menor.

—No, gracias. Lo haré por mi cuenta.

—¿Estás segura? No sería ninguna molestia. La gente en ese círculo lo hace todo el tiempo.

—Ben. —Me reí—. Ahora tú eres parte de ese círculo. Pero yo me encargo, gracias. Descubriré cómo impresionar a Larissa y ganar ese trabajo por mi cuenta.

—Sé que puedes hacerlo. Y estoy muy orgulloso de ti por hacer este cambio. Hubiera sido fácil seguir ascendiendo en Synergy. Hay que tener agallas para ser honesta contigo misma sobre lo que quieres en tu carrera.

—Algunos días parece una mala idea. Ya sabes, los contadores somos un grupo bastante conservador. —Intenté reír, pero el sonido se quedó atrapado en mi estómago.

—Tú puedes con esto —dijo él—. Y si alguien merece ser feliz, eres tú.

Díselo a Larissa. Y al Hombre Misterioso que había desaparecido de mi vida tan rápido como había entrado en ella.

Acaricié el anillo en mi pulgar. Una pista. Aunque era demasiado realista como para pensar que incluso mi Hombre Misterioso podría hacerme feliz para siempre.

¿Pero el trabajo en la fundación? Si lo conseguía, le demostraría a mamá lo que valgo. A todo el mundo.

Y entonces estaría satisfecha.

HABÍA COLGADO el anillo de oro de mi Hombre Misterioso en una cadena alrededor de mi cuello. Era para guardarlo, tal como lo había prometido, no porque me gustara su cálido peso anidado contra mi corazón.

A las cinco y media del primer día de trabajo del nuevo año, lo acaricié donde yacía bajo mi blusa negra holgada mientras Larissa examinaba la sala de conferencias del primer piso de Synergy y suspiraba.

—Ojalá pudiéramos encontrar un espacio de oficina permanente para la fundación. Pero todos los edificios que he visto son tan sosos y monótonos.

—Estoy segura de que encontrará algo que le guste. Con el tiempo. —Aunque llevaba un año buscando, y yo empezaba a pensar que sus estándares eran demasiado altos—. Hasta entonces, puedo conseguir un espacio en Synergy cuando quiera. Y el café es gratis.

Sus fosas nasales se ensancharon como si oliera el café quemado del final del día, pero dijo:

—Está haciendo lo mejor que puede.

Sonaba casi como un cumplido, pero no era suficiente para mi ser codicioso y buscador de afirmación. Abrí la boca para ofrecerle traerle una gaseosa o lo que pudiera encontrar en la sala de descanso, pero ella me interrumpió.

—Miriam, creo que el otro día me fui del café por accidente sin pagar. ¿Usted cubrió mi cuenta?

El latte de diez dólares.

—Sí, pero no fue nada —mentí.

—Yo pago mis deudas. Envíeme por texto su nombre de usuario de PayMo y se lo devolveré.

—De acuerdo, claro. Pero hablando de reembolsos, todavía necesito el recibo de…

—Hola, disculpen que llego tarde. —Natalie entró apresuradamente, luciendo impecable como siempre con un blazer y pantalones de lana blancos… ¡blancos! Era como una modelo, más alta que yo y esbelta, y parecía que acababa de salir de una pasarela. Un vibrante bolso Prada rojo colgaba de su hombro.

—No hay problema. —La sonrisa de Larissa para Natalie era cálida y melosa como un panecillo dulce—. Nos alegra mucho que pudiera acompañarnos.

Natalie estrechó la mano de Larissa y luego la mía. Su sonrisa era contagiosa.

—Qué bueno verte de nuevo, Mimi. Jackson me envió tus proyecciones de presupuesto. El detalle fue impresionante.

Un cálido resplandor comenzó justo debajo del anillo en mi esternón y se extendió por mi pecho. No era como la vez que una de las chicas populares había descubierto que yo era buena en matemáticas y se hizo mi amiga para que la ayudara con trigonometría. No se parecía en nada a la gratitud fugaz de Larissa. El sincero elogio de Natalie hizo que mis mejillas se alzaran en una sonrisa.

Dejó su bolso sobre la mesa de conferencias y sacó unos papeles.

—Vine preparada con algunas ideas sobre la gala. Y una propuesta de presupuesto. —Me lanzó otra sonrisa rápida y cómplice.

Larissa se sentó a la cabecera de la mesa.

—Miriam, ¿puede traerme una botella de agua? ¿Usted quiere algo, Natalie?

—Oh. —Natalie arrugó la frente—. No, gracias. Esperaré a que regreses para empezar, Mimi.

Larissa agitó la mano.

—No se preocupen por eso. La pondremos al día más tarde. Miriam aprende rápido.

Apreté los puños. Recordándome que había estado a punto de ofrecerme a traerle algo, sacudí mis dedos. Además, acababa de hacerme un cumplido.

—Ahora mismo vuelvo —dije. Corrí a la sala de descanso y agarré tres botellas de agua de la reserva en el refrigerador. Supuse que en una organización austera como la fundación, una subdirectora también podría actuar como asistente para todo. Pero cuando obtuve mi título de contadora y presenté el examen de certificación, no había imaginado querer un trabajo donde trajera agua. Y ahora lo estaba haciendo gratis. Un escalofrío recorrió mi piel.

Cuando volví a entrar, Natalie y Larissa estaban juntas, mirando algo en la pantalla de la laptop de Larissa.

—¿Ve? Le dije que el club de campo funcionaría —dijo Larissa—. Tiene todo el espacio que necesitamos.

—Claro. Es un poco genérico, pero podemos adornarlo con flores. Excelente trabajo consiguiendo algo con tan poca antelación —dijo Natalie.

Los labios de Larissa se fruncieron, pero asintió.

—Podemos actualizar nuestro contrato con la floristería. Miriam se encargará de eso. Ella sobresale en las tareas administrativas.

No debería haberme molestado. Después de todo, yo solo era la voluntaria financiera para la fundación y, por extensión, para la gala. Y haría lo que fuera necesario para sacar adelante la gala. Aun así, mi pecho se oprimió.

Natalie me miró.

—Seguro que también te gustaría la parte creativa, Mimi. ¿Quieres ayudarme a elegir la comida? Será difícil encontrar un servicio de catering con tan poca antelación, pero la parte de la degustación será divertida.

El calor se reavivó dentro de mí. Finalmente, una oportunidad de contribuir con algo significativo.

—Claro. ¿Tienes alguna idea?

Me deslizó un papel.

—Tengo cotizaciones de cinco servicios de catering. ¿Están dentro del rango correcto?

Eché un vistazo a las cifras. Todas menos una estaban dentro de mi presupuesto proyectado.

—El primero es un poco alto, pero los demás se ven bien.

Una comisura de su boca se curvó en una sonrisa torcida, haciéndola parecerse a su hermano.

—Creo que puedo convencerlos con un poco de labia para que acepten la cifra correcta si son los que más nos gustan. Preferiría no eliminarlos todavía.

—Eso es justo. Sé que tenemos que organizar una fiesta de calidad, pero también necesitamos mantener los gastos bajos para que el dinero vaya a los niños.

Natalie sonrió.

—Los donantes bien alimentados son donantes felices. Y generosos.

—¿Su generosidad está correlacionada positivamente con la cantidad de comida? —Mi chiste matemático cayó en saco roto. Ambas mujeres me miraron sin expresión—. O sea, si duplicamos el pedido de comida, tal vez serían el doble de generosos.

Natalie me dedicó una sonrisa débil.

—En realidad, la gente pasa más tiempo socializando en estas cosas que comiendo. Pero les gusta que la comida sea bonita.

—De acuerdo. No sé qué tan buena soy eligiendo comida bonita para que la gente rica la ignore, pero lo intentaré.

Las cejas rubio ceniza de Larissa se fruncieron.

—Necesito que se tome esto en serio, Miriam. Esta gala es importante para la fundación.

—¡Por supuesto! —Intenté reunir las palabras—. Le dedicaré el cien por ciento de mi atención. —Lo cual no era del todo cierto. Necesitaba al menos el uno por ciento de mi atención para levantarme y moverme. Otro cinco por ciento para comer y mantener mi higiene. Y al menos un cuarenta por ciento para mi verdadero trabajo en el piso de arriba. Pero Larissa no parecía entender de números.

Por eso me necesitaba. Incluso si deseara no hacerlo.

Quizás no debería haberme apresurado tanto a ser una de los marineros que Jackson había pedido. Tenía más posibilidades de avanzar si mantenía un perfil bajo y producía números sin parar.

Trabajar en la gala era un riesgo. Si era un éxito, Jackson sabría que yo había ayudado. Y con su apoyo, a Larissa le costaría mucho negar mi solicitud para el puesto de subdirectora. Pero si arruinábamos la gala, Larissa me usaría como chivo expiatorio, y le sería fácil cumplir su amenaza de asegurarse de que me rechazaran en cualquier otra fundación benéfica.

El riesgo no era lo mío. Por eso me había hecho contadora en primer lugar. Todas las empresas necesitaban contadores. El dinero era bueno y el empleo estable.

Pero la estabilidad ya no era suficiente. Quería algo más. Realización. Un sentido de hacer el bien en el mundo. De ayudar a los niños.

Volví a mirar a Larissa. Su frente seguía fruncida. Luego capté la sonrisa esperanzada de Natalie, tan parecida a la de su hermano.

—No los decepcionaré —prometí.

Natalie me abrazó.

—Va a ser genial. Con tu inteligencia para el dinero, mi ojo para el diseño y el... —tragó saliva—... liderazgo de Larissa, no podemos fallar.

—Los miembros del comité tendrán responsabilidades la noche de la gala. Miriam, necesitará vestirse... apropiadamente. —La fría mirada azul de Larissa recorrió desde mi cabello encrespado de fin de jornada hasta mi túnica negra holgada y mis pantalones negros sin forma.

—Estoy segura de que tiene algo que ponerse —dijo Natalie apresuradamente—. O... ¡o puedo llevarte de compras! ¡Será muy divertido!

La ropa y los bolsos de diseñador no eran lo mío —¿recuerdan?, contadora—, pero yo sabía a ciencia cierta que el bolso que Natalie había dejado tan descuidadamente sobre la mesa costaba cuatro cifras. Un viaje de compras con Natalie Jones sonaba caro y humillante.

—Tengo algo que ponerme —mentí. Ben me ayudaría. Siempre se ofrecía a darme un cambio de imagen. No dejaría que hiciera eso, pero podría ayudarme a encontrar un vestido de noche que no costara más que mi alquiler.

—¡Genial! —Natalie aplaudió. Su teléfono vibró sobre la mesa y lo miró—. ¿Hay algo más que necesitemos revisar hoy? Mi hermano está aquí para recogerme.

—¿Jackson? —Esa era una forma extraña de decirlo, ya que él había estado trabajando en el edificio todo el día.

—No, mi otro hermano, Andrew. Voy a llevarlo a cenar.

—Hablando de cena, no olviden darme el nombre de su acompañante para la gala, señoras —dijo Larissa.

—¿Un acompañante? —Esto sonaba como el tipo de matemáticas que no me gustaban. El anillo pareció arder contra mi piel.

—Alguien con quien sentarse en la cena. Los miembros del comité estarán repartidos en varias mesas para que los donantes tengan acceso a nosotros. Seguramente querrá una cara amiga a su lado.

No tenía tiempo para salir con nadie, y mucho menos para encontrar a alguien para llevar a un evento. ¿Iría Ben conmigo? ¿Pero qué tan patético sería llevar a mi hermano?

No tan patético como aparecer sola, como había hecho en la boda de Bree.

—Yo… no estoy saliendo con nadie.

—No tiene que estar saliendo con alguien para llevar una pareja. —Frunció los labios—. Tíentelos con comida gratis.

Mis mejillas se enfriaron. Claro, me gustaba una comida gratis tanto como a cualquiera, ¿pero era *eso* lo que pensaba de mí? Como no pertenecía a su mundo de niña rica, me menospreciaba. ¿Era por eso que no quería trabajar conmigo?

—Yo puedo encontrarte una pareja —dijo Natalie—. Conozco a muchos chicos. O… ¿chicas?

El calor volvió a mi cara.

—Gracias. —Aunque era muy amable de su parte ofrecerse, los hombres que Natalie conocía probablemente me mirarían por encima del hombro incluso más que Larissa—. Dame unos días para usar mi red de contactos —y por «red de contactos», me refería a los pocos números que había guardado de mis aventuras de una noche— y te diré si necesito ayuda.

—Claro, sin prisa. —Natalie sonrió.

—La gala es en seis semanas. El Día de San Valentín. No espere demasiado, o todos los mejores ya estarán ocupados. —Larissa soltó una risita.

Genial. Sabía en el fondo de mi mente que estábamos

planeando el evento para el 14 de febrero, pero hasta que ella lo señaló, no había pensado en invitar a alguien a salir el Día de San Valentín. Cualquier hombre en su sano juicio saldría corriendo en dirección opuesta. Y normalmente, yo le advertiría a un chico que tuviera cuidado con la mujer soltera desesperada en una festividad de Hallmark.

Pero esta vez, la mujer soltera desesperada era yo.

7

MATEO

CONQUÍSTALA CON COMIDA.

Apoyado contra los casilleros en el diminuto vestíbulo del edificio de Mimi, me apreté contra el pecho la bolsa de tela que mi tía me había dado, esperando mantenerla caliente. No iba a ser tan digna de una conquista después de pasar por el microondas, pero definitivamente nos acercábamos al momento en que el famoso pollo guisado de mi tía se enfriaría.

Un par de hipsters muy monos me dejaron entrar al edificio. Podría haber usado la llave que Ben me había prestado para entrar y empezar a calentar la comida en el horno. Allá en la isla, hacíamos cosas así todo el tiempo. Pero Mimi había construido altos muros a su alrededor, y tenía que respetar sus límites tanto como fuera posible.

Dios, cómo quería fumar. Miré con anhelo a través de la puerta de cristal. Sería tan fácil salir y encender uno, calmar el temblor de mis dedos. Pero olería a cigarro, y Mimi odiaría eso. Además, me había prometido que lo dejaría. Y era lo suficientemente fuerte como para hacerlo, incluso después de todos estos años.

¿Dónde estaba? Mi primo era un ejecutivo ambicioso en

Synergy y, por lo general, llegaba a casa a las siete. Hablaría con él sobre lo duro que su empresa hacía trabajar a Mimi.

Aunque dudaba que a ella le gustara eso.

La puerta de la calle se abrió y ella entró como una ráfaga de aire fresco, con sus rizos oscuros cayéndole sobre la cara y el abrigo abierto. La punta de su nariz estaba roja, pero su piel resplandecía. Era un rayo de sol que atravesaba las nubes omnipresentes.

Me despegué de la pared y abracé la bolsa con más fuerza. —¿Buenas noches. Cómo te fue en el trabajo?

—¿Mateo? —Sus hermosos ojos marrones se abrieron de par en par—. ¿Qué haces aquí? ¿Ben está bien? —Tenía los ojos enrojecidos por el cansancio. Definitivamente hablaría con mi primo.

—Él está bien. Vine por ti. Te traje la cena. La hizo mi tía.

Le gruñó el estómago y se puso una mano sobre él. —Vaya, eso suena genial —aspiró—. También huele bien. ¿Qué es?

—Ah, ah —bromeé—. Es una sorpresa. ¿Puedo subirla por ti?

La pequeña arruga que se le formaba entre las cejas cada vez que me miraba apareció. —Supongo. Pero ¿por qué no enviaste un mensaje de texto primero?

Hice una mueca. Miguelito decía lo mismo a pesar de que yo vivía justo al otro lado del camino de entrada de él y de Ben. —Lo siento. Nunca tuve que enviarle mensajes de texto a nadie en casa. En el pequeño pueblo donde vivía, la gente simplemente aparecía en la puerta de los demás.

—Bueno, no hacemos eso en San Francisco. La próxima vez, usa tu teléfono.

Esos teclados diminutos de los teléfonos no estaban hechos para mis dedos grandes. Mis mensajes de texto siempre estaban llenos de errores que el autocorrector destrozaba y, sin mis lentes, a veces no me daba cuenta. Pero por Mimi, lo intentaría. —Lo que sea por ti, bella.

Cuando frunció el ceño, me desinflé. Por lo general, mis bromas hacían sonreír a la gente. Pero Mimi veía a través de mi coqueteo. Nada funcionaba con ella. Nada de lo que yo intentaba, al menos.

Caminé tras ella hasta las escaleras y subimos al segundo piso. Esperé mientras ella metía la llave en la cerradura y encendía las luces.

Su apartamento se veía igual que la última vez que estuve allí, la mañana que vine a ver cómo estaba después de su noche de copas. Pero como acababa de llegar de la casa de mi tía, con su profusión de velas, pesebres y santas, parecía desolado. Incluso yo había puesto una guirnalda de luces multicolores de una tienda de saldos sobre la chimenea de mi casita. Pero Ben me dijo que su familia era judía, y lo había visto encender la menorá en su casa y la de Miguelito hacía semanas.

Su casa estaba ordenada e insípida, ni un libro o adorno fuera de lugar. El mobiliario era mucho más frugal que el de la casa de invitados de Miguelito. El único color del lugar provenía de los pósteres de superhéroes pegados a sus paredes: Wonder Woman, Doctor Strange, Thor y otros.

Dejé la comida en el mostrador de la cocina. —¿Te importa si la caliento?

—No. Ven, te mostraré dónde están las cosas.

—No te preocupes. Sé cómo moverme en una cocina. ¿A menos que sigas una dieta kosher? No quisiera mezclar tus platos de carne y lácteos.

Sus ojos cansados se encendieron por un segundo y luego se entrecerraron. —No. No como cerdo, pero no tengo dos juegos de platos. Usa lo que quieras. Voy a cambiarme.

Se fue y yo solté el aire. Antes de las fiestas, me había gritado. Tal vez se me había concedido mi deseo de Navidad.

No iba a arruinar el milagro navideño. Saqué una olla para el estofado y la puse en la estufa, luego encontré una cacerola y metí el arroz en el horno para recalentarlo. El pudín de pan también fue al horno. Empezaríamos con la ensalada verde que había hecho.

Encontré sus platos y cubiertos y puse la mesa, doblando las servilletas en rectángulos precisos como imaginaba que le gustaban a Mimi. Coloqué los tenedores y cuchillos exactamente paralelos. Justo cuando estaba arreglando el ramo que había traído en un jarrón, Mimi entró en la cocina.

—Vaya —dijo. Llevaba pantuflas, del tipo que hacen un ruido de arrastre al caminar, además de unos leggings grises y una sudadera extragrande de la UCSF. Llevaba el pelo recogido en una fuente suelta de rizos en la parte superior de la cabeza.

Dios, parecía lista para meterse en la cama. Deseé tener el derecho de hacerlo yo.

—Vaya —repetí.

—Oh, eh, lo siento. —Sus mejillas recién lavadas se enrojecieron—. Costumbre. Ha sido un día largo. —Se cruzó de brazos sobre el pecho. ¿Se había quitado el sostén?

Sostuve una manopla de cocina frente a mí para ocultar la erección que se endurecía contra mi muslo. *Conquístala con comida, tonto.*

—Todo está listo. Siéntate, y te serviré.

—Gracias. —Inclinó la cabeza como si intentara descifrarme, pero se arrastró hasta la mesa y se sentó.

Serví arroz y estofado en dos platos y los llevé a la mesa. —Es pollo, no cerdo —dije.

—Gracias. —Se reclinó en la silla de madera rígida—. Huele fantástico.

—Mi tía es una gran cocinera. Casi tan buena como lo era mi padre. —Me senté en la silla frente a ella.

—¿Lo era? —No tomó su tenedor, sino que inhaló sobre el plato humeante.

Mierda, ¿por qué lo había mencionado? La comida siempre lo traía a mi mente. —Murió.

—Lo siento. —Hizo eso que hace la gente, la compasión suavizando sus ojos.

No quería su lástima. Aunque quería todo lo demás de ella. —Fue hace mucho tiempo. Diez años. Y yo ya era mayor cuando pasó. ¿Cómo te fue en el trabajo?

Parpadeó, luego sus labios se curvaron hacia abajo. —Bien. —Tomó su tenedor y recogió un bocado de arroz y estofado.

—¿En serio? No pareces que te haya ido bien. Y te quedaste hasta muy tarde.

—El trabajo estuvo bien. Fue la reunión de la fundación después lo que no fue genial. —Cerró los labios sobre el bocado de comida, y sus ojos se pusieron en blanco. Masticó y tragó—. Dios, esto está delicioso.

—¿Qué pasó en la reunión de la fundación? No fue por tu presentación de nuevo, ¿verdad?

—No, no. —Masticó otro bocado de estofado y tarareó—. Tenemos esta gran gala próximamente. Ya sabes, una fiesta de gala. Me ofrecí como voluntaria para ser parte del comité de planificación. Es, um, algo muy importante para la fundación. Además, tengo que ir a la gala. O sea, de etiqueta. —Se frotó el puño deshilachado de la sudadera.

—¿No quieres ir?

—No. O sea, sí, sí quiero. Será genial para hacer contactos. Jackson Jones estará allí, y quiero impresionarlo. Hay un trabajo que podría conseguir. Uno de tiempo completo con su fundación, y creo que está a favor de dármelo.

—¿Un trabajo con más dinero? —San Francisco era caro. Todo el mundo necesitaba más dinero. Excepto mi primo y sus amigos multimillonarios.

Bebió un sorbo de agua y sonrió, sus labios brillando con la humedad. Rápidamente subí la mirada a sus ojos, pero eran igual de distractores con sus párpados caídos y somnolientos que me recordaban la noche en el bar, cuando me besó con todas sus ganas.

—Probablemente es el mismo dinero que gano en Synergy. Pero es un trabajo que importa. La fundación ayuda a niños. Niños neurodivergentes. Tuve un amigo cuando era pequeña... En fin, quiero ser parte de ello. Quiero tener éxito, pero también quiero que mi trabajo ayude a la gente.

Una calidez burbujeó en mi pecho. Me había enamorado de la

belleza y la mente aguda de Mimi, pero ahora descubría que también tenía un corazón tierno. Era un ángel.

—Pero… —Tomó su tenedor y separó un trozo de papa del estofado, pero no lo pinchó—. No solo es de etiqueta formal —y no uso vestidos de gala— sino que se supone que debo llevar un acompañante.

—La ropa es fácil, especialmente en una ciudad como San Francisco.

—No cuando tienes mi figura. —Señaló su sudadera holgada.

—Estabas deslumbrante en la boda de tu amiga. Tienes una figura preciosa. Como una mujer, no un palillo.

Sus mejillas se pusieron tan rojas como las rosas en el jarrón. —Um… gracias. Pero ir de compras puede ser un reto.

Hinché el pecho. —Yo te llevaré de compras. Te encontraré una tienda con vestidos que te encantarán.

Levantó una ceja. Claramente, había saltado por encima del muro protector que mantenía a su alrededor.

—Yo… o sea, si quieres. O puedo preguntarle a mi tía.

Torció los labios hacia un lado. Un quizá. Podía trabajar con eso. Lo que no daría por verla en seda ceñida.

—¡Y! —El pensamiento cruzó mi mente demasiado rápido para contenerlo—. Iré contigo. A la gala.

Sus ojos se abrieron de par en par. Había ido demasiado lejos. Había atravesado ese muro como un mazo. —O sea, como tu pareja. Un amigo.

Se mordió el labio, y yo no podía. Dejar. De. Mirar. Recordé cómo había mordisqueado mi labio esa noche. Cómo había sabido. Pero ella no recordaba nada de eso. Tenía que encontrar el camino de vuelta a ello de alguna manera, y mi instinto me decía que la gala era la clave.

—No sé…

—Tengo un esmoquin. —No lo tenía, pero mi primo tenía todo un perchero de ellos en su armario, y éramos de la misma talla—. Y soy genial con la gente.

Sus dos cejas oscuras se dispararon hacia arriba. Era la pura verdad, aunque yo no era más que torpe cerca de Mimi.

—¡Y! —Si la dejaba decir la palabra *no*, todo se acabaría. Tenía que seguir hablando para que no tuviera la oportunidad de decirla—. Soy un bailarín fantástico.

Soltó su labio, que rebotó rojo y brillante. Me entrecerró los ojos. —¿Eso es un eufemismo?

Luché por poner una sonrisa sexi en mis labios, pero probablemente terminó pareciendo adolorida. —¿Quieres que lo sea?

—No. No. —Sus mejillas se pusieron rojas, no con manchas como cuando Ben se sonrojaba, sino con un suave rubor magenta que le cubrió las mejillas y la frente—. ¿Pero bailar? ¿Crees que tengamos que bailar en esa cosa?

—¿Tener que hacerlo? No. ¿Deberíamos? Absolutamente. —No había nada que deseara más que tenerla en mis brazos, su cara tan cerca que estaría fuera de foco. Querría sacar mis lentes para estudiar sus facciones como lo había hecho en el bar.

—No sé bailar.

Una comisura de mi boca se levantó, y las palabras fluyeron como el agua. —Hermosa, yo te haré lucir bien.

Su mirada se desvió a mi boca. Se lamió los labios. Luego, para mi sorpresa, sonrió. —¿Se supone que debo creerte?

Gracias a Dios. Mis habilidades para coquetear estaban de vuelta. Levanté las cejas. —¿Te apetece una demostración?

—¿Aquí? ¿Ahora? —Sus ojos recorrieron la diminuta cocina.

—Cuando quieras. Ben puede dar fe de mí. Bailamos en la isla.

Su boca se redondeó en una O. —¿Eres gay?

—Bisexual. Pero te prometo que nunca besé a tu hermano. —Lo pensé la primera vez que lo conocí, pero rápidamente descubrí que, aunque él y Miguelito aún no estaban juntos, mi primo ya lo consideraba suyo. Y cuando conocí a Mimi, descubrí que Ben no era más que una pálida sombra de su vibrante hermana. En un instante, me enamoré de sus curvas exuberantes, sus labios llenos y de color coral, el chasquido inteligente de sus profundos ojos marrones.

Me entrecerró los ojos. ¿Qué más podía ofrecerle?

—Te traeré comida. Cuando quieras. —Señalé su plato casi vacío—. Y... y dejaré de fumar.

—¿Solo para que te lleve a esta gala? —Inclinó la cabeza—. ¿Qué ganas tú?

Tenía que andar con cuidado en el campo minado que había instalado dentro de sus muros. —Una oportunidad de vestirme elegante, hablar con gente y pasar tiempo contigo. Además, comer con un amigo es mejor que comer solo.

Permaneció en silencio por unos segundos. Luego unos cuantos más. Finalmente, dijo: —Está bien. Es el Día de San Valentín. Pero eso no significa nada. ¿Entendido? Solo somos dos personas, vistiéndonos elegantes para una comida gratis. Una comida gratis relacionada con el trabajo.

—Amigos —dije, extendiendo mi mano sobre la mesa.

Ella acomodó su mano pequeña y suave en la mía. Luché contra el impulso de llevarme sus dedos a los labios y, en su lugar, le estreché la mano una vez.

—Trato hecho —dijo.

A regañadientes, solté su mano y puse mi cara en blanco para ocultar la alegría que quería estirarla en una sonrisa tonta. —Trato hecho.

8

MIMI

ESTABA ACOMODANDO las copias del presupuesto de la gala cuando Natalie entró pisando fuerte, diez minutos antes, con sus botas hasta la rodilla resonando en los pisos de madera de la sala de conferencias del primer piso de Synergy. Yo me habría visto como una niñita jugando a disfrazarse con ellas —si es que las hacían para pantorrillas anchas—, pero Natalie se veía increíblemente alta y elegante.

—Ven acá —dijo, moviendo los dedos—. Necesito un abrazo.

Ojalá pudiera odiarla, pero no podía.

—Hola, Natalie. —Enderecé la copia del presupuesto en el asiento de Larissa y me estiré para abrazarla. No era tan huesuda como parecía y el abrazo se sintió bien. No me había dado cuenta de cuánto extrañaba a Ben y sus abrazos generosos desde que se había mudado.

Natalie me abrazó con fuerza y luego se relajó. Después de unos segundos, me soltó y nos separamos. Con lo que pareció un gran esfuerzo, sonrió. —Buenas tardes.

—¿Pasa algo?

—Solo mi testarudo hermano. Él... olvídalo.

—¿Quién, Jackson?

—Claro. Andrew es el tipo más dulce y razonable que puedas conocer. Bueno, excepto por su desastrosa vida amorosa. Mi hermano Jackson, por otro lado, a veces me provoca gritar.

—¿Es por la gala? ¿Necesitamos hacer algún cambio? —Tomé la copia del presupuesto. No era bueno hacer enojar al fundador con una mala decisión. Estaba doblemente expuesta. Podía desquitarse conmigo en mi trabajo actual y en el que esperaba conseguir. No es que pensara que Jackson era vengativo. Hasta ahora, no había sido más que un gran apoyo para mí.

Aunque Byron también había sido así, hasta que me mordió como una serpiente.

Natalie sacudió las manos. —No, no hay nada que tengamos que hacer. Era algo que quería que él hiciera. Pero está bien. Ya lo resolveremos.

—De acuerdo. Si estás segura. —Volví a dejar los papeles en el lugar de Larissa.

—Aquí están. —Una voz profunda llegó desde el pasillo. Mateo llenó el umbral de la puerta con sus anchos hombros y su increíble altura. Sostenía una bolsa de papel marrón en cada mano, los tendones tensos en sus antebrazos expuestos.

¿Por qué carajos le estaba mirando los antebrazos? El peligro estaba en su boca. ¿Qué diría para avergonzarme delante de Natalie?

Mirarle la boca también fue un error, como había aprendido la semana pasada en mi cocina, la noche en que acepté llevarlo a la gala como mi pareja. Sus labios eran carnosos y exuberantes, y cuando me dedicó esa sonrisa sexy e inclinada, mi sensato cerebro se desconectó. En lugar de recordar todas las razones por las que era una mala idea, me concentré en sus labios y en si se sentirían tan suaves como parecían si extendía la punta de un dedo para tocarlos.

Cuando se curvaron en una sonrisa, parpadeé y aparté la vista. ¡Nada de mirarle la boca! Cuando observé el papel arrugado en mi mano, recordé para qué estábamos allí: una reunión del comité de la gala. Y Mateo no tenía nada que hacer ahí.

—¿Qué haces aquí?

Levantó las bolsas, flexionando los brazos. Un delicioso olor se esparció por la sala de conferencias. —Ben dijo que tenías una reunión esta noche. Traje comida.

Cenar a solas con Mateo era una cosa, pero exponer a Larissa, a quien ya no le caía bien, a las meteduras de pata de Mateo era una idea terrible. Por muy amable que hubiera sido la otra noche.

Puse una mano en la manga de su camiseta negra de compresión, que parecía pintada sobre su piel, y lo empujé para que saliera por la puerta. Dios, su brazo era como una roca. Una roca para lamerla.

—Ya hablamos de esto —le susurré—. Se suponía que me ibas a mandar un mensaje.

—Lo hice —retumbó él.

Saqué el celular de mi bolsillo. —Me escribiste: «*Llevanto cena*». ¿Qué demonios significaba eso?

Hizo una mueca. —El autocorrector y yo no nos llevamos bien. Quise decir: «Estoy llevando la cena», pero…

—No. Estamos bien. Gracias. Seguro que puedes llevarles eso a Cooper y a Ben. No tengo hambre. —Mientras me acercaba a él para acompañarlo a la salida del edificio, mi estómago protestó con un gruñido tan fuerte que todos en el piso debieron de oírlo.

—Ah. Pero no sabes lo que traje. Y no querrás estar de mal humor por hambre en tu reunión. —Sacudió ligeramente las bolsas y el olor a cebolla y pimientos me atrajo.

Mi estómago volvió a gruñir, pero lo callé presionando un puño contra mi abdomen. Desearía que no fuera tan alto y no tener que inclinar tanto el cuello para mirarlo a los ojos. —No estoy de mal humor por hambre.

—¿No? —dijo suavemente—. ¿O es otra cosa lo que te pasa?

Ese tono suave en su voz, tan acogedor, tan modesto, me hizo querer contarle todos mis problemas. Sobre lo agotada que estaba por equilibrar un trabajo de tiempo completo con el voluntariado.

Lo mucho que intentaba complacer a Larissa a cambio de tan poco. ¿Por qué tenía que ser tan… tan *amable?*

—¿Qué es esto? —No me había dado cuenta de que Larissa había aparecido detrás de Mateo.

Mierda. Ahora Larissa tendría que conocer a Mateo y ver lo torpe que era. Probablemente lo vetaría de todos los futuros eventos de la fundación, especialmente de la gala. Tenía que sacarlo de allí. Puse una mano en su pecho y empujé. Pero era como un mosquito intentando mover a un mamut.

—Pelea de novios. —Natalie se cruzó de brazos mientras se apoyaba en el umbral de la puerta de la sala de conferencias.

—¿Qué? —Giré bruscamente la cabeza para mirarla. ¿Qué había oído?

—Hola, novio guapetón de Mimi. —Sonrió con suficiencia.

—Él no es…

—Soy Natalie Jones. —Ignorando mi protesta, le tendió la mano.

Mateo dejó una de las bolsas en el suelo y le estrechó la mano. —Mateo Rivera. —Se volvió hacia Larissa y le estrechó la mano—. Y usted debe de ser la Larissa de la que tanto he oído hablar.

Las mejillas de Larissa se sonrojaron y pareció derretirse. Y entonces emitió un sonido que nunca había oído salir de su boca perfectamente delineada. Soltó una risita tonta, su mano demorándose en la de él. —Larissa Lane.

¿Qué? ¿Demonios? Tenía que volver a tomar el control de esta situación. Y eso significaba deshacerme de Mateo. —Mateo ya se iba. Nos vemos luego, Mateo.

—¿De qué hablas? —Natalie puso una mano en el antebrazo de Mateo, y por alguna razón, eso hizo que me rechinaran las muelas—. Nos trajo la cena. No voy a dejar que algo tan delicioso se vaya.

Mateo retiró su mano del agarre de Larissa y se volvió hacia Natalie; una comisura de su boca se alzó y un hoyuelo, de verdad, se marcó en su mejilla.

—Esta delicia no se va a ninguna parte —dijo él.

Vaya. Incluso el brillo de segunda mano era intenso.

Larissa se escurrió a su alrededor para entrar en la sala de conferencias, y cuando adoptó la posición de autoridad al fondo de la sala, su fría máscara había vuelto. Ladeando una cadera, posó las manos en sus caderas en una pose de poder. Arqueó una ceja. —¿Está con Miriam?

Oí la incredulidad en su tono y, por un segundo, quise reclamarlo, para demostrarle que el hecho de que prefiriera pasar desapercibida, hacer un buen trabajo y ser reconocida por ello, no significaba que no pudiera atraer a un hombre. Aunque, ¿a quién engañaba? Mateo era completamente inapropiado para mí. No creía que pudiéramos funcionar juntos. Larissa, que era perspicaz y exitosa, nunca se lo creería.

Justo cuando abrí la boca para decir *no*, Mateo dijo: —Así es. Vamos a ir juntos a la gala.

Larissa ladeó la cabeza como si no se lo creyera del todo. Pero dijo: —Bien. Me alegro de que haya podido encontrar a alguien, Miriam.

Antes de que pudiera soltar un «*solo somos amigos*» de mi boca, Natalie habló.

—Y trajo comida. ¿Qué nos trajiste, Mateo?

—Empanadas de un excelente restaurante colombiano de por aquí. Traje de carne, de pollo, de papa y de queso. Nada de cerdo. —Me lanzó una rápida mirada.

Mi estómago emitió un gorgoteo esperanzado. Habría comido comida no kosher si oliera así de bien.

—¿Qué estamos esperando? —preguntó Natalie—. Comamos mientras nos reunimos.

Esta situación se me había ido de las manos. Y eso hizo que me rechinaran los dientes. Los apreté. Se suponía que debíamos reunirnos para hablar del presupuesto de la gala. Tenía tres copias impecables. Una cena de trabajo con Larissa y Mateo tenía un ochenta y cinco por ciento de probabilidades de ser un desastre. Pero no había nada que hacer mientras Mateo ponía las bolsas en el aparador y empezaba a sacar recipientes de comida.

Natalie lanzaba exclamaciones de asombro con cada producto. Incluso Larissa se asomó a las bandejas de aluminio. Mateo les preparó un plato de comida a cada una según sus especificaciones. El delicioso aroma llenó la sala de conferencias y tragué saliva.

Natalie y Larissa se sentaron con su comida, y antes de que pudiera averiguar cómo recuperar el control de la reunión, Mateo me presentó un plato. —Siéntate —dijo—. Come. Y luego hablas.

Me senté en mi lugar habitual a la izquierda de Larissa. Mateo colocó botellas de agua delante de cada una de nosotras y luego se aseguró de que tuviéramos un paquete de cubiertos y una servilleta.

—Las dejo con su reunión, señoras —dijo él.

—No, quédate —dijo Natalie—. Acércate una silla. Y un plato. No puedes simplemente dejar la comida e irte. Pasa unos minutos con nosotras. ¿Verdad, Mimi?

—Eh, claro. —Estaba setenta y un por ciento segura de que esto acabaría en desastre, pero no era un monstruo como para comerme la comida que él había traído y enviarlo sin nada.

Él me levantó una ceja y, como no me opuse, se preparó un plato de comida y se sentó en la silla a mi izquierda.

Me quedé mirando mi plato. Se veía absolutamente magnífico, un par de empanadas a las seis en punto, arroz y frijoles a las diez y a las dos. Una taza de salsa verde en el centro.

—Por Dios. Esto está delicioso. —Natalie tomó otro bocado y puso los ojos en blanco—. ¿Quién hizo esto y ofrecen servicio de catering para eventos grandes?

Mateo se rio entre dientes. —Tres Hermanas, en el Tenderloin. Y sí, hacen catering. Mi tía dijo que sirven en las bodas de su iglesia todo el tiempo. Ella conoce a las dueñas.

—Tenemos que contratarlas. ¿No crees, Mimi? —dijo Natalie.

—Pero… pero… ya seleccionamos un servicio de catering. — Ella y yo nos habíamos atiborrado de comida en citas consecutivas durante el fin de semana, e incluso había regateado con el más caro para que se ajustara a nuestro presupuesto—. Hice un cheque para el depósito.

Larissa dijo: —Todavía no se los he dado.

—¿No? —pregunté—. Le di el cheque el lunes.

Agitó una mano como si un cheque de cinco cifras no significara nada. —Creo que deberíamos hablar con esta gente. La comida latinoamericana será única y una experiencia más memorable. Podemos planificar la decoración en torno a ella. Estoy pensando en flores de papel, piñatas, maracas…

—O…

La voz de Mateo a mi otro lado me sobresaltó y volqué mi botella de agua. Afortunadamente, la enderecé antes de que se derramaran más que unas pocas gotas en mi copia del presupuesto. Que ahora estaba desactualizado. Lo sequé con mi servilleta.

—Podrían decorar con orquídeas. O, si son demasiado caras, claveles y rosas de colores vivos. Eso le dará un aire fresco y tropical sin ser demasiado exagerado.

Contuve el aliento. —Ya hemos presupuestado también la decoración y las flores.

Larissa desestimó mi protesta con un gesto. —Podemos arreglarlo con la decoradora. ¿Verdad, Natalie?

—Sin problema. Gina ha lidiado con suficientes caprichos de mi madre como para poder adaptarse a esto. —Se volvió hacia mí—. Estoy segura de que podemos ajustarlo al mismo presupuesto. No será mucho trabajo extra para ti, te lo prometo.

—Necesito gente que sea creativa y flexible —dijo Larissa, su voz punzante—. Creo que Mateo podría ser más adecuado para el comité de la gala que usted, Miriam.

—Espere —dijo él—. No estoy tratando de apoderarme de nada.

Mi estómago se contrajo. La situación era demasiado familiar. Un hombre entrando y tomando un trabajo que me había costado mucho ganar. Tal vez Mateo no había tenido la intención de hacerlo, pero aquí estábamos. Otra vez. Me quedé mirando mi plato. La comida había sabido maravillosa al principio, pero ahora la amargura me llenaba la boca.

Aparté mi plato. —No quise decir… yo me encargo. —Renegociar los contratos y actualizar el presupuesto llevaría un tiempo que no había planeado, pero con la aprobación de Larissa pendiendo de un hilo, trabajaría veinticuatro horas al día, siete días a la semana si fuera necesario.

Lentamente, mientras Larissa y Natalie limpiaban sus platos, los tres deshicieron la planificación que habíamos hecho durante la semana pasada y el presupuesto que yo había elaborado con tanto esmero.

La gota que colmó el vaso fue cuando Mateo dijo: —Conozco una fantástica banda de bachata. Un compañero de trabajo, Carlo, toca la trompeta con ellos en su tiempo libre.

—Definitivamente pagamos el depósito de la banda de jazz —dije.

—Podemos cancelarlo —dijo Larissa—. Valdría la pena perder el depósito para crear una experiencia auténtica.

—Pero son quinientos dólares que los niños no recibirán.

—Miriam. —Larissa me lanzó una mirada inexpresiva—. Es una pequeña fracción del presupuesto general de la gala. Siempre le digo que necesita ver el panorama general. Eso es lo que necesito en una subdirectora.

Me encogí. Mierda, no fue Mateo quien me había hundido. Lo había hecho yo misma.

—La atención al detalle es importante —dijo Mateo—. Estoy seguro de que también necesita eso.

Giré bruscamente la cabeza para mirarlo, y la amplia sonrisa que le había estado mostrando a Larissa vaciló.

—¿No es así? —dijo, sin apartar la mirada de la mía.

—Supongo que sí —dijo Larissa. Pero ninguno de los dos se molestó en volverse hacia ella. Sus ojos azules brillaron con algo cálido, como un día de cielo despejado en septiembre. Mi memoria retrocedió a otro par de ojos azules que me escuchaban, que me reconocían. Mi Hombre Misterioso. Deseé por enésima vez no haberlo perdido. Que estuviera aquí a mi lado en lugar de Mateo.

Mateo era solo otro hombre como Byron, pensando solo en sí mismo sin tener en cuenta lo que yo quería. Aún no entendía la agenda de Mateo, pero se estaba interponiendo en la mía. Mi Hombre Misterioso nunca habría irrumpido aquí y desmantelado todos mis planes.

Se aclaró la garganta. —La banda de Carlo está buscando su gran oportunidad. Probablemente les darían un buen precio. Por la exposición. ¿Podría hablar con ellos?

—Sí, por favor. —La autoridad había vuelto a la voz de Larissa—. Recuérdeme que le dé mi tarjeta, Mateo.

—Por supuesto. —Con lo que pareció un esfuerzo inmenso, apartó la mirada de mí y la dirigió a Larissa.

—Y se sentará en mi mesa en la gala —dijo ella.

—Siempre y cuando sea la misma mesa que la de Miriam —dijo él—. Recuerde, soy su pareja.

El silencio se prolongó lo suficiente como para que volviera a mirar a Larissa. Sus labios se fruncieron de una manera que usualmente significaba problemas para mí.

Luego le dedicó a Mateo —no a mí— una sonrisa que parecía dolorosa. —Podemos arreglar eso.

Mierda. ¿Mateo y Larissa en la misma mesa en la gala? Las luces de advertencia parpadearon en mi cerebro. —Pero usted dijo…

Sus ojos se entrecerraron ominosamente. —Podemos arreglarlo, Miriam.

Los músculos de Mateo se tensaron a mi lado. —Debería dejar a estas encantadoras damas con su planificación.

A pesar de las protestas de Natalie y Larissa, recogió los platos vacíos y mi plato a medio comer. Empacó las sobras y prometió dejarlas en el refrigerador de la sala de descanso para que Larissa se las llevara a casa.

No se me escapó su sonrisa coqueta mientras le metía su tarjeta en la mano.

Con una última mirada críptica hacia mí, Mateo salió a grandes zancadas, llevándose consigo el olor de la deliciosa comida que no había podido comer.

Cuando se fue, las luces fluorescentes zumbaron de una manera que me dejó hueca por dentro. Debió ser el agotamiento lo que me hizo sentir apagada y vacía.

—Así que… —La picardía bailaba en los ojos azules de Natalie—. Tú y Mateo.

—Pensé que no estaba saliendo con nadie —dijo Larissa.

—No estoy saliendo con nadie. Quiero decir, Mateo es mi pareja para la gala, pero… —Pero, ¿qué éramos? Habíamos dicho que éramos amigos, pero ni siquiera éramos eso.

—¡Es algo nuevo! —Natalie aplaudió—. Me encanta esa sensación de una relación nueva. El zumbido que sientes en el estómago, el sexo salvaje…

—¿Sexo? ¡No hay sexo! Solo estamos…

Natalie resopló. —Ustedes dos prácticamente estaban teniendo sexo contra la pared de afuera. Si aún no se han acostado, no pueden estar a más de una cita de hacerlo.

No. No, no, no. Ya había pasado por esto antes. Con Byron. Antes de aprender que salir con alguien con quien trabajaba terminaba en desamor y traición. Y ahora Mateo y yo estábamos trabajando juntos en el comité. Lo que esperaba que se convirtiera en un trabajo permanente en la fundación. —¿Una cita? Nosotros…

Larissa me interrumpió. —Podríamos usar su ayuda ahora que vamos con un tema latinoamericano.

—Pero Mateo no es latinoamericano. Es…

—¿Importa? —dijo Larissa—. Es todo lo mismo. Lo necesitamos, Miriam. No lo eche a perder.

Bueno, mierda. Nuestra cita de amigos para la gala había explotado de alguna manera en algo que podría hacer o deshacer el trabajo que tan desesperadamente quería. No podía permitirme arruinarlo.

9

MATEO

SALUDÉ A CARLO con la mano en el porche de mi tía mientras me bajaba del Jeep. Él me levantó una taza humeante, una de las alegres tazas rojas de la cocina de ella.

Bien. Le contaría las noticias de anoche en persona.

—Hola, Carlo —dije mientras subía al porche.

Mientras charlábamos, encendió un cigarrillo y me ofreció otro de su cajetilla. Fue fácil negarme. No quería oler a humo cuando visitara a Mimi en la oficina esta noche para decirle que la banda de Carlo participaría.

Anoche, cuando entré en su reunión, la sorprendí mirándome los labios. Esta cita para la gala nos acercaría más. Mi torpeza a su alrededor comenzaba a disiparse. Por fin podría conquistarla como había querido hacerlo desde que la conocí.

Podría volver a besar esos labios.

Pero aún no habíamos llegado a ese punto. Todo entre nosotros era tan frágil como las figuritas elegantes en la vitrina de mi tía.

Sobre todo porque tenía el mal presentimiento de que la había hecho enojar en su reunión de anoche. Como nunca comía lo suficiente, quise alimentarla. Pero me excedí y la situación se salió de control. No era mi intención sugerir que cambiaran la comida, las decoraciones y el entretenimiento. Y, definitivamente, no pretendía terminar formando parte del comité. Pero el duro brillo en los ojos de Larissa me dijo que si me echaba para atrás ahora, las cosas solo empeorarían para Mimi.

Esta era mi oportunidad para impresionarla, para demostrarle que no era el metepatas que ella creía. Para compensar el desastre que había hecho de su presentación. Para reconstruir la conexión que ella había olvidado.

Cuando Carlo apagó su cigarrillo, le pregunté:

—Entonces, ¿qué vas a hacer para el Día de San Valentín?

Me dedicó una sonrisa pícara y parpadeó.

—¿Me estás invitando a salir?

Resoplé y señalé su pelo canoso y su barriga cervecera.

—No eres para nada mi tipo.

Se llevó una mano al corazón.

—Me hieres.

—Déjate de joder. Bueno. Tu banda...

—Tenemos un concierto esa noche. Abriremos para Banda Reina del Lirio en The Fillmore.

—No, no, no. Cancélalo. Tengo un concierto para ustedes.

—¿Cancelar? —sus ojos de párpados caídos se abrieron de par en par—. Reservamos este concierto el año pasado.

—Mira, pagaré cualquier penalización. Pero necesito que hagas esto por mí. Toca en el evento de la Fundación Jones. Es a beneficio de niños neurodivergentes. ¿No tienes un sobrino con dislexia?

Él puso los ojos en blanco.

—Joder, Mateo. Sabes cómo darme donde más me duele. Tendré que hablar con los muchachos.

—¿En serio? ¿Después de que te conseguí este trabajo tan cómodo? ¿Donde mi tía te trae su chocolate caliente especial? —

Olí la canela, incluso por encima del humo persistente de su cigarrillo.

—Está bien —suspiró profundamente—. Haré que los muchachos acepten. Paga bien, ¿verdad?

—Sobre eso... —hice una mueca—. Van a tener que hacerlo parecer una buena oferta. Yo compensaré la diferencia. Te lo prometo. —Era una suerte que Cooper me dejara vivir en su casa de huéspedes sin pagar renta. Este favor a Mimi me iba a costar caro.

—¡Dios mío! Me estás matando, hermano. Pero —extendió las palmas de las manos—, lo haré. Y ahora estamos a mano. ¿Entendido?

—Claro. Ahora, lárgate de aquí. Terminaste tu turno. ¿Todo tranquilo anoche?

—Como una tumba, hombre. No es que no aprecie el trabajo, pero ¿no crees que el guardia del vecindario y el sistema de seguridad lo mantendrán alejado? —Carlo señaló con la barbilla la cámara que apuntaba a la puerta principal.

—Por lo que he oído, el ex de Rosa es un cabrón muy persistente. Apareció en la oficina de Cooper el verano pasado.

—Ah. Más le vale no asomar su horrible cara mientras yo esté de guardia —tronó sus nudillos de forma amenazante—. Nadie se mete con nuestra Rosa.

Asentí.

—Vete a casa. Y llévate tu colilla contigo. No quisiera que Cooper la viera. —Con la suerte que tenía, Miguelito pensaría que era mía y nunca me la perdonaría.

Sacó una servilleta del bolsillo y recogió la colilla de su cigarrillo. Luego me entregó la taza y trotó hacia su camioneta.

Golpeé la puerta principal y luego entré con mi llave, gritando:

—¡Hola, tía!

—¿Mateo? —su voz era aguda y tensa, y venía de la cocina.

Mierda, ¿se había caído? Aparté con un parpadeo un recuerdo horrible de mi padre tirado en el suelo de su dormitorio la primera vez que el tumor le afectó el cerebro.

Corrí a la cocina y revisé las cuatro esquinas, pero mi tía no estaba tirada en el piso de baldosas. Estaba de puntillas en su taburete, tratando de alcanzar un gabinete superior.

Mi corazón ralentizó su ritmo frenético incluso mientras corría a su lado.

—Baja de ahí, tía. Te vas a caer.

Solo cuando tuvo ambos pies seguros en el suelo volví a respirar.

—¿Por qué harías eso? Deberías habernos llamado a Carlo o a mí.

—Yo lo puse ahí arriba. Debería poder bajarlo.

—¿Qué necesitas? —miré dentro del gabinete.

—El molcajete. Voy a hacer pollo con mole poblano.

Encontré el tazón de piedra y lo puse en la encimera. Ya se me hacía agua la boca.

—¿Lo vas a preparar hoy?

Alzó la mano para acariciarme la mejilla.

—Es tu favorito, ¿no es así?

—Claro que sí —sonreí. No era un platillo que hubiera comido de niño, pero mi tía había aprendido la receta de una de sus amigas latinas aquí en California, y yo me había vuelto adicto rápidamente—. Tenemos algo que celebrar. Tengo una cita con Mimi.

—¿De verdad? ¡Qué fantástico! Por supuesto que la tienes. Sería una tonta si te rechazara. Quiero que me lo cuentes todo. ¿Fue por la comida que envié?

—Bueno, eso y su jefa. Aunque, ¿realmente es su jefa si es un puesto de voluntaria? Como sea, está trabajando en esta gran fiesta y accidentalmente me colé en una de sus reuniones. Una cosa llevó a la otra, y ahora no solo les estoy consiguiendo un servicio de *catering* y la banda de Carlo...

—¡Ah! —aplaudió—. Los encantaste, ¿verdad?

—Bueno, sí, supongo.

—Ese es mi chico, un caballero encantador —me dio una palmadita en la mejilla—. Entonces, ¿cuál es el problema?

Me había quedado esperando afuera de la puerta de la sala de conferencias. Aunque Mimi admiraba a Larissa, yo no confiaba en ella, y quería asegurarme de que se comportara.

—Ellas… ellas creen que estamos saliendo. O sea, no solo que vamos a ir a la fiesta juntos como amigos, como dijimos, sino que estamos saliendo.

Las cejas de mi tía se dispararon.

—¿Miriam estuvo de acuerdo con eso?

A mí también me había sorprendido.

—Lo estuvo. Y eso es lo más extraño. Se puso tan… tan *dócil* frente a Larissa. Ella nunca es dócil.

—Mmm —quitó una pelusa de mi suéter—. A veces las personas pueden comportarse de manera diferente con distintas personas. Personas que creen que tienen autoridad sobre ellas.

Le sujeté la muñeca. De ninguna manera iba a dejar que se sintiera avergonzada por haber soportado el abuso de Mick Fallon durante todos esos años.

—Tía.

—¿Qué *carajo* está pasando aquí? —la voz de Miguelito retumbó detrás de mí, haciéndome soltar un chillido.

—Qué susto, Lito —resollé. El corazón se me había subido a la garganta.

—No digas groserías delante de mi madre —se inclinó y le dio un beso en la mejilla—. ¿Estás bien, Mamá?

—Claro que sí —le dio una palmada en el pecho—. Casi nos matas del susto a los dos. ¿Qué pasa?

—Este cabrón se olvidó de cerrar la puerta con llave.

—Lo llamé en cuanto abrió la puerta. Pensó que estaba en problemas.

—¿Estabas en problemas?

—Claro que no.

Me fulminó con la mirada.

—¿Cuántas veces te he dicho…?

—Siempre cierra la puerta con llave. Lo sé, lo sé —me froté el pecho sobre mi corazón desbocado. ¿Por qué no la había cerrado? Sabía que no debía arriesgar la seguridad de mi tía.

—Estaba aquí conmigo —argumentó ella—. Me habría defendido.

—¿Y si hubiera traído a su pandilla con él, eh? Mateo solo no podría protegerte entonces.

—Lo intentaría —refunfuñé.

—Él me defendería. Y yo llamaría al 911.

Mi primo entrecerró los ojos y la oscuridad de su mirada borró el bonito azul.

—No más errores.

Dejé salir el aire.

—Entendido.

Ella tiró de la manga de su abrigo.

—¿Por qué estás aquí en un día de trabajo, Lito?

—Quería preguntarte... —me lanzó una mirada furiosa—. Mateo, revisa la casa para asegurarte de que no haya entrado nadie.

—Pero, Lito, es de la familia. ¿Qué tienes que ocultarle?

Como si ella no hubiera hablado, dijo:

—Entonces, patrulla el perímetro.

Cuadré los hombros.

—Entendido, jefe. —Aunque, mientras me alejaba, especulé en voz baja sobre qué bicho le habría picado.

Pero mientras hurgaba en los rosales con mi arma preferida, un bate de aluminio, tuve que admitir que tenía razón al criticarme. Si hubiera podido traer de vuelta a mi padre, lo habría protegido hasta con mi último aliento. Y si tuviera un hombre peligroso del que protegerlo como lo tenía mi primo, probablemente habría estado igual de obsesionado con la seguridad.

La había cagado. Mi primo tenía razón en no confiar en mí. Sabía desde pequeño que algo andaba mal conmigo. Para empezar, no era tan listo como los otros niños. Y por otro lado...

Descarté el pensamiento. ¿Qué importaba, de todos modos? Racionalmente, sabía que no era mi culpa, pero un oscuro susurro en mi subconsciente me recordaba que si hubiera valido la pena quedarse, mi madre no nos habría abandonado.

Levanté el bate y golpeé mi palma izquierda con él. Ya no era aquel niño pequeño y roto. Me había convertido en un encantador, tal como decía mi tía. Ahora le agradaba a la gente. Y quizás, solo quizás, yo también podría llegar a gustarle a Mimi.

10

MIMI

JUSTO HABÍAMOS LLEGADO al último punto de la agenda de la reunión del comité de la gala —el entretenimiento— cuando Larissa me frunció el ceño. —¿Dónde está Mateo?

—¿M-Mateo? —No lo había visto desde nuestra última reunión. Y me gustaba que fuera así. No estar cerca de él significaba que no corría peligro de caer en su falso encanto. Además, no había tenido la oportunidad de decirle que Larissa y Natalie pensaban que estábamos saliendo. Estaba un cuarenta y tres por ciento segura de que todo pasaría y nunca necesitaría decírselo. Cuarenta y tres se redondeaba a cincuenta si usábamos solo una cifra significativa. Y un cincuenta por ciento de certeza era suficiente para los meteorólogos.

—Se supone que nos debe dar un reporte sobre la banda de mariachis —dijo Larissa.

Natalie intervino. —Creí que no era una banda de mariachis.

—¿No lo es? Mateo dijo que era un grupo latino auténtico. Necesitamos una banda, Miriam. ¿Cuál es la situación? Usted está saliendo con él, ¿verdad?

A pesar del peso aplastante de decepcionarla, de perder potencialmente mi oportunidad de conseguir ese puesto de subdirectora, al menos ahora podría acabar con el malentendido. —En realidad...

—Buenas noches, damas. —Mateo entró despreocupadamente en la sala de conferencias—. Disculpen que llegue tarde. Acabo de salir del trabajo y tuve que venir a toda velocidad desde el lado oeste. ¿De qué me perdí?

Le guiñó un ojo a Larissa, cuyas mejillas se sonrojaron. Demonios, algo de ese brillo residual debió de alcanzarme porque sentí un poco de calor. O quizás fue el suéter de lana negro que llevaba puesto. Lo aparté de mi pecho tirando de él.

—Estábamos... —Larissa carraspeó para que su voz no sonara entrecortada—. Estamos listas para escuchar su reporte sobre la banda.

Él apoyó una cadera en la mesa de conferencias. —Aceptaron.

—Genial. ¿Y son una banda de mariachis?

—No. Tocan bachata. Les va a encantar. Es como si les hicieran el amor a los oídos. El baile es sensual, como la salsa. —Se levantó y demostró un movimiento de balanceo de lado a lado, girando las caderas.

Al instante, sentí el roce fantasma de su pelvis contra la mía. Su mano poderosa en la curva de mi espalda. La áspera fricción de su muslo presionando entre mis piernas. El susurro de su aliento en mi cuello acalorado. Dejé que mi suéter volviera a caer sobre mi piel pegajosa.

Larissa se reclinó en su silla, parpadeando. —De acuerdo, entonces.

—¡Genial! Mimi y Mateo pueden empezar a bailar —dijo Natalie, aplaudiendo.

—¿Qué? —Giré la cabeza para mirarla. Mateo había dicho que deberíamos bailar, pero yo esperaba que se equivocara.

—Para romper el hielo. Será divertido cuando todos se unan.

¿Divertido? —Pero yo no bailo.

—Claro que lo hará. —La voz de Larissa no admitía discusión —. Jackson quedará impresionado, ¿verdad, Natalie?

Ella sonrió. —A él le encanta bailar.

—Aunque, si no está a la altura, podría trabajar tras bastidores. Mateo puede tomar su lugar en el comité. —Larissa arqueó sus cejas rubias.

Yo sabía lo que *tras bastidores* significaba. Aunque fuera lo que naturalmente prefería, también significaba ninguna exposición a Jackson Jones. Mi última oportunidad para el puesto de subdirectora se esfumaría como una bocanada de humo del cigarrillo de Mateo.

—Ustedes la necesitan en el comité —gruñó Mateo—. Mimi y yo estamos saliendo. Si ella está fuera, yo estoy fuera. Y me llevo al servicio de catering y a la banda conmigo.

¿Qué? ¿Por qué había dicho eso? Mi certeza del cuarenta y tres por ciento cayó a cero. Se me revolvió el estómago.

Los ojos de Larissa se abrieron de par en par. —No hay necesidad de eso. Miriam bailará, ¿verdad, Miriam?

—Por... por supuesto. —Por el puesto de subdirectora, por la oportunidad de trabajar para los niños todo el día, todos los días, me enfundaría a la fuerza en un leotardo de lentejuelas y daría patadas altas como las Rockettes.

La voz de Mateo se mantuvo baja. —No me gusta que amenacen a Mimi. Recuerden, somos un paquete.

Un pesado silencio cubrió la sala de conferencias hasta que Natalie dijo: —¿Oyeron eso? Fueron mis ovarios explotando. Mimi, si tú y Mateo alguna vez terminan, quemo mi copia del código de amigas. Él será mío.

—Ah, pero eso nunca va a pasar —dijo Mateo, y una sonrisa quebró su expresión seria. Su gran mano se posó en mi hombro y lo apretó justo donde se había formado un nudo de tensión—. Supe desde la primera vez que la vi que Mimi sería el amor de mi vida.

Parpadeé, mirándolo. ¿Por qué estaba haciendo esto por mí? ¿Qué ganaba él asumiendo la responsabilidad adicional de la planificación de la gala? ¿Diciendo esa mentira sobre el *amor de su vida* para mantenerme en la carrera por el puesto en la fundación?

—Wow —dijo Natalie—. Creo que eso es lo más romántico que he oído fuera de una película.

Su teléfono vibró sobre la mesa y lo levantó. Lo miró con el ceño fruncido. —Mensaje de emergencia de mi hermano Andrew. Tengo que irme. Pero creo que ya habíamos terminado, ¿no? —Levantó las cejas hacia Larissa y, como no se opuso, ordenó sus papeles y los metió en su bolso.

Larissa frunció el ceño. —Pero íbamos a ir al campo de práctica esta noche.

—Lo siento. Mi hermano, que normalmente no da problemas, está teniendo unos problemas de los complicados. Tengo que evitar que haga algo de lo que se arrepentirá. —Natalie se dirigió a la puerta—. Nos vemos la próxima vez.

Desearía tener la confianza para decirle que no a Larissa. Para darle la espalda como hizo Natalie. Pero yo necesitaba a Larissa más de lo que ella me necesitaba a mí. No podía negarle nada si quería que me consideraran para el puesto de subdirectora.

Larissa esbozó una sonrisa tan falsa como sus pestañas. —¿Qué hay de ustedes dos? Ya tengo reservada la estación. ¿Por qué no se unen? Invito yo para demostrar que no hay resentimientos.

No me creí su expresión arrepentida ni por un minuto. Además, definitivamente se daría cuenta de la farsa de nuestra relación si nos observaba a Mateo y a mí interactuar a solas. Sabría que, una vez firmados los contratos con la banda y el servicio de catering, podría echarnos a Mateo y a mí del comité sin ninguna repercusión.

—Yo no juego —dije.

Mateo extendió las manos. —Yo tampoco.

Mis hombros se relajaron con alivio. Había temido que Mateo quisiera ir con Larissa. Ahora él y yo nos iríamos por caminos separados. Después de aclarar esa tontería del *amor de su vida*.

Larissa se levantó de su silla. —No tienen que saber jugar al golf para practicar en un campo de práctica. Vamos, será divertido. Y, Miriam, el golf es una habilidad que debería aprender si alguna vez quiere tener éxito en los negocios.

—¿Qu-por qué? —Las habilidades de comunicación, lo entendía. Contabilidad, marketing, conocimientos de operaciones, lo pillaba. Pero, ¿por qué saber cómo golpear una pelotita blanca era un prerrequisito para el ascenso profesional?

Ella levantó una ceja. —Usted y yo no tenemos el privilegio de Jackson y Natalie de que se nos abran las puertas por nuestros apellidos. Tenemos que encontrar formas más sutiles de influir en la gente. Se cierran más tratos en los campos de golf que en las salas de juntas.

—Eso no parece correcto. —*Ni justo.*

Se encogió de hombros. —Es lo que hay. Su madre es abogada, ¿verdad?

—¿Cómo supo eso?

—Me encargo de averiguar sobre las personas con las que trabajo. Apuesto a que ella juega al golf.

Arrugué la nariz. —De hecho, sí. —¿Creería mamá lo que decía Larissa? ¿Disfrutaba del golf no por el deporte sino por la influencia que le daba? Tendría que preguntárselo el viernes en la cena.

—Ahora vamos. Le mostraré todo lo que necesita saber.

Su mirada se detuvo en Mateo, y aunque en realidad no estábamos saliendo, mis manos se cerraron en puños. Luego las apoyé contra mis pantalones negros y me levanté. Podía coquetear con quien quisiera. Lo que sea que estuviera pasando entre nosotros no era real.

Además, tenía un problema mayor: el golf. No iba a influir positivamente en nadie haciendo el ridículo en el campo de práctica. Pero si mi mejor intento de golpear una pelota de golf allanaba el camino hacia el trabajo que quería en la fundación, incluso me pondría uno de esos ridículos sombreros tipo boina con un pompón.

Probablemente Mateo también lo haría. Y haría que se viera sexy.

———

EN EL ESTACIONAMIENTO, Mateo me abrió la puerta de su Jeep y me ayudó a subir.

Haciendo una pausa en la parte trasera del vehículo, se llevó el teléfono a la oreja. Habló brevemente, escuchó por un momento y se pasó una mano por el cabello. Sus labios se movieron de nuevo, y luego cortó la llamada. ¿Estaba cancelando sus planes? ¿Tenía una cita esta noche?

Abrió la puerta del lado del conductor y se metió sin esfuerzo en el alto vehículo.

—Mira, yo... siento lo de esto. —Me retorcí los dedos en el regazo—. Probablemente va a ser horrible.

—Eh. —Se encogió de hombros mientras salía del espacio de estacionamiento—. Como dijo Larissa, es lo que hay.

—Bueno, eh, gracias por hacerlo. ¿Estás seguro de que no tenías nada más que hacer esta noche? ¿Una cita?

Se giró para mirarme, entrecerrando los ojos. —No.

Me dejé caer en el asiento. —Y siento que se llevaran una impresión equivocada de nosotros. A Natalie de alguna manera se le metió en la cabeza que estábamos saliendo y no la corregí. Y luego tú… seguiste con eso. ¿Por qué?

Se concentró en hacer un giro cerrado hacia la salida. Cuando enderezó el Jeep, sus ojos se movieron de izquierda a derecha, buscando autos que pudieran salir inesperadamente. Finalmente, dijo: —Quiero ayudarte, Mimi. Apoyarte en el comité de planificación, exagerar nuestra amistad y nuestra cita, lo que sea que necesites.

—¿Es por el día que derramaste café en mi presentación?

Deteniéndose en la salida del estacionamiento, me miró. —Quizás.

Ah, culpa. Agradecía que mi madre no me hubiera inculcado eso. —No te preocupes por eso. De verdad. Y no tienes que fingir por mí.

Mantuvo la mirada en la carretera, pero sus labios se torcieron en una media sonrisa. —No es ninguna molestia.

—¿En serio? Porque parece mucho. —Yo no lo habría hecho por él. Ni por nadie que no fuera Bree o Ben.

Se encogió de hombros. —Si todo lo que tengo que hacer es fingir que nos acostamos, no está tan mal.

—¿Acostarnos? —chillé. De repente, no había suficiente oxígeno en el auto. Dirigí las rejillas de ventilación hacia mis mejillas ardientes—. ¿Tenemos que estar acostándonos? Quizás deberíamos ponernos de acuerdo con la historia.

Ahí estaba esa sonrisa torcida de nuevo. —Bella, si estás saliendo conmigo, nos estamos acostando.

El retumbar profundo de su voz provocó una punzada entre mis piernas. Apreté los muslos. —No. Es tan reciente que todavía no estoy lista. Solo estamos saliendo.

Me miró de reojo. —¿Pero te he besado, verdad?

—S-supongo. —Besarse era bastante inofensivo.

—¿Y qué hay de besuquearnos? ¿Hemos hecho eso?

—O sea, ¿me estás preguntando en qué base estamos? ¿Estamos en la secundaria?

Sus anchos hombros se tensaron. —No, solo estaba comprobando cuánto debería tocarte.

¿Tocarme? Busqué la perilla del aire acondicionado y la giré hasta el tope. —No es necesario que me toques.

—¿Por qué? ¿Eres sensible al tacto?

El siseo de su pregunta recorrió mi piel como un aliento cálido, provocando un cosquilleo en mi interior. Presioné el control de la ventanilla para bajarla hasta que una ráfaga de aire helado me golpeó las mejillas. —¿Sensible?

—Quiero decir, ¿te molesta?

—No… no especialmente.

—Entonces, ¿tomarnos de la mano no sería un problema para ti? Creo que esperarían que nos tomáramos de la mano.

—Supongo que está bien.

—¿Quizás un toque en tu hombro o en tu mejilla?

Estuve tentada de sacar la cabeza por la ventanilla como un perro. Llegar sudada al campo de práctica no era una buena imagen. Pero tampoco lo era el pelo alborotado por el viento. Me aclaré la garganta. —También está bien, creo.

—Bien. —Sonrió—. Puedo trabajar con eso.

Un fresco alivio me inundó cuando giró hacia el estacionamiento de un lugar que conocía bien: Pine Hills Golf Club, donde íbamos a celebrar la gala gracias a los contactos de Larissa.

Puede que no supiera de golf, pero tenía que ser más fácil que ir en auto con Mateo hablando de toqueteos.

Estacionamos junto al BMW de Larissa, y Mateo hizo todo un espectáculo al ayudarme a bajar de su Jeep, como lo haría un novio de verdad. Por mi parte, lo intenté. Me agarré a la mano que me ofrecía y le sonreí. —Gracias.

—Por supuesto. Nena.

Me encogí ante el apelativo cariñoso. Sonaba tan mal viniendo de él hacia mí.

Larissa abrió la cajuela. —¿Mateo, me ayuda con mis palos?

Con un solo movimiento potente, Mateo levantó la bolsa rosa pálido de su auto y se la colgó al hombro como si no pesara nada.

Ella nos guio hacia la mansión de estuco blanco de estilo neocolonial español que servía como casa club. —Como discutiremos sobre la gala, la fundación cubrirá el alquiler de sus palos.

—Oh, no —dije—. No podría pedirle a la fundación que pague por esto.

—Lo pasaremos como gastos. No es gran cosa.

—Pero las organizaciones sin fines de lucro no pagan impuestos. No hay nada que deducir.

—Es para un propósito comercial legítimo, Miriam. Es como los desayunos de trabajo que tenemos.

—Pero… —me mordí el labio. Cuando organizaba las reuniones de la fundación, lo hacía en Synergy porque era gratis y ofrecían café y bocadillos sin costo.

Larissa estaba a cargo tanto de la fundación como del trabajo que yo quería, así que me quedé callada.

Aun así, me negué a dejar que la fundación pagara por el alquiler del campo de golf, así que le di mi tarjeta de crédito a la mujer del mostrador. Costó más de lo que pensé que costaría —o de lo que debería—, pero ya reduciría mis pedidos de comida para llevar para equilibrar mi presupuesto.

Mientras escogíamos nuestros palos, Larissa fue al vestidor. Salió con una falda corta de golf y zapatos con clavos. Su largo cabello rubio estaba recogido en una coleta desenfadada sobre una visera blanca. Con nuestros palos y un balde de pelotas, Mateo y yo la seguimos hasta la larga extensión de césped verde. Había árboles a los lados que marcaban el final del campo. Una fila de golfistas, en su mayoría hombres, se alineaba en espacios marcados por divisores de malla.

En el cuadrado de césped arrancado donde ella se detuvo, un hombre rubio y guapo, con pómulos afilados como navajas, la saludó con un beso en cada mejilla.

—¡Miren quién está aquí! —Larissa entrelazó su brazo con el de él mientras se giraba para mirarnos—. Flavio, ella es Miriam, de la fundación, y su novio, Mateo. Chicos, él es Flavio, mi prometido.

Mateo le estrechó la mano a Flavio. Al igual que Mateo, era alto, estaba en forma y era rubio, pero los planos de su rostro eran más duros, más afilados. Sus ojos azules no eran suaves ni amables, sino brillantes y duros como zafiros. Aunque cuando hablaba, tenía un acento italiano que, debía admitir, era sexi.

Cuando le estreché la mano, el olor de su colonia me golpeó con la fuerza de un camión de basura. Estornudé. Larissa me lanzó una mirada de acero, y yo sorbí por la nariz y me alejé de su prometido.

Mientras Flavio se preparaba en el *tee* y Larissa posaba a su lado, Mateo me llevó a un lado, detrás de otro grupo de golfistas.

—No tenías que pagar por mis palos. Yo podría haber pagado lo mío. O habría pagado por los dos.

—No. Es mi culpa que tengas que estar aquí, cuando podrías estar haciendo otra cosa... —¿o con otra persona?—. Yo debería pagar.

—Hiciste una mueca... —Mateo torció los labios y frunció el

ceño en un reflejo de lo que mi cara debió haber hecho—, cuando Larissa dijo que la fundación pagaría. ¿Por qué?

Arrastré mi zapatilla por el césped.

—Cada dólar que la fundación recauda debería ir a los niños. Para programas contra el acoso escolar. O campamentos de verano. No para el golf. No quiero quitarle dinero a sus programas.

—¿Y aun así quieres un puesto remunerado en la fundación?

—Eso es diferente. La fundación necesita empleados para funcionar. No puede funcionar solo con voluntarios.

—La mayoría de los voluntarios no son tan diligentes como tú.

El calor me subió a las mejillas.

—Creo en la misión de la fundación. Y me gusta hacer un buen trabajo.

Él asintió.

—En todo lo que haces.

Lo miré entrecerrando los ojos. Hablaba como si me conociera. Como si me viera de verdad.

—Vamos, chicos —dijo Larissa—. Mateo, le mostraré primero a usted.

Mateo dejó que ella le colocara los pies en el *tee*. Luego, le ajustó el agarre del palo, parándose muy dentro de su espacio personal. Verifiqué la reacción de Flavio. Se apoyaba despreocupadamente en su palo, saludando de vez en cuando a los otros golfistas. No era del tipo celoso, entonces.

Finalmente, Larissa se paró frente a Mateo e hizo una demostración del golpe. ¿Era estrictamente necesario menear el trasero de esa manera?

Pero Mateo no la estaba mirando a ella. Mantuvo la vista en la pelota, se echó hacia atrás con un movimiento suave de sus poderosos hombros y golpeó. La pelota surcó el aire, suspendida más tiempo de lo que creí posible, y rebotó justo en el centro del campo.

Larissa se protegió los ojos con la mano y siguió la trayectoria de la pelota.

—Impresionante.

Mateo sonrió.

—Su demostración fue un éxito.

Ella se pavoneó por un momento.

—Acércate, Miriam. Sigues tú.

De una manera mucho más profesional, me instruyó sobre mi postura y mi agarre. Aun así, todo se sentía torpe, y cuando eché el palo hacia atrás, ella chilló:

—¡No, no, mantén el brazo izquierdo recto!

Me quedé helada y miré mi brazo izquierdo, que se había doblado al subirlo. Bajé el palo y lo intenté de nuevo. Esta vez, me concentré en mantener los codos rectos mientras golpeaba. Pero fallé por completo. La pelota permaneció en el *tee*.

Mis mejillas ardían mientras Larissa se partía de risa.

—No me estoy riendo de ti —dijo, secándose las lágrimas bajo los ojos—. A todo el mundo le ha pasado.

—Pues parece que te estás riendo de mí —murmuré por lo bajo.

Genial. Me había arriesgado viniendo a probar el golf con la persona que esperaba que fuera mi jefa, y parecía una ridícula. ¿Me lo tendría en cuenta si era una decepción en el golf? ¿El fracaso mancharía todo lo demás que hiciera? Lágrimas de frustración me picaron en los ojos. Parpadeé para disiparlas. Debería ceñirme a la contabilidad y dejar los deportes para los demás.

—Si me lo permiten. —Mateo se colocó detrás de mí y me sujetó los hombros con sus grandes manos—. Quizá otro aficionado pueda ayudar.

Me separó un poco más los pies y me hizo apuntar los dedos del pie izquierdo hacia afuera. Luego me pidió que rotara las caderas hacia la derecha mientras echaba el palo hacia atrás. Sentía mi cuerpo cien por ciento incómodo.

Aún de pie detrás de mí, colocó sus manos sobre las mías en el palo. Juntos, lo echamos hacia atrás de nuevo, y entonces pareció que la gravedad tomaba el control, tirando del palo hacia la pelota y a través de ella. La pelota salió disparada hacia el campo, no tan lejos como la de Mateo, pero pasó otras pelotas que estaban en el césped.

—¡Lo hice! ¡Lo hicimos! —Todavía tenía sus manos en mis brazos, así que me giré y lo abracé, y me pareció la cosa más natural del mundo que sus brazos se cerraran también en mi espalda.

—Gracias —murmuré en su oído—. Perdón, debí preguntar antes de abrazarte. ¿Puedo abrazarte?

—Por supuesto. —Su suave susurro en mi oído contrastó con el cosquilleo de su barba incipiente contra mi mandíbula, y me estremecí.

—Dijiste que no jugabas —susurré de vuelta.

—Ya no juego al golf, pero jugué una o dos veces en la isla. Los fines de semana, trabajaba de *caddie* en el club.

—¡Un experto! —De alguna manera, mis dedos se habían enredado en las ondas de la nuca. Eran suaves y gruesas, y amortiguaban mis dedos—. No eres un novato en absoluto, ¿verdad?

Él rio entre dientes.

—Dejé que Larissa creyera su propia suposición.

Fruncí el ceño y me eché un poco hacia atrás para verle la cara. Sus ojos azules se arrugaban en las comisuras con una expresión suave. ¿Había hecho yo lo mismo con Mateo? ¿Asumir que era un guaperas tonto dejado llevar por esa idea?

Lo había permitido. Nos había dejado a los dos hacerlo. Había ocultado sus habilidades, su verdadero yo, detrás de una máscara coqueta. ¿Qué más estaba escondiendo? ¿Y por qué sentía que debía hacerlo? Un enojo defensivo, como cuando ese imbécil, Anthony, se burló de Bree en séptimo grado, burbujeó caliente dentro de mi pecho. Agarré el pelo de Mateo como si fuera a sacudirlo por tratar de ser menos de lo que era.

—Nada de muestras de afecto en público, por favor. —La voz de Larissa me sobresaltó. Por un momento había olvidado que no estábamos solos—. No en el campo.

Mierda. Había olvidado dónde estábamos, y lo estaba sujetando con mis manos enredadas en su pelo, como si estuviéramos a punto de besarnos. Definitivamente, los besos no estaban permitidos en nuestra relación falsa. Ni en el campo de golf.

—Lo siento —masculló.

Mateo hizo lo contrario. Me giró con facilidad en sus brazos para que mi espalda se acurrucara contra su pecho. Sus brazos se cerraron alrededor de mi abdomen.

—¿Acaso pueden culparme? Flavio, usted debe estar de mi lado.

Flavio levantó la vista de su teléfono el tiempo suficiente para dedicarnos una sonrisa socarrona.

Era ridículo disfrutar de estar acurrucada en los brazos de Mateo. Todo lo que estábamos haciendo —desde ir juntos en su coche hasta su fingida ignorancia— era una farsa para Larissa. No era real. Además, nuestras demostraciones de afecto en público frente a la gente de su club podrían avergonzarla.

Me escabullí de su abrazo.

—Larissa tiene razón. Se supone que debemos, eh, golpear las pelotas.

—De acuerdo. —Mateo se alejó unos pasos y se cruzó de brazos—. Golpea. Disfrutaré de la vista.

Me coloqué de nuevo en el *tee* y miré al otro lado del campo. No era una gran vista. Una larga y plana zona de césped bordeada por algunos pinos de monte bajo. ¿De qué estaba hablando? Giré la cabeza para mirarlo por encima del hombro.

Su mirada estaba clavada en mi trasero, enfundado en mis pantalones de trabajo negros y elásticos.

Me aclaré la garganta.

Su mirada recorrió perezosamente la curva de mi espalda hasta mi cara. Su sonrisa era obscena y totalmente para el beneficio de Larissa y Flavio.

—No te preocupes, cariño. Ellos entienden.

Con las mejillas ardiendo, volví a centrar mi atención en la pelota. Todo era una farsa, me había recordado su *cariño*. En realidad no le gustaba mi aspecto ni quería tenerme en sus brazos. Yo tampoco quería eso.

Mientras yo le pegaba a mi lote de pelotas de golf, Larissa dijo:

—Entonces dígame, Mateo. ¿Cómo se conocieron Miriam y usted?

Volví a fallar la pelota. Mierda, no habíamos acordado una historia para nuestra relación. Abrí la boca para inventar algo, pero él se me adelantó.

—Creo que sabe que mi primo y su hermana están juntos, ¿verdad? —Esperó a que ella asintiera antes de continuar—. Era el cumpleaños de Ben, y hubo una reunión familiar. Mi tía, los padres de Mimi, algunos de los primos de Ben y Mimi. Unos cuantos amigos. Jackson Jones estaba allí con su esposa y sus hijos.

Lo recordaba. El cumpleaños de Ben era en julio. Mateo acababa de llegar de la isla para liderar el equipo de seguridad de Cooper. Suponía que los multimillonarios —y sus novios— necesitaban seguridad.

—Entonces Ben, a quien conocía de su visita a la isla de donde soy, me presentó a su hermana. Estaba tan radiante ese día, el sol brillaba en su pelo oscuro como el fuego.

Puse los ojos en blanco antes de echar el palo hacia atrás para golpear. Ese era Mateo, romantizándolo todo. Mi pelo había estado revuelto por el viento ese día, y se me había olvidado ponerme una liga en la muñeca para recogerlo.

—Así que hice lo de siempre. Charla trivial. Un poco de coqueteo. Incluso me contó un chiste.

—¿Un chiste? ¿Mimi? —Larissa se rio.

—Todavía lo recuerdo. Tuve que buscarlo porque no lo entendí en ese momento. ¿Quiere oírlo usted?

—Definitivamente.

—Mimi, ¿quieres contarlo tú? —me preguntó.

Me apoyé en el palo. ¿Lo recordaba?

—No, cuéntalo tú.

—De acuerdo. Un número infinito de matemáticos entra a un bar. El primer matemático le dice al camarero: «Tomaré una cerveza». El segundo dice: «Media cerveza, por favor». El tercero pide un cuarto de cerveza. Esta es la parte que no entendí. ¿Por qué pedirías un trozo de cerveza? —Rio entre dientes—. Pero el camarero lo entiende. Pone dos cervezas delante de todos ellos. Y todos los matemáticos —recuerden, hay un número infinito— dicen: «¿Eso es todo lo que nos van a dar?». El camarero responde: «Vamos, chicos. Conozcan sus límites».

Larissa, tal como esperaba, se quedó allí con la boca abierta. Flavio se había ido por completo.

—Más tarde, le pregunté a mi primo inteligente qué significaba. Dijo que es una función de cálculo. Y lo busqué más tarde y aprendí sobre los límites de las funciones. Nunca llegué a cálculo en la escuela. Aun así, sabía que era un chiste. Así que contraataqué con uno propio: un juego de palabras.

—¿Un juego de palabras? —preguntó Larissa con media risa.

—Le dije que en San Francisco era muy neblio-so olvidarme de mi primera vez allí.

Ella gimió.

—¡Eso es terrible!

Hice una mueca, no por el juego de palabras, sino por el recuerdo. Había pensado que se estaba burlando de mi chiste de empollona. Siendo la esnob que era, no me había dado cuenta de que él no había tenido las mismas oportunidades académicas que su primo.

Mateo me guiñó un ojo.

—Puede que le sugiriera que necesitaba a alguien que me mantuviera caliente. Mis tonterías de siempre.

Yo había asumido que se estaba burlando de mí con su coqueteo falso. Tenía curvas desde la pubertad, y mi trabajo de oficina me había añadido un poco más de relleno en el trasero. Los chicos que se veían como Mateo no coqueteaban con mujeres como yo. O con mujeres que contaban chistes de cálculo. Él era un Adonis, y yo era... solo una contadora corporativa normal y corriente.

—¿Así que eso fue todo? —preguntó Larissa—. ¿Han estado juntos desde entonces?

—No. —Sentí que su fanfarronería se desinflaba un poco detrás de mí—. Me paró en seco. Me dijo que me comprara una chaqueta mejor.

—Lo decía en serio. Llevabas una camisa de manga larga como chaqueta. —Le pegué a la pelota y rebotó por el campo.

—¡Era julio! Pero así es mi Mimi. Sensata como siempre. Después de eso, no se me ocurría nada que decirle. Todo lo que salía era dolorosamente torpe. Acabó conmigo.

Me giré.

—Yo no acabé contigo.

Extendió las manos.

—Sí que lo hiciste. ¿No recuerdas lo ridículo que me comportaba a tu alrededor después de eso?

—La verdad es que no. —Yo había asumido que me consideraba indigna de su coqueteo o su atención.

Se llevó las manos al corazón como si le hubiera disparado.

—¿Pensabas que siempre era así?

Me encogí de hombros.

—Mimi, Mimi. —Meneando la cabeza, se acercó a mí, pasó un brazo por mis hombros y, tras una breve vacilación, me dio un beso en la sien—. Eres mi kriptonita. Solo tú.

Larissa nos dedicó una sonrisa pícara.

—Supongo que es un caso clásico de que los opuestos se atraen.

Levanté la vista hacia el rostro de Mateo. Éramos opuestos, desde luego. Él era alto y guapísimo. Yo era baja y de aspecto normal. Había asumido que él pensaba que yo era una empollona, indigna de su atención, pero quizá me había equivocado en eso.

Y ahora me había salvado el pellejo fingiendo ser mi novio e incluso había añadido una historia exagerada que hizo que Larissa suspirara. Iba a deberle una, y muy grande, cuando todo esto terminara.

11

MATEO

UN PAR de días después de haber logrado no avergonzar a Mimi delante de Larissa en el campo de golf, yo estaba, como diría mi primo Lito, cautelosamente optimista.

A la mierda con eso.

Iba dando brincos como un niño de camino a una fiesta de cumpleaños mientras subía en el elevador de paredes de cristal hasta el piso de Mimi en el edificio Synergy, llevando mi preciado paquete. Como jefe de seguridad del director ejecutivo, Cooper Fallon —o, como lo llamaba yo, mi primo Lito—, tenía una credencial de Synergy y no necesitaba que me acompañaran para sorprender a mi chica con comida.

Había ganado puntos con el pollo guisado y las empanadas, así que iba a apostar de nuevo por la comida con un éxito garantizado en mi bolsa de mano: el mole de pollo de mi tía.

Tendría hambre. Nunca se acordaba de comer. Me dedicaría una de esas sonrisas cautelosas como la que me dio en el campo de golf cuando le enseñé a golpear la bola. Quizá incluso me dejaría besarla otra vez. Lo había hecho como un buen detalle para Larissa y, francamente, un poco para mí, ya que Mimi no había estado tan arisca esa noche. Luego, cuando mis labios tocaron la suave piel de su sien, se sintió tan bien que quise besarla por todo el cuello.

Obviamente, no lo hice. Eso habría sido demasiado para Mimi. Y definitivamente demasiado delante de su jefa.

Pero hoy, tal vez podría salirme con la mía con un beso en la mejilla, otra dosis de ese aroma a vainilla que tenía su piel. Reprimir mis ganas de fumar había sido fácil; cada vez que mis dedos temblaban por un cigarrillo, recordaba su cálida y especiada fragancia, y el ansia se desvanecía. Lo único que quería era otra oportunidad de acercarme a ella. Un roce de mi mano en su cadera. Jesús, no podía esperar a bailar con ella en la gala.

Las puertas del elevador se abrieron y salí al piso de Mimi. Las cabezas se giraron mientras pasaba junto a los cubículos de paredes bajas, y cada trabajador por el que pasaba olfateaba con esperanza. Para cuando llegué al escritorio de Mimi, todos los ojos del piso me espiaban desde detrás de los helechos y por los costados de los monitores de las computadoras.

—Oye —dije en voz baja para no asustarla.

Saltó de todos modos, golpeándose la rodilla con la parte inferior de su escritorio. Frotándosela sobre sus pantalones negros, giró para mirarme. Sus ojos se abrieron de par en par.

—¿Qué haces aquí? —susurró.

—Te traje el almuerzo. —Levanté la bolsa de mano a la altura de sus ojos.

Su mirada se desvió hacia la hora en la esquina de su pantalla. —¿Son las dos de la tarde?

—¿Ya comiste?

Le gruñó el estómago y se puso la mano sobre su holgado suéter gris. —No.

Chasqueé la lengua. —Por eso eres tan… —apreté la mandíbula.

Se quedó en silencio por un segundo, con los ojos entrecerrados. Luego salió disparada de su cubículo y me hizo señas para que la siguiera hacia la sala de descanso de los empleados. En la pequeña cocina blanca, se giró bruscamente hacia mí. —¿Tan *qué*, exactamente?

No pensaba volver a usar la palabra *hangry* con ella. No cuando me estaba gruñendo como una leona hambrienta.

—¿Lista? —dije—. ¿Para esperar a que te trajera el almuerzo?

Se pasó una mano por la cara. —Eso no es lo que ibas a decir. —Inhaló y tragó saliva—. ¿Qué trajiste?

—Ah. —La había conquistado de nuevo con comida. Tres de tres—. El mole de pollo especial de mi tía.

—¿Mole? —Retrocedió un paso como si le hubiera dicho que le había traído una tarántula viva—. ¿Qué lleva?

Me reí entre dientes, sacando el recipiente de plástico. —Pensé que eras de paladar aventurero. No me preguntaste qué llevaba el pollo guisado.

—Eso es porque no pensé que llevara chocolate. Y soy alérgica al chocolate. ¿Tu tía le pone chocolate a su mole?

—Yo… no lo sé. No la he visto prepararlo. Nunca lo había pensado.

—La gente con alergias alimentarias siempre tiene que pensar en lo que lleva su comida —espetó ella.

Mierda, Ben me había advertido que era alérgica al chocolate, pero no se me había pasado por la cabeza que pudiera tener una reacción al mole. El platillo era absolutamente mágico. Pero lo volví a meter en la bolsa. Envenenar a Mimi me haría perder todos los puntos que había ganado.

—Lo siento. Iré a buscarte otra cosa. ¿Qué te gustaría?

—Nada. Estoy bien.

—No estás bien. Estás… —me mordí la lengua antes de que se me escapara la palabra *hangry*.

Sus cejas desaparecieron bajo su flequillo rizado. Puso las manos en las caderas. —Esta noche saldré a tomar algo con mi amiga Bree. Comeré algo entonces.

—Oh. Ah. —Las palabras se atropellaban en mi lengua. ¿Qué podía decir que no activara ese gatillo fácil que tenía?— ¿Estás segura de que es una buena idea?

—¿Qué, salir con mi amiga?

Había visto por mí mismo la buena *amiga* que había sido Bree. Cuando su prometido la recogió, se fue tambaleándose sin pensar en Mimi, que estaba prácticamente inconsciente en la barra. No podía soportar pensar en lo que podría haberle pasado, sola en un bar lleno de tipos que se habrían aprovechado con gusto de una mujer tan hermosa —y tan borracha— como Mimi.

Pero yo había estado allí y la había protegido de esos tipos. Hablamos como nunca antes lo habíamos hecho. O desde entonces. Llegué a conocerla. Me había enamorado un poquito esa noche. Y parecía que yo también le había caído bien, por una vez.

Dios santo, cómo deseaba que recordara la conexión que tuvimos. Pero sería un tonto si se lo dijera. Nunca me creería. Tenía que recordarlo por sí misma.

—Ten cuidado, ¿de acuerdo? Asegúrate de comer algo primero. Y bebe mucha agua.

—¿Pero qué diablos, Mateo? Soy una chica grande. Puedo cuidarme sola.

—No cuando estás bebiendo. —Se me nubló la vista al recordar cómo ese tipo del bar había extendido una mano hacia su hombro. Quise arrancársela de un tirón—. No aguantas el alcohol —gruñí.

Abrió los ojos como platos y miró por encima de mi hombro mientras decía con un chillido: —¿Hola, Monique? ¿Casi es hora de nuestra reunión?

—Lo es. —Una mujer negra y alta, de mandíbula cuadrada, nos miró con los ojos entrecerrados—. Solo vine a rellenar mi taza de café.

—Ya voy. —*Esa es mi jefa,* me articuló sin voz.

¡Mierda! Le había jodido la vida otra vez. Pero no se me ocurría nada que decir para arreglarlo.

—Supongo que ya me voy. —Me puse la bolsa con la comida envenenada bajo el brazo.

—Creo que deberías —dijo con tono sombrío.

Mientras metía el rabo entre las piernas y me escabullía del edificio, la cara me ardía incluso en la fría tarde de San Francisco. Nunca me perdonaría por llamarla borracha delante de su jefa.

No merecía que me perdonara. No la merecía a ella.

Lo único que podía hacer era lo único en lo que era bueno: protegerla.

12

MIMI

—ENTONCES, ¿qué es exactamente lo que recuerdas de tu despedida de soltera? —hice girar el vino en mi copa. Era la primera vez que veía a Bree desde su luna de miel, y estábamos en nuestra cabina favorita junto a la ventana en nuestro bar de siempre de los miércoles por la noche, el que servía botanas a mitad de precio hasta las siete. El partido de los Sharks resonaba en los televisores sobre la barra, y el lugar estaba repleto de camisetas color turquesa.

Los ojos de Bree se abrieron como platos, y luego parpadeó.

—Oh, todo. ¡Nos divertimos muchísimo! Estábamos todas aquí, menos tú. Llegaste tarde. Y entraste medio entonada. ¿Recuerdas?

—Oh, eso lo recuerdo. —Aunque no me había dado cuenta de lo borracha que estaba—. Vine de la fiesta de compromiso de mi hermano.

—¡Es cierto! —Bree me señaló, y luego bebió un sorbo de su martini—. Luego tomamos unas copas, y alguien dijo que deberíamos ir al otro bar.

Fue una de las amigas del trabajo de Bree. Así que nos

metimos todas en un par de autos compartidos y fuimos a Divisa-dero Street. Eso lo recordaba. Ahí fue donde me encontré con el Hombre Misterioso.

—Ese bar estaba increíble —dijo—, pero luego se hizo tarde y la gente empezó a irse. —Hizo un puchero.

—Tú te fuiste —señalé. Agarré un triste y frío palito de mozza-rella, pero ya me había atiborrado de alitas de pollo y champi-ñones fritos. Mi estómago no podía con nada más. Lo dejé caer de nuevo en el plato.

—Sí, Josh llegó y se llevó mi trasero borracho a casa. —Soltó una risita—. ¿Tú no te fuiste a casa?

—No en ese momento. Se me acercó un tipo y me habló. Tenía lentes. *Creo* que era superatractivo. ¿No lo recuerdas?

—Puede que esté casada, pero tengo ojos. Había un tipo guapo aquí esa noche. Sin lentes, eso sí. —Tamborileó sobre la mesa, y luego abrió los ojos de par en par—. ¡Ya me acordé! Apareció en el segundo bar unos minutos después que nosotras. Pero no se acercó. Se sentó en un rincón con un periódico. Dios, ojalá se hubiera acercado.

—Estás casada, ¿recuerdas? —¿Podría ser su chico guapo mi Hombre Misterioso? No recordaba mucho de su cara —excepto los lentes—, pero recordaba cómo me hizo sentir. Me escuchó cuando le dije cuánto deseaba ser como Larissa. Me dijo que él también tenía un jefe al que admiraba muchísimo. Creamos una conexión.

—Entonces, ¿te fuiste a casa con este Hombre Misterioso?

—No creo. Desperté sola en mi casa. Con la ropa puesta. Pero tenía esto. —Tiré de la cadena alrededor de mi cuello y saqué el anillo que había encontrado en mi bolsillo. El anillo de oro liso tenía marcas, como si lo hubieran usado mucho tiempo. Pero yo recordaba que el Hombre Misterioso era joven, como de mi edad.

—¿Un anillo de bodas? —Los ojos de Bree se abrieron como platos—. ¡Pero qué diablos, Mimi! ¿Te casaste en Las Vegas?

Me reí.

—No creo que tuviéramos tiempo de ir a Las Vegas. Y no

importa lo que pase en las comedias románticas, estoy bastante segura de que no te dejan casarte si estás borracha hasta perder el conocimiento. Ni siquiera en Las Vegas. Creo que me lo dio para que se lo guardara. Para… para… —Sus palabras danzaban justo fuera de mi alcance.

Me deslicé el anillo en el pulgar y lo hice girar. Claramente era un anillo de hombre, demasiado grande para cualquiera de mis dedos.

—Vaya. Y ahora tienes que encontrarlo para devolvérselo. ¡Es como la zapatilla de Cenicienta! —Inclinó su copa y apuró las últimas gotas de alcohol—. Luego tienes que casarte con él.

Resoplé.

—Lo digo en serio. Es, como, el destino o algo así.

—Creo que has estado viendo demasiadas películas navideñas del canal de romance.

—Sí —dijo con aire soñador—. Pero siempre es el tipo el que es un contador estirado y no tiene espíritu navideño.

—Yo no necesito tener espíritu navideño. Soy judía.

—No hay muchos judíos en esas películas.

—No.

—Pero… —Alargó la palabra, de esa manera que yo sabía que significaba que acababa de tener una idea terrible. La misma manera que tenía en la secundaria cuando me pidió que la distrajera mientras arrancaba la calcomanía promocional de la ventana de Taco Bell y salía corriendo con ella. *¿Por qué* la quería tanto? Al final había renunciado a intentar explicármelo y se había ido sin la calcomanía de la ventana. Quince años después, todavía no entendía el objetivo.

—¿Pero? —la apuré.

—No importa que seamos judías. Todavía nos pueden gustar esas películas románticas. Donde la mujer quiere que el festival navideño salga sin problemas, y el hombre quiere demoler todo para construir una estación de esquí, y de todos modos se enamoran y en la última escena llevan a sus hijos al festival navideño.

Arrugué la nariz.

—Eso suena horrible. ¿No sería mejor para la economía del pueblo una estación de esquí? Podrían llevar a sus hijos a esquiar.

Se quedó boquiabierta.

—¡Pensé que estabas abandonando el lado oscuro y convirtiendo tu trabajo de voluntaria en un empleo! ¡Volviéndote una de las nuestras!

Le dediqué una media sonrisa.

—No todo el mundo puede ser enfermera pediátrica y salvar vidas todos los días. El mundo también necesita contadores.

—Puedes ser contadora y aun así ver el romance en el mundo.

—¿Se puede? —Pasé una mano por la guirnalda de espumillón de aspecto triste que colgaba debajo de la ventana, y unos cuantos hilos plateados deslucidos cayeron sobre la mesa. Cinco de las bombillas de la tira de luces de colores que bordeaba la ventana se habían apagado. ¿Por qué no habían quitado toda esa mierda hacía tres semanas?

Bree recogió los hilos caídos y los dispuso en forma de estrella de seis puntas sobre la mesa.

—Creo que hay esperanza para ti. Una vez que encontremos a tu Hombre Misterioso, él encenderá tu interruptor del romance.

—¿Eso es un eufemismo?

Sonrió.

—Pues sí, lo es. Estoy segura de que tu Hombre Misterioso es un muy talentoso…

—¡Bree! —Miré a la mesa de al lado, donde había unas señoras de sesenta y tantos años. Una de ellas llevaba lentes con marco rojo, una tiara de plástico y una boa de plumas de color rosa intenso. Al igual que Bree y yo, no estaban prestando atención al partido en la televisión.

—… conversador, iba a decir.

—Eso no es lo que ibas a decir.

Se encogió de hombros.

—Da lo mismo. Las dos empiezan con C. ¿Quieres otra copa?

Miré mi copa casi llena. ¿Por qué tenía que tener razón Mateo? La idea de beber más vino me revolvió el estómago.

—¡Espera! ¡Es él! ¡Es el chico guapo! —Bree señaló detrás de mí.

Giré en mi silla para mirar, pero los Sharks debieron de hacer algo emocionante porque la mitad del bar se puso de pie y vitoreó. Busqué con la mirada entre las caras que gritaban a tipos con lentes, pero ninguno de ellos era mi Hombre Misterioso. Cuando el bar se calmó, pregunté:

—¿Todavía lo ves?

—No, lo perdí cuando los Sharks anotaron. No lo veo ahora. Lo siento.

—¿Cómo era?

—Alto, musculoso, rubio. Una mandíbula que podría cortar cristal. —Suspiró.

En California, eso podría haber sido cualquiera. Desde un actor cualquiera hasta Cooper Fallon o el prometido de Larissa.

—¿Llevaba lentes?

—No. Te dije que mi chico guapo no tenía lentes. —Miró su teléfono—. Hablando de eso, Josh está en camino. ¿Quieres que te llevemos a casa?

—Sí, por favor. —Si hubiera visto a mi Hombre Misterioso, me habría quedado. Pero él no estaba aquí.

—¿Cómo se supone que voy a encontrarlo para devolverle esto? —Me quité el anillo del pulgar y lo guardé a salvo de nuevo entre mis pechos. Si lo encontraba, podría ser mi acompañante para la gala. Mis recuerdos eran borrosos, pero tenía la sospecha de que era un tipo con labia. Él nunca me habría llamado alcohólica delante de mi jefa.

—Deberías publicar un anuncio de Conexiones Perdidas en Craigslist.

Levanté las cejas.

—Eso ya no se usa.

—¡Claro que sí! Aunque algunos de los anuncios son un poco perturbadores. —Hizo una mueca.

—Bree, ¿qué demonios? ¿Por qué estás ojeando las Conexiones Perdidas?

—Así es como conocí a Josh. ¿No te lo dije?

—Dijiste que lo viste en el supermercado y luego te topaste con él en una cafetería. Que fue el destino, dijiste.

Sus mejillas se sonrojaron.

—Puede que haya publicado el anuncio después del supermercado. Y la cafetería podría haber sido nuestra primera cita.

—Oh. Por. Dios. Tengo que decir que eso es un poco espeluznante y no tan romántico como el amor predestinado.

—Oye, solo seguí el consejo que tu mamá siempre nos daba. Ve a por lo que quieres. De todos modos, piénsalo. El anuncio de Conexiones Perdidas.

Resoplé.

Bree hizo una seña para pedir la cuenta.

—Este tipo vale la pena, ¿no?

Suspiré, recordando esa noche mágica. Bueno, no recordándola exactamente. Pero recordaba la cálida sensación que me había provocado. De sentirme vista y comprendida. Durante unas horas, habíamos sido el centro del mundo del otro.

Mierda. El romanticismo de Bree finalmente se me estaba contagiando después de todos estos años.

Recorrí el bar con la vista una última vez. Los únicos lentes estaban en la abuela de la mesa de al lado.

Pero el anillo en su cadena era una esperanza. Una promesa. Mi Hombre Misterioso y yo nos encontraríamos. Quizás a tiempo para la gala.

Mateo era un coqueto, no un romántico. Revoloteaba de persona en persona, usando su labia con cada una. No importaba lo que hubiera dicho en el campo de práctica de golf delante de Larissa, no importaba cuántas comidas me trajera, su corazón no estaba involucrado, y ciertamente no estaba comprometido con nuestra relación falsa. Entendería si lo dejaba plantado.

Encontraría a alguien más con quien coquetear, a quien llevarle comida, antes de que terminara el día.

Y eso estaría bien. Porque yo tendría a mi Hombre Misterioso.

13

MATEO

ABRÍ la puerta del bar de vinos y recorrí el lugar con la mirada en busca del comité de planificación de la gala. Mimi estaba de espaldas a mí, pero habría reconocido sus rizos oscuros en cualquier parte. Verlos hizo que el corazón me martilleara contra las costillas. ¿Por qué me estaba sometiendo a esto? ¿Por qué había dejado que Larissa me metiera en una situación en la que tenía que ver a Mimi tres veces por semana, cuando cada mirada de desaprobación era como un cuchillo en mi pecho?

Larissa me saludó con la mano y caminé con desgano hacia su mesa.

Lo hacía porque Mimi quería ese trabajo en la fundación más que nada. Porque quería dedicar todo su tiempo, no solo sus horas después del trabajo, a ayudar a los niños.

Y porque haría cualquier cosa por ella.

Si mis amigos de la isla pudieran verme ahora, siguiendo a una mujer como un perrito faldero, se reirían de mí. *El pez vela por fin picó el anzuelo*, gritarían. Demonios, yo mismo me habría reído hace un año si me hubieran dicho que estaría en un sofisticado bar de vinos planeando una fiesta que me importaba un bledo y a la que nunca podría permitirme asistir, todo por una mujer.

Pero a mi corazón no le importaba.

—¡Mateo! —Larissa se levantó y me dio un beso en la mejilla. Bueno, se suponía que debía ser un beso rápido, pero sus labios se demoraron un segundo de más, lo suficiente para que su mano pasara de mi hombro a mi pecho. Me apretó el pectoral.

Le agarré la mano y la aparté de mi cuerpo, devolviéndosela con cuidado a su costado. —Hola, Larissa. Natalie. Mimi.

—Llegas tarde —dijo Larissa, con un ligero puchero en sus labios rosados—. Elegimos las flores sin ti.

—Unas damas tan brillantes no me necesitan para elegir flores. —No me necesitaban para nada, pero les seguiría el juego si Larissa, que tenía el trabajo de Mimi en sus manos, pensaba que sí. La miré de reojo, pero Mimi tenía los ojos puestos en la hoja de cálculo que iluminaba la pantalla de su laptop—. Y ninguna flor es tan encantadora como ustedes tres.

Larissa parpadeó. —Lástima que ya me tengo que ir. Tengo una cita en el salón de belleza. —Sacudió su melena de lacio pelo rubio, una súplica obvia por otro cumplido.

La complací. —Usted es perfecta. Ningún salón podría hacerla más hermosa.

Sonrió, satisfecha, y puso su mano en mi brazo. —Eres tan dulce. Gracias.

Le quité la mano del bíceps y lo convertí en un apretón de manos. —Buenas noches, Larissa.

—Adiós, chicas. Nos vemos el lunes. —Con un movimiento de su pelo, se fue.

—¿No dijo que estaba comprometida? —Natalie se quedó mirando mi brazo donde Larissa lo había apretado.

Mimi fulminó con la mirada su hoja de cálculo. —Mm-hmm. Conocimos a su prometido.

¿Estaba celosa? Ni siquiera le gustaba. ¿O sí?

Los celos por una cita falsa podían ser mi oportunidad. Apoyé mi mano en su hombro. —No estés celosa, nena. Sabes que mi corazón late solo por ti.

Se quedó mirando mi mano como si quisiera quitársela de un manotazo. Ahora que Larissa se había ido, ¿abandonaría nuestra farsa? Esperaba que no. No estaba listo para dejar de tocarla.

—La noche es joven, señoritas. ¿Tomamos otra copa? —Acerqué la silla de Larissa a Mimi y me acomodé en ella. Dejé que mi mano se deslizara desde su hombro hasta su espalda, hasta que se posó en la sexi curva de su cintura.

Cuando dejó que se quedara allí, mi corazón dio un vuelco en mi pecho.

—Tengo una idea mejor. —Natalie se inclinó hacia delante, apoyándose en los codos—. A bailar.

Mimi se tensó bajo mi mano. —¿Bailar? Yo no bailo.

—Pero tenemos que aprender. Para la gala. Bachata. —Natalie movió los hombros—. Vi un video en línea, pero no es lo mismo que tener un profesor.

Por mucho que quisiera, no me atreví a apretarle la cintura. Pero tendría la libertad, incluso se esperaría de mí, de poner mis manos sobre ella cuando bailáramos. —¿Qué dices, Mimi? ¿Practicamos un poco esta noche?

Ella frunció el ceño. —No puedes bailar con las dos. ¿Por qué no van tú y Natalie...?

—Mi hermano Andrew viene a recogerme —dijo Natalie, dando un saltito en su silla—. Le pediré que venga con nosotros. Bailar con nosotras es mejor que estar lamentándose en su condominio.

—Perfecto —dije—. Conozco un club en la Misión.

—Genial. ¡Y ahí está Andrew! —Natalie se levantó de un salto y le echó los brazos al cuello a un tipo rubio, más o menos de mi altura pero más delgado. Los pantalones de su caro traje de lana estaban arrugados en las caderas como si hubiera estado sentado en un escritorio todo el día. Su piel pálida parecía no haber visto la luz del sol en un mes. Finanzas, supuse.

—Mateo, Mimi, les presento a Andrew.

Me puse de pie para estrechar la mano de su hermano. Su apretón fue firme y seco, y me sostuvo la mirada con toda su atención. Sus labios eran carnosos y sensuales como los de su hermano, pero sus ojos azules de largas pestañas tenían la forma de los de Natalie. Un chico lindo, totalmente mi tipo. Pero nadie era mi tipo cuando Mimi estaba cerca.

—Mateo —dijo él—. Nat ha hablado de usted.

—¿Ah, sí? —sonreí—. ¿Cosas buenas, espero?

—Dice que se ha portado como un campeón con este proyecto de la gala. Y que usted y Mimi son hashtag-parejaideal. —Hizo comillas con los dedos y luego le tendió la mano a Mimi.

Los observé juntos. Andrew era probablemente el hombre ideal de Mimi. Inteligente, rico, trabajaba en su campo. Pero su apretón de manos fue breve, y él se volvió hacia su hermana.

—¿Lista para irnos? —preguntó.

—Listísima. Pero no me llevas a casa. ¡Vamos a bailar!

—¿A bailar? —sus cejas rubio ceniza se arquearon.

—Será divertido. Te distraerá de…

Él la atrajo en un medio abrazo y le revolvió el pelo con los nudillos. —Nada de eso, loquilla.

—Por Dios, Andrew. Tengo veinticinco años, no doce. —Se apartó de él y se pasó los dedos por el pelo alborotado. Tenía las mejillas sonrosadas y las cejas fruncidas en una farsa de molestia, pero su sonrisa era tan brillante como el sol.

Nunca tuve un hermano, pero mi prima Sara y yo nos bromeábamos así. Una ola de nostalgia me golpeó. Bailar era exactamente lo que necesitaba.

Me froté las manos. —Vamos. Yo llevo a Mimi, y usted lleva a Natalie, ¿Andrew?

Le di a Natalie el nombre del club y sus pulgares volaron sobre su teléfono. —¡Nos vemos allí!

Afuera, en la acera, Mimi caminaba con desgana a mi lado. —De verdad que no tienes que hacer esto. Puedo decirle a Natalie que no me siento con ánimos.

—¿No te sientes bien? —la miré mientras cruzábamos la calle

hacia mi Jeep. Al igual que Andrew, parecía que le vendría bien un día al aire libre.

—No, estoy bien. Es solo que…

—¿Qué pasa? —Le abrí la puerta y le ofrecí la mano para ayudarla a subir al alto asiento.

Me la agarró y se subió al estribo. ¿Cómo era posible que no sintiera el cosquilleo de la energía que corría entre nosotros? Pero ella solo se acomodó en el asiento y me sostuvo la mirada. —Nunca quise que esto se saliera tanto de control. Todo lo que quería era una oportunidad para demostrarle mi valía a Larissa. No arrastrarte a una relación falsa con una guarnición de planificación de fiestas. Y baile. Estoy segura de que estás cansado del trabajo.

—Tú también lo estás. —Quería trazar su delicada mandíbula, sentir su mejilla curvarse en una sonrisa. Pero estábamos solos, y no había nadie para quien fingir—. Quiero hacer esto. Bailar será divertido. Ya verás. Además, tenemos que practicar para la gala.

Sus ojos se entrecerraron como si sintiera dolor. —¿Tenemos que bailar delante de toda esa gente?

—No te preocupes. Te verás bien. Te lo prometo. —Le cerré la puerta. Siempre había sido bueno en las cosas físicas: béisbol, surf, baile. Nunca me había arrepentido de mi debilidad en otras cosas, como la escuela. No hasta Mimi.

Estuvo callada durante el trayecto al club, así que puse algo de música para que el ritmo fluyera a través de nosotros. Cuando la miré, golpeaba con los dedos el reposabrazos al compás de la música. Bien. Moví los hombros al ritmo.

El club era uno en el que Carlo tocaba a veces, pero no había banda en vivo esta noche, solo una DJ. Luces rosa intenso y amarillas parpadeaban sobre el escenario donde ella se contoneaba al ritmo de la música detrás de su mezcladora. Una pareja giraba a su lado, con una habilidad que superaba mi nivel. Debajo del escenario, filas de personas practicaban sus pasos en un espacio abierto en medio de la pista de baile. Parejas más aventureras giraban por los bordes.

Encontramos a Andrew y Natalie en la barra. Natalie nos dio dos shots de algo rojo oscuro e inquietantemente familiar.

—¿Qué es esto? —Mimi lo examinó con un acertado nivel de sospecha.

—El especial del jueves por la noche. El cantinero lo llamó Mama Juana.

Me reí. En mi tierra, lo llamábamos Viagra líquido. Mi tía Camelia hacía una versión con vino tinto, miel local y hierbas que cultivaba en su jardín, y juraba que yo había sido concebido después de que la sirvió en una lechonada familiar. Le levanté las cejas a Andrew. —Tenga cuidado. Es… ah, potente.

—¿Qué? —gritó por encima de la música.

—No seas gallina. Bébetelo. —Natalie le dio un codazo en el costado y se bebió su trago de un tirón. Él la siguió.

Choqué mi vaso con el de Mimi. —Salud.

Su sonrisa fue nerviosa. —L'chaim.

Nos bebimos los shots agridulces de un trago.

—Eso es asqueroso. Como jarabe para la tos.

No era tan bueno como el de tía Camelia. La botella detrás de la barra tenía un ridículo sombrero de paja como tapa. Pero su alto contenido de alcohol podría soltar a Mimi.

—¿Otro? —Natalie hizo una mueca.

—Primero les enseñaré los pasos. —Una Mimi más suelta sería bueno, pero no quería tener que sacarla cargada de otro bar.

Tomando la mano de Mimi, me abrí paso entre las parejas que bailaban hasta los que bailaban en línea en el centro de la pista. Nos paramos detrás del último y observamos por un momento.

—Bien, mira, es uno-dos-tres-toque, luego a la derecha, cinco-seis-siete-toque. Pasos pequeños, y mantén los pies bajos.

Me coloqué entre Mimi y Natalie. Dando pequeños y exagerados pasos, demostré el movimiento de pies, y para cuando terminé la primera serie, Natalie se balanceaba a mi lado. Mimi y Andrew se quedaron en los extremos, observando.

—¡Vamos! —grité. Tomando la mano de Mimi, me moví hacia

ella, instándola a mover los pies. Vacilante, ella siguió el movimiento. —Bien, bien —la elogié.

Siguiendo la línea de enfrente, les mostré cómo bailar hacia delante, y luego les enseñé los giros. Natalie aprendió el patrón como si fuera una experta.

Mimi no. Se olvidaba de hacer el toque, se perdía el cambio de dirección y chocaba con mi hombro. Pisoteó el suelo con frustración. —¡Te dije que no bailo!

—No pasa nada. —Giré, dando la espalda a las otras líneas, y me puse frente a ella. Extendí las palmas de mis manos y le indiqué con un gesto que pusiera las suyas sobre las mías.

—A la izquierda —dije, moviéndome a mi derecha para reflejarla.

Se miró los pies y los míos durante unas cuantas series.

Finalmente, cuando su cuerpo se movió al ritmo, le apreté las manos. —La vista al frente.

Sus hermosos ojos marrones reflejaban las luces rosas sobre el escenario. Movía los labios, contando los pasos en silencio. Trabajaríamos en eso más tarde.

—Lo estás haciendo genial. Cuando te apriete las manos, avanza. —Cuando sentí que la línea detrás de mí se movía, la agarré con más fuerza y, mientras retrocedía, tiré de ella hacia mí.

—Ahora hacia atrás. —Invertimos el movimiento. Pronto, nos movíamos al compás del bloque de bailarines. De lado a lado, de adelante hacia atrás, giro, giro.

No era Carmen Miranda ni siquiera JLo, pero su movimiento de pies no flaqueaba, y sus caderas se balanceaban de una manera que me apretaba los pantalones. O quizás era la Mama Juana.

Cuando la música cambió, la saqué de la línea hacia las parejas que bailaban.

—Espera, ¿qué estás haciendo?

—Te han ascendido —dije—. Estás lista para las grandes ligas.

—¡No, no lo estoy! Todavía soy un pececito.

—Ahora estás mezclando natación y béisbol. Esto es baile, y estás lista.

Comenzamos con un simple vaivén, y volví a estar en el porche de mi abuela, bailando con mis primas. El pestilente olor del club no se parecía en nada a la brisa marina de mi tierra. Aun así, canturreé la canción y observé a Mimi con los párpados entrecerrados.

Su mirada se cernía por debajo de mi barbilla. Supuse que ahí era donde debía estar, ya que le indicaba los giros con mis hombros y las vueltas con un cambio de mi palma contra la suya. Pero yo quería su mirada en mi cara, en mis ojos, para poder saber qué estaba pensando, qué le parecía bailar conmigo.

Dijo algo, pero la música estaba demasiado alta. Me incliné más cerca. —¿Qué dijiste?

Sus mejillas enrojecieron. —Dije que bailas muy bien.

—Ah, gracias. Pero no soy tan bueno como ellos. —Incliné la barbilla hacia la pareja en el escenario. Él hizo girar a su compañera bajo su brazo, luego él giró bajo sus manos unidas. Se movían juntos como si compartieran una mente, como dos partes del mismo cuerpo.

—Quizás no —dijo ella en mi oído—, pero me haces sentir segura. Con confianza.

Sentí un calor por dentro. —Así es como debe ser. Yo soy la enredadera que te sostiene. Tú eres la flor, hermosa y fragante.

Ella arrugó la nariz. —¿Hermosa? Para nada.

—Eres una orquídea. Exótica y delicada. —Inhalé el aroma a vainilla de su pelo.

—Tú eres el hermoso —dijo—. Todo el mundo te está mirando.

No me molesté en mirar. —No, Mimi, te están mirando a ti. Eres hipnótica.

Su mirada se clavó en la mía, destellos dorados iluminando las oscuras profundidades como la luz de la luna sobre el océano.

—¿Por qué eres tan bueno conmigo? —Su mirada se apartó de la mía—. Bueno con… con todo el mundo.

La aparté del camino de una pareja que se acercaba girando. —¿Cuál de las dos, Mimi? ¿Soy bueno con todo el mundo, o contigo?

—Con ambos. Pero, ¿especialmente conmigo?

Me reí entre dientes, luego puse mis labios junto a su oído para que estuviera segura de oírme. —Me alegro de que por fin te des cuenta.

—Pero no entiendo. ¿Qué ganas tú con esto? ¿Cuál es tu intención?

—¿Intención? —me eché hacia atrás—. Yo solo quiero... —¿Estaba lista para oír la respuesta? ¿Que la quería a *ella* y a nada más?

Sus pasos vacilaron. Perdido en sus ojos, pisé algo blando. Cuando bajé la vista, vi que había aplastado la punta de su bailarina. Me aparté de un salto, pero Mimi cerró los ojos con fuerza por el dolor.

Dejé de moverme y pasé mis manos por sus hombros. —¡Perdón! Perdón por ser tan torpe. ¿Estás bien?

—Estoy bien. —Pero mantuvo su peso fuera del pie que yo había aplastado como un bruto.

—Tomemos un descanso —dije—. ¿Puedes caminar?

Levantó la barbilla. —Por supuesto que puedo.

Aun así, mantuve mi brazo alrededor de ella mientras la guiaba fuera de la pista de baile. La ayudé a sentarse en un taburete junto a una mesa alta.

—¿Te traigo algo de beber?

—Solo agua, por favor.

Cuando volví a la mesa con dos botellas de agua helada, ella tenía el teléfono en la mano. —Mi transporte ya casi llega.

—¿Tu transporte? Yo soy tu transporte.

—No, pedí un auto de aplicación. Ya te he quitado demasiado tiempo esta noche. Tengo que trabajar mañana.

—No, Mimi. Yo te llevaré a casa.

—No. Quédate si quieres. Estoy segura de que puedes encontrar una mejor compañera de baile que yo. Gracias por traernos. Fue... —Se puso de pie sin terminar la frase.

—Mimi, lo siento mucho. ¿Puedo traerte una bolsa de hielo? ¿Una aspirina?

—No, gracias. —Apoyó su mano sobre la mía por un momento, ligera y fresca como la llovizna de San Francisco. Luego se fue, dejándome en el club oscuro, con el sudor enfriándome la piel.

Habíamos tenido una conexión en la pista de baile. Sabía que la habíamos tenido. Me había mirado a los ojos como si me viera, como si me valorara.

Y entonces la cagué. Me acobardé cuando debería haberle dicho lo que sentía. Lo que quería.

A ella. Solo a ella.

14

MIMI

ME ENCANTÓ TENER a Ben en la cena de Shabat. No solo me recordaba a tantas noches de viernes de mi infancia, sino que podía contar con él para desviar la atención un par de veces cuando mamá se ponía demasiado intensa.

Su prometido, Cooper, ¿por otro lado? Por momentos deseé que tuviera que irse a Singapur de nuevo. Así no estaría sentado frente a mí en la mesa del comedor de mis padres, con su pelo rubio, ojos azules y hombros anchos recordándome con demasiada vehemencia a su primo.

De quien huí anoche.

Creí que entendía a Mateo. Creí que era uno de esos tipos cuya belleza era solo superficial. Que debajo de su hermoso exterior no había nada más que un vacío insípido. O, como Byron, una crueldad despiadada.

Pero él me había sacudido hasta lo más profundo.

Me había engatusado para que dijera más de lo que pretendía. Le dije que me hacía sentir segura.

Él respondió llamándome hermosa. Byron también me había

llamado así, pero resultó que había usado sus dulces palabras para quitarme, quitarme y quitarme todo hasta agotarme.

¿Qué era lo que quería Mateo? Su mirada en la pista de baile había estado llena de hambre. Y de confusión.

—Mimi, ¿le sirvo un poco de vino? —la voz de Cooper me sobresaltó. Parpadeé. Mamá me mataría si supiera que no estaba entreteniendo a nuestro invitado mientras ella, papá y Ben terminaban los preparativos de la cena en la cocina.

Aunque la idea de entretener al jefe del jefe de mi jefe era bastante intimidante.

—Media copa, por favor. —¿Qué pensaría Cooper del vino kosher dulce y de las tradiciones de los viernes por la noche de nuestra familia? Aunque él y Ben llevaban juntos más de seis meses, esta noche era la primera vez que Ben sometía a Cooper a una cena de Shabat de los Levy-Walters. Por lo general, los viernes por la noche, Cooper acababa de regresar de un viaje y estaba cansado, iban a salir en una cita o Ben venía solo.

Esta era una gran noche para mi hermano y su prometido.

Cooper llenó mi copa hasta la mitad. Fue solo entonces cuando noté que estaba bebiendo agua con gas. Ahora que lo pensaba, la champaña que había bebido en su fiesta de compromiso se veía más clara que la que había en la copa de Ben. Y no lo había visto beber nada en la boda de Bree y Josh.

¿Era posible sobrevivir a una de las cenas de mi familia sin alcohol?

—Jackson Jones me dijo algo el otro día —dijo él.

—¿Ah, sí? —¿Le habría contado su mejor amigo y socio de negocios sobre el puesto de subdirectora? ¿O le había dicho a Cooper que había arruinado mi presentación del presupuesto a principios de mes? ¿Le habría dicho Monique que yo era una borracha? Le di un trago al vino, deseando que fuera algo más fuerte.

—Dijo que usted está saliendo con mi primo Mateo.

Oh. Mierda. ¿Por qué me había engañado a mí misma pensando que nuestra mentira se quedaría dentro del comité de la gala? Y si Cooper lo sabía, eso significaba que Ben lo sabía. Y solo sería cuestión de tiempo antes de que...

Mamá jadeó detrás de mí. —¿Mimi, estás saliendo con alguien? ¿Por qué no lo mencionaste cuando hablamos esta semana?

Oh, solo porque era totalmente falso, y esperaba que nunca se enterara. Pero si admitía la mentira, ¿Cooper se lo aclararía a Jackson? Entonces Jackson se lo diría a Natalie, a quien podría escapársele delante de Larissa. Si Larissa se enteraba, estaría fuera del comité de la gala —y fuera de la contienda por el puesto de tiempo completo— en un instante.

Hice una mueca. —Es... es nuevo.

—Cuéntamelo todo. —Mamá dejó la bandeja de la jalá sobre la mesa y se dejó caer en una silla.

—Ah. —miré a Cooper, que tuvo la decencia de parecer culpable. Consideré decirle la verdad, que todo era una farsa. Probablemente debería haber optado por eso. Pero sus ojos castaños y redondos estaban tan esperanzados, y su sonrisa tenía una felicidad expectante que no tuve el corazón para aplastar. Tendría que hacerlo eventualmente. Pero esta noche, la dejaría vivir en la emoción que la tenía inclinada hacia adelante sobre sus codos.

—El primo de Cooper, Mateo, y yo nos estamos viendo. De manera casual. No es gran cosa.

—¿Quieres decir, como sexo casual? ¿Amigos con derechos? ¿Amigov—?

—¡No! Dios, no, mamá. —cerré los ojos con fuerza para no tener que mirarla ni a ella ni a Cooper. El jefe del jefe de mi jefe.

—Entonces... —conocía ese tono. Ya no había escapatoria del interrogatorio.

—Fuimos a jugar al golf el otro día con Larissa y su novio. A bailar la otra noche. Y vamos a ir juntos a la gala el próximo mes. No es gran cosa.

Aunque por un momento en la pista de baile, se había sentido como algo muy grande. Hasta que recordé que no éramos pareja y entré en pánico. Me alegré de que me hubiera pisado. El dolor me recordó que éramos como el agua y el aceite. Un par de imanes con la misma polarización. Unos y ceros.

—¿Golf, baile y una gala? Estas no son cosas que sueles hacer, Mimi. ¿Estás segura de que no es gran cosa?

—Segurísima. Prometo que no se interpondrá en mi carrera. No como… —apreté los dientes. No quería para *nada* volver a hablar de mi última relación fallida. Definitivamente no frente a Cooper.

—Ah, Mimi. Ver a tu hermano tan feliz con Cooper me ha dado una nueva perspectiva.

Detrás de mí, Ben resopló. Rodeó la mesa y dejó dos tazones de sopa. —Más bien, la boda de Bree te dio ideas. Visiones de tul y rosas blancas y bailar la horah. Admítelo.

Mamá frunció los labios. —Quiero que mis dos hijos sean felices. Me encontré con la madre de Breina en los servicios la semana pasada. Dijo que están intentando tener un bebé.

—¡Bree y yo acabamos de salir a tomar algo esta semana! —dije—. De ninguna manera están tratando de quedar embarazados.

—Ella tiene más de treinta. Tendrán que empezar pronto.

—¡Mamá!

—¿Qué? Pensé que ambas querían tener hijos.

—Algún día. No ahora, antes de que me estabilice en mi carrera.

Me miró el vientre como si tuviera una fecha de caducidad estampada. —Sabes que quiero lo mejor para ti. Ahora cuéntame sobre Mateo.

Ben se rio. —Como el perro y el gato, esos dos.

Cooper tomó la mano de mi hermano y lo detuvo con una mirada llena de significado silencioso. —No, mi amor. Están saliendo.

—¿Qué? —se sentó en la rodilla de Cooper—. ¿Tú y Mateo?

Cooper estudió mi cara. ¿Por qué no había hablado con Mateo sobre esto? Podría haberle aclarado las cosas a su primo. Y entonces yo no estaría hablando de mi relación falsa con mi madre, que nunca lo dejaría pasar. Si Cooper no fuera el jefe del jefe de mi jefe, saltaría sobre la mesa para estrangularlo. Nunca le mentía a mi hermano.

Pero ahora tenía que seguir con la mentira. —Sí.

—Es *nuevo* y *casual* —dijo mamá—. Lo que sea que eso signifique.

—Oh. —los labios de Ben se curvaron hacia abajo. No tuvo que decir ni una palabra. Sabía que estaba pensando en el tazón de condones junto a mi cama y en los ligues casuales que pasaban por mi apartamento cada pocas semanas. A él de verdad le agradaba Mateo, y ese «*Oh*» significaba que pensaba que Mateo era uno de los tipos que traería a casa cuando estuviera caliente y echaría antes del amanecer.

Pero no podía hacer eso con Mateo. Él era parte de la vida de mi hermano. Su familia.

Mierda, ¿por qué no había pensado en esto antes? ¿Por qué había dejado que sucediera?

Maldita sea Larissa y su organización de fiestas y su obsesión por Mateo y su tema de gala latinoamericana.

Ben y mamá no lo vieron, pero Cooper articuló sin sonido un «*Lo siento*» hacia mí. En voz alta, dijo: —Hablando de la gala, Jackson dice que está haciendo un trabajo fantástico en el comité de planificación.

La tensión en mi estómago se aflojó un poco. —Es muy amable de su parte decir eso. Su hermana Natalie está haciendo la mayor parte del trabajo, y yo la estoy ayudando. Además de las cosas financieras habituales.

—Entiendo que hay una vacante para subdirector en la fundación, y que su nombre ha sido mencionado —dijo él.

¿Cooper había oído eso? ¿Significaba que Larissa me estaba considerando seriamente? —Yo también había oído eso.

—¿Qué es esto? —las cejas oscuras de mi madre desaparecieron bajo su flequillo—. ¿Una directora?

No tenía la intención de que se enterara hasta que hubiera conseguido el puesto, pero valía la pena como distracción del interrogatorio sobre Mateo. —*Subdirectora*. Y no es un hecho. Ni de lejos. Pero hay un puesto, y le dije a Larissa que estaba interesada.

—¿Paga más de lo que ganas en Synergy? —su mirada era penetrante.

Definitivamente no quería tener esta conversación frente a Cooper. —Eh, yo… —me encogí y le eché un vistazo a Cooper.

—Lamentaríamos perderla —dijo él, con una expresión indescifrable—. Pero entendemos que nuestros empleados necesitan perseguir sus pasiones, y a veces eso está fuera de Synergy. Aunque me gusta pensar que la fundación de Jackson sigue siendo parte de la familia Synergy.

La tensión abandonó la parte de atrás de mi cuello. —Gracias. Aunque, como dije, todavía lo están considerando. Larissa trajo a un candidato externo para una entrevista la semana pasada. Tengo que impresionarla con mi trabajo en la gala.

—¿Estás segura de que una organización sin fines de lucro es la dirección correcta? —preguntó mamá—. Podría sacarte del sector privado. Estancar el crecimiento de tu carrera.

Me froté la nueva punzada en mi pecho. —Esto es lo que quiero. En unos años, una vez que tenga más experiencia, podría ascender a directora.

—Pero ahora eres contadora sénior, lista para pasar a la gerencia. Y Synergy es una excelente compañía. Estable. —le sonrió a Cooper.

—Lo sé, y ha sido genial conmigo. Pero creo que mi pasión está en las organizaciones sin fines de lucro. Específicamente, en ayudar a los niños. La fundación hace un gran trabajo con niños que tienen Tourette y otras diferencias neurológicas.

Mamá asintió lentamente. Recordaba cómo yo llegaba a casa de la escuela temblando de rabia cada vez que algún niño se burlaba de Bree.

—Es una oportunidad fantástica. —Ben se levantó—. Lo harás genial.

Le sonreí. Nuestras pasiones eran similares, y su trabajo en una fundación que le importaba me había inspirado a pensar en mis propios objetivos de vida. A reevaluarlos. A ser una mejor versión de mí misma.

—Ayudaré a papá a traer el resto de la comida —dijo Ben, rodeando la mesa hacia la cocina.

Empujé mi silla hacia atrás, agradecida por la oportunidad de escapar. —Te ayudo.

—No. Quédate. Te vendría bien descansar —dijo con una sonrisa cariñosa—. Te has estado matando entre el trabajo y el voluntariado.

Le devolví la sonrisa. Mi hermano era el más dulce. Aunque el espacio había sido reducido y no había tenido privacidad, lo extrañaba ahora que se había mudado de mi sofá a la elegante mansión de Cooper.

—Déjenme ayudar. —Cooper empujó su silla hacia atrás y se puso de pie.

—No, usted es nuestro invitado. —mamá agitó la mano hacia su futuro yerno—. Además, ya casi terminamos.

—No se puede encontrar buena ayuda por aquí —refunfuñó papá mientras traía el asado.

—Lo siento, papá —dijo Ben, regresando a la cocina.

Mamá dijo: —Nos distrajimos hablando del nuevo trabajo de Mimi. Y del hecho de que está saliendo con el primo de Cooper, Mateo.

—¿Estás saliendo con alguien? —dejó el asado en la mesa.

Mis mejillas se encendieron. —Es…

—Nuevo. —mamá puso los ojos en blanco—. Y *casual*.

—¿Te trata bien? —preguntó papá.

Excepto por tratar de provocar mi alergia al chocolate. Había sido sorprendentemente dulce con lo del golf y lo de la gala. —Sí, lo hace.

Me lanzó una rápida sonrisa. —Entonces me alegro por ti.

—Gracias, papá.

—¿Y qué es eso de un nuevo trabajo?

—Papá. —mis mejillas se pusieron aún más calientes. ¿Por qué teníamos que hablar de esto frente a Cooper?—. Es solo una posibilidad.

Me apuntó con una manopla de cocina. —Quiero saber más sobre esa *posibilidad* cuando todos nos sentemos. Jeannie, terminemos de traer los platos. —él y mi madre desaparecieron en la cocina. Ben los siguió.

—Lamento haberlo mencionado —dijo Cooper—. No sabía que no había hablado con ellos al respecto.

—Está bien. Se preocupan por mí, ¿sabe? —probablemente él no lo sabía. ¿De qué tendrían que preocuparse los padres de Cooper Fallon? Dirigía una compañía de primera de la lista Fortune 1000 y estaba comprometido con un hombre que amaba.

—Lo entiendo. Quieren protegerla.

Solté una risita. —Más bien impulsarme. Mamá me enseñó desde temprano que las mujeres tienen que tener las herramientas para protegerse.

—Así es. —mamá entró apresuradamente con un plato de papas hervidas—. Inteligencia, empuje y confianza. Eso es lo que se necesita para tener éxito en un mundo de hombres. —clavó en Cooper una mirada desafiante.

—Absolutamente. Sé que tengo muchos privilegios, y trato de ayudar a otros que no los tienen.

—Lo hace. —Ben trajo los chícharos y las zanahorias. Dejó el tazón y luego besó la mejilla de Cooper—. Apoya a todos los refugios para mujeres del Área de la Bahía.

Eso debía tener una historia detrás. Observé la cara de Cooper, pero no delataba nada más que amor por mi hermano.

Papá trajo la ensalada. —Vamos a comer.

—Primero las oraciones —le recordó mamá.

Ni siquiera los cantos y las oraciones del Shabat distrajeron a mamá de su interrogatorio. Después de que bendijimos la jalá y todos comieron un trozo, me fijó con la mirada desde el otro lado de la mesa. —Adam, Mimi está pensando en dejar su trabajo en contabilidad para trabajar en una organización sin fines de lucro.

—Mamá, en realidad no estoy dejando la contabilidad. Estoy llevando mis habilidades a la organización sin fines de lucro.

—¿Mantendrás tu certificación de CPA? —preguntó papá—. Trabajaste muy duro por ella.

—Por supuesto que sí. —me estremecí al pensar en volver a tomar el examen—. Solo estoy añadiendo más responsabilidades.

—Es un buen movimiento profesional. —Cooper empujó su copa de vino hacia Ben. Solo había tomado un sorbo después del Kidush—. Mimi puede crecer en otras áreas —operaciones, gestión, desarrollo— a las que normalmente no estaría expuesta en una empresa más grande como Synergy.

—Pero en Synergy tiene estabilidad —dijo mamá—. Una trayectoria profesional definida.

—Mamá —intervino Ben—. Las cosas son diferentes ahora. No es como cuando empezaste tu carrera. Cuando subías por la escalera corporativa. La gente de hoy es más móvil. Abierta a diferentes trayectorias profesionales. Se la pasan buscando oportunidades. —me sonrió desde el otro lado de la mesa.

Mamá levantó una ceja. —No me vengas con tu «OK, Boomer». Soy de la Generación X. Luchamos por todo lo que teníamos. Tuve que abrirme paso a empujones y arañazos entre todos los Boomers establecidos en mi firma. Esos hombres blancos con esposas en casa cuidando la casa y los niños. Mimi sabe que es más difícil para nosotras. Nadie la está cuidando, listo para impulsarla al siguiente nivel. Tendrá que agarrar cada peldaño ella misma y subir. Pero… —le sonrió a Cooper— Synergy cuida a sus empleados. ¿Hará lo mismo esta flamante organización sin fines de lucro?

—Estoy seguro de que Jackson se ha encargado de eso. —incluso mientras lo decía, la mandíbula de Cooper se tensó, desmintiendo sus palabras confiadas.

—Tal vez a Mimi no le interesan tanto los beneficios para empleados como ayudar a la gente. En hacer el bien en el mundo —dijo Ben—. Estoy orgulloso de ella por querer ayudar a los niños.

—Ay, gracias, Benny. —levanté mi copa de vino hacia él. Él me guiñó un ojo e hizo lo mismo.

—Aun así —dijo Cooper—, me gustaría hablar con Jackson sobre la trayectoria profesional y la remuneración...

—No. —mi corazón dio un vuelco. ¿Qué pensarían Jackson —y Larissa— de mí si Cooper usaba su influencia?—. Gracias. Lo investigaré antes de aceptar una oferta. Lo prometo. —asentí hacia mamá.

—Es muy amable de su parte ofrecerse, Cooper. Me alegro de que Benny lo haya encontrado. —mamá le sonrió radiante a Cooper.

No podía apartar los ojos de Ben. Su expresión suave de felicidad, de pura y maldita dicha, no se parecía a nada que hubiera visto antes en su rostro.

Tenía todo el derecho a sentirse así. Tenía el trabajo gratificante con el que siempre había soñado, además de un prometido al que adoraba y que obviamente adoraba el suelo que pisaba. Tenía amor y estabilidad financiera. Mi hermano pequeño estaba en la maldita cima de la pirámide de necesidades de Maslow.

¿Y dónde estaba yo, la hermana mayor que siempre parecía tener todo bajo control? Todavía en la base, todavía trabajando en mi seguridad financiera. Sin esperanza de amor.

Siempre me había burlado de mi hermano por enamorarse tan fácilmente. Pero ahora, al verlo tan trascendentalmente feliz, una pequeña parte de mí quería lo que él tenía.

Piqué mi bola de matzá con la cuchara. Nunca pensé que estaría celosa de mi hermano pequeño. Pero lo estaba.

—Espero que encuentres a alguien como Cooper —dijo mi madre, expresando mis propios pensamientos—. Bueno, tal vez no tan bueno como Cooper. —rio nerviosamente—. Algún día, cuando te hayas estabilizado en tu carrera.

Por poco que recordara de la despedida de soltera de Bree, recordaba cómo me hizo sentir mi Hombre Misterioso. Era la misma forma en que mi hermano se veía: vista y querida.

—Quizás algún día —dije.

15

MATEO

APRETÉ el ramo de flores en el pequeño vestíbulo del edificio de apartamentos de Mimi. Las plumerias de un blanco cremoso, con sus tímidos centros amarillos, significaban que lo sentía. Que sentía lo que fuera que hubiera hecho en la pista de baile para que ella saliera huyendo. Y no estaba listo para rendirme. Todavía no.

Cada vez que papá hacía algo para irritar a mamá, le traía estas flores. Siempre había funcionado. Hasta que un día, dejó de hacerlo.

Ninguno de los dos supo por qué se fue. Qué había hecho yo, qué habíamos hecho nosotros, para que hiciera la maleta y se fuera de la isla en mitad de la noche. Papá la llamó un par de veces, pero después de su aplastante traición, nunca se apareció en su puerta con flores.

Quizás su error fue quedarse en la isla conmigo. Cuando nos enteramos de que había muerto, parecía tan destrozado que nunca tuve el valor de preguntarle si se arrepentía de no haberse esforzado más por recuperarla.

Por Mimi, con su belleza, su inteligencia, su corazón, valía la pena esforzarse. Si tan solo pudiera dejar de estorbarme a mí mismo y demostrarle que yo también valía la pena.

Antes de que reuniera el valor para tocar el timbre de su interfono, ella salió, enrollándose una bufanda de punto beis alrededor del cuello. Me miró, sorprendida.

—¿Qué haces aquí?

Mierda, se me había olvidado llamarla o mandarle un mensaje. Otra vez.

—Vine a verte. A disculparme. Por lo del mole. Por todo. —Cuando agité el ramo, casi le pegué en la nariz. Hice una mueca. *Cálmate, Mateo.* —¿Cómo está tu pie?

—Está bien. ¿Son para mí? —Retrocedió cuando le ofrecí las plumerias.

—Para ti. Un rayo de sol en un día sombrío. —Una fina llovizna estaba suspendida entre nosotros, no llegaba a caer, pero no era mucho más densa que la niebla de San Francisco. Brillaba en su pelo y formaba diminutas gotas en su abrigo de lana.

Tomó el ramo y lo olió con cautela. —¿Cómo sabías que la plumeria es mi flor favorita?

—¿Lo es?

—Sí, son directas. Sin complicaciones. Sencillas.

—Como yo —bromeé.

Sus ojos se entrecerraron por un segundo. —Mateo, eres todo menos directo. Eres como... como una de esas orquídeas con volantes. Vistoso. Difícil de tener en casa.

Hice como que me clavaba una daga en el corazón. —Auch.

—Ya sabes a qué me refiero. —Sus mejillas se sonrojaron—. Eres demasiado hermoso para el uso diario. Como la bandeja de jalá pintada a mano de mi mamá.

¿Un cumplido? Un punto para Mateo. Ya no sentía la llovizna. Todo era sol tropical y el aroma de las plumerias.

—¿Vas a salir? —pregunté. *Estúpido, Mateo.* Claro que iba a salir. Acababa de salir de su edificio.

—Hoy soy voluntaria. Para la fundación. Hay un evento en la biblioteca. Los niños les leen a animales del refugio.

—¿Te tomaste tu medicamento para la alergia?

—Claro que... espera. ¿Cómo sabías que soy alérgica a los perros?

Me lo había dicho esa noche en el bar. Me había dicho muchas cosas, y ella lo había olvidado todo. El secreto me pesaba en el pecho. —Ben me dijo que por eso no vas mucho a su casa.

—Ah. Bueno, sí, me lo tomé. —Se soltó un mechón de pelo atrapado en la bufanda.

Había otro mechón atascado y quise soltárselo, pero no me atreví a tocarla. Metí las manos en los bolsillos del abrigo.

—Debería irme —dijo ella.

—Claro. —Mierda, me odiaría por hacerla llegar tarde. Mimi odiaba llegar tarde—. ¿Quieres que suba esto a tu apartamento? —Señalé las flores.

—No, yo... me las llevaré conmigo. Estoy segura de que puedo encontrar un jarrón o un vaso con agua para ponerlas en la biblioteca.

Definitivamente había acertado con las flores. Me dio el valor para preguntar: —¿Puedo acompañarte a la biblioteca?

Ladeó la cabeza. —En realidad, siempre nos vienen bien más voluntarios. ¿Podrías quedarte una hora más o menos y sostener una mascota del refugio mientras un niño te lee?

—¡Por supuesto! —¿Mimi me estaba invitando? Mi sonrisa debía de ser ridículamente amplia—. Y ya me investigaron los antecedentes.

—¿Tu propio primo te investigó los antecedentes antes de contratarte para su equipo de seguridad?

Lo había hecho, el imbécil. La familia no significaba nada para él. Aunque, tratándose de mí, tenía razón. —Sí, y estoy limpio.

—De acuerdo, entonces. Vamos. —Se dio la vuelta y caminó a paso ligero por la acera.

La alcancé fácilmente con mi zancada larga. —Lo que haces es admirable, Mimi.

—¿Qué? ¿Te refieres a ser contadora? —Me miró de reojo—.

¿O a pasar una o dos horas de un sábado ayudando a los niños a sentirse más seguros al leer?

—Ambas cosas. Nunca fui a la universidad. —Se lo había dicho esa noche en el bar, pero no lo recordaba—. Tu carrera es impresionante. Y luego, si a eso le sumas lo que haces por la fundación y otros trabajos de voluntariado, demuestra tu compromiso.

—Gracias. —Olió las flores que acunaba en su brazo—. Ben ha hecho mucho más. Él se metió primero en el trabajo sin fines de lucro. Yo solo sigo los pasos de mi hermano pequeño.

—No, no es así. Estás abriendo tu propio camino. A tu manera. —Me había contado todo sobre eso esa noche.

Murmuró algo, sin estar de acuerdo ni en desacuerdo conmigo.

¿Por qué no lo veía? —Tienes una gran determinación. Puedes hacer cualquier cosa que te propongas.

Resopló. —Cualquiera puede hacer eso.

—No cualquiera. —Yo no. Nos detuvimos en un cruce.

Como si me hubiera sacado el pensamiento de la cabeza, preguntó: —¿Por qué no fuiste a la universidad?

—Quería ir. Siempre lo había planeado. Incluso tenía una beca de béisbol. Pero mi padre se enfermó en mi último año de preparatoria. Siempre habíamos sido nosotros dos, ¿sabes? Después de que mi mamá se fue. —Busqué su anillo, pero por supuesto no estaba en mi dedo. Metí las manos en los bolsillos de la chaqueta—. No podía ir a la universidad y dejarlo, no después de todo lo que había hecho por mí. Necesitaba ayuda en su tienda. Y en casa, cuando se enfermó demasiado para trabajar. Así que me quedé.

—¿Qué pasó?

El semáforo cambió y entré en el paso de peatones. También le había contado todo esto, en las dos horas que hablamos. Pero no me importaba repetirlo. Cada vez que lo decía, era un poco más fácil. —Murió unos años después. Y sus tratamientos eran caros. No tenía dinero para la universidad. Para entonces ya era demasiado viejo para jugar béisbol.

Su hombro rozó el mío. —Lo siento. Por tu papá. Ben fue a la universidad como estudiante no tradicional, ¿sabes? Tú también podrías.

Me encogí de hombros. —Soy feliz haciendo lo que hago. Estoy ayudando a mi primo. Protegiendo a mi tía, que siempre me cuidó. No necesito la universidad para hacer eso.

Me miró de reojo otra vez. Pero no había ningún juicio en su tono cuando dijo: —Supongo que no.

Se detuvo frente a la biblioteca. —¿Estás seguro de que quieres hacer esto? La literatura no es precisamente fascinante. Son sobre todo libros de cuentos infantiles.

—Claro. *Lo que sea por ti.*

Mimi me ayudó a registrarme como voluntario, luego la bibliotecaria nos acomodó en unos cojines en el suelo. Como Mimi era un poco menos alérgica a los gatos, pedimos un par de ellos. Ella tenía una gata atigrada marrón y gorda llamada Mrs. Butternut, y a mí me dieron un gatito negro llamado Roger. Roger no parecía interesado en sentarse tranquilamente a mi lado y ronronear como lo hacía Mrs. Butternut con Mimi. Me manoteó con sus diminutas y afiladas garras, y luego las hundió en mi camiseta y trepó hacia mi cuello.

—Oh, no —dijo Mimi, riendo—. Te va a destrozar la camiseta.

—Más bien la piel. —Las garras del pequeño bastardo eran cuchillas.

—Toma, usa este juguete. No creo que a Mrs. Butternut le importe. —Me entregó una varita de plástico con algunas plumas atadas con un cordel.

En cuanto agité el juguete, Roger se abalanzó. Lo levanté de un tirón para que no lo alcanzara, y él saltó para atraparlo. Mientras esperábamos que apareciera un niño amante de los gatos, hice bailar la pluma para él y saltó tras ella una y otra vez mientras Mimi, de forma poco habitual en ella, soltaba risitas.

Pronto, nuestras payasadas atrajeron la atención de un niño con gafas gruesas. Llevaba un libro de cuentos bajo el brazo.

—¿Cómo se llama tu gato? —preguntó.

—Se llama Roger.

—¿Como un pirata? ¿Jolly Roger?

Levanté al gatito para mirarlo a los ojos, luego lo giré hacia el niño. —Me parece que sí tiene cara de pirata.

El niño se rio. Luego le tendió la mano a Roger, quien frotó su cabeza contra la palma del niño. Acarició la cabeza del gatito. —No es un pirata muy rudo.

—Supongo que cuando eres tan adorable como él, no necesitas ser rudo para robar el botín de alguien.

Mimi resopló, pero yo mantuve la cara seria. —¿Quieres sentarte conmigo y leerle?

—Sí, está bien.

Se sentó a mi lado en el cojín y cruzó las piernas. Con cuidado, coloqué a Roger en su regazo. Después de su persecución de plumas, el gatito parecía contento de acurrucarse con la cabeza en el muslo del niño.

El niño abrió el libro y se detuvo. —Ah, tengo dislexia. Eso significa que no leo muy rápido.

—No pasa nada —dije—. Yo tampoco soy muy rápido. Y necesito esto. —Saqué mis gafas del bolsillo. Las necesitaba para leer desde que cumplí los treinta. Me las puse y le sonreí al niño. Las mías no eran tan gruesas como las suyas, pero teníamos esto en común. Él me devolvió una sonrisa radiante.

Mimi contuvo el aliento a mi lado. Uf, me había olvidado de que necesitaba sacar mis gafas para leer. Mi tía las llamaba feas. Miré a Mimi para asegurarme de que no me había visto ponérmelas, pero sí lo había hecho. De hecho, me estaba mirando fijamente, con la boca abierta como si hubiera visto un fantasma.

16

MIMI

ME AFERRÉ a Mrs. Butternut hasta que maulló y se retorció. Aflojé el agarre, pero necesitaba algo a lo que sostenerme porque

mi

mundo

se había

puesto

patas arriba.

En cuanto Mateo se puso esos lentes de carey, los recuerdos volvieron de golpe.

Inclinada hacia él, nuestros codos rozándose en la barra. Nuestros hombros chocando mientras reíamos hasta que finalmente me desplomé contra él y me sostuvo.

Esa noche, le conté cosas. Todo sobre Bree y por qué quería un trabajo de tiempo completo en la fundación. Sobre lo mucho que admiraba a Larissa, pero parecía que nunca podía impresionarla. Sobre mi madre y el querer hacerla sentir orgullosa.

Él también me contó cosas. Sobre su madre, que los abandonó cuando era joven, ¡tan joven! Sobre cómo él y su padre se apoyaron mutuamente después de eso. Sobre cómo cuidaba a su padre. Cuánto lo amaba. Y se había quitado el anillo del dedo...

El anillo. Efectivamente, su dedo anular derecho estaba pálido en la base, donde debería haber estado el anillo. Acaricié su contorno en la cadena que llevaba alrededor del cuello, debajo de mi suéter. Me lo había dado para que lo guardara. Para que recordara esa noche.

Para recordarlo a él.

Juré que lo recordaría, a pesar del tequila.

Sin embargo, rompí esa promesa.

Lo había olvidado a él. Lo había olvidado todo. Excepto por el recuerdo borroso de un hombre con lentes que me había hecho reír. Uno que, al menos según mi cerebro atontado por el tequila, podría valer la pena una interrupción en mi vida tan enfocada.

Mateo se inclinó sobre el libro para escuchar mientras el niño le leía a trompicones. Acariciaba el pelaje de Roger de forma lenta, distraída, hipnótica.

Ni siquiera se dio cuenta de que se me había caído la venda de los ojos. De que ahora lo veía. De que cuando no le estaba gruñendo, era dulce, constante y amable.

Mateo era mi Hombre Misterioso.

Y yo era la mujer que lo había despreciado. Que había buscado algo diferente, alguien mejor, cuando un buen hombre había estado justo delante de mí, ofreciéndome amistad. Y posiblemente más.

Mrs. Butternut se acurrucó y me mordisqueó el nudillo. No con fuerza, pero lo suficiente como para llamar mi atención hacia la niñita que me esperaba pacientemente. Llevaba unos leggings de color morado brillante y una sudadera de *Donde viven los monstruos*.

—¿Puedo leerle un libro a tu gata? —preguntó.

Parpadeé. Estaba aquí para leerles a los niños, no para comerme con los ojos a Mateo. Mi terremoto privado solo había movido el suelo para mí. —Por supuesto. Ella es Mrs. Butternut y yo soy Mimi. ¿Cómo te llamas?

—Tara. Me gustan los libros de animales. —Levantó su libro, que tenía un perro en la portada.

—A mí también. —Siempre quise tener un golden retriever, pero nunca tuvimos uno por mis alergias.

Mientras Tara se acurrucaba a mi lado, Mrs. Butternut se estiró contra su muslo. Le eché un vistazo a Mateo.

Me miraba detrás de esos lentes. Si me hubieras preguntado el mes pasado si los lentes eran inherentemente sexis, te habría dicho que no. Pero en Mateo, atraían mi mirada hacia sus iris magnificados de un azul océano y las largas pestañas que los rodeaban. Debajo de la simple montura de plástico, su mandíbula era robusta, lo suficientemente fuerte como para soportar los golpes que la vida le había dado. Suave por la barba incipiente, cuya sensación yo conocía de esa noche en que había pasado la mano por sus mejillas, raspando las yemas de mis dedos por las cerdas.

Por la abrasión de esta en mis mejillas cuando me besó.

Me llevé la mano al labio superior como si la irritación de la barba todavía lo marcara.

Rompí nuestra conexión visual y me obligué a volver al aquí y al ahora. Asentí y exclamé en todas las partes correctas de la historia del perro. Elogié a Tara cuando terminó.

Justo cuando pensé que llevaría su libro a la siguiente mascota, preguntó: —¿Mrs. Butternut vive contigo?

—No. Soy alérgica. Los perros y los gatos me hacen estornudar.

—¿Con quién vive?

—Vive en el refugio de animales.

La cara de Tara se descompuso.

Me apresuré a añadir: —Estoy segura de que es un refugio muy agradable. No está en una jaula todo el tiempo. —Eso esperaba, al menos.

Pero eso fue lo peor que pude decir. —¿Vive en una *jaula*? ¿Está solita? ¿Tiene papás? ¿O juguetes?

—Yo… yo no… —Nunca había ido al refugio, ni una sola vez. Se me hincharían los ojos hasta cerrarse.

Mateo se inclinó. —Mrs. Butternut puede salir a la sala de juegos donde hay juguetes. Y ya está lo suficientemente grande como para no necesitar a sus papás. Ya es una adulta. Puede cuidar a los más pequeños como Roger. —Levantó al gatito negro dormido en una de sus enormes manos.

¿Sabía esas cosas? ¿Había estado en el refugio? Esperaba que sí. Esperaba que la historia que le estaba contando a Tara fuera cierta.

—¿Roger no vive con sus papás?

Oh, oh. La voz de Tara había subido a un registro agudo que sonaba como el clarinete que Ben solía tocar en la secundaria.

—No. Por eso está buscando una familia que lo adopte. —Los ojos de Mateo se habían entristecido.

Mateo también había perdido a sus padres. Primero a su madre cuando era joven. Luego a su padre. ¿Sería por eso que trabajaba para su primo? ¿Por eso protegía a su tía? ¿Por la conexión con la familia?

Tara extendió un dedo para acariciar a Roger entre las orejas. Ronroneó en sueños.

—¡Ya sé! ¡Le preguntaré a mi mamá y a mi papá si podemos adoptarlo!

Fantástico. El problema que se había sentido como astillas bajo mis uñas desaparecería.

—Eso sería perfecto —dije—. ¿Por qué no vas a preguntarles a tus papás ahora mismo? Ten… —tomé el gatito de la mano de Mateo y lo puse en las manos ahuecadas de Tara—, sujétalo con cuidado mientras vas para allá. ¡Camina! —le grité mientras se alejaba saltando.

—Problema resuelto. —Me volví hacia Mateo. Pero él frunció el ceño—. ¿Qué pasa?

—No estoy seguro de que puedas resolverlo tan fácilmente. Roger es un ser vivo que se convertirá en miembro de la familia de alguien.

Y las familias no siempre se unen tan fácilmente como los números en tu presupuesto. Ya sabes lo que dicen de los gatos negros. Mala suerte. No deseados. —Se quedó mirando un punto en la alfombra.

—Eso es solo una superstición. —¿Por qué estábamos hablando de un gato cuando mis recuerdos de esa noche habían vuelto con fuerza?—. Deja que le devuelva a Mrs. Butternut a su cuidador. ¿Y luego me acompañas a casa?

Se despabiló para sonreír, mostrando sus dientes de estrella de cine, rectos, blancos y solo un poquito imperfectos. Aunque algo todavía ensombrecía el brillo habitual de sus ojos azules. —Sería un placer.

———

DURANTE TODO EL camino de vuelta a mi apartamento, pensé en una docena de formas de preguntarle sobre esa noche en el bar. Y luego las descarté todas. ¿Por qué no me había recordado nuestra conversación, nuestra conexión? ¿Por qué había dejado que lo tratara como a un extraño, y uno molesto además? ¿Por qué se había tomado con calma todo lo que le había lanzado?

Todavía no había encontrado el valor cuando llegamos a mi edificio, y no podía despedirlo sin decir nada. —¿Subes un momento?

La sorpresa cruzó su rostro. —Claro —dijo. Mantuvo la puerta abierta y luego la cerró de forma segura detrás de nosotros. En silencio, me siguió escaleras arriba.

Mi intención era invitarlo a entrar, ofrecerle una cerveza y luego encontrar la manera de hablar con él sobre lo que recordaba, pero en cuanto metí la llave en la cerradura de mi puerta, mi mente se inundó de recuerdos de esa mañana después de la despedida de soltera: su repentina aparición con la bolsa de la panadería, la búsqueda de la tuna, el café derramado y mi presentación arruinada.

Claro, había sido torpe, pero solo intentaba ser amable. Y yo había sido una abusona. Ninguna resaca, ni siquiera un gráfico circular roto, justificaba eso.

Las palabras brotaron de mí. —¿Por qué? ¿Por qué dejaste que me saliera con la mía?

—¿Con qué? —Bajo las luces fluorescentes del pasillo, la sombra había vuelto a sus ojos, cautelosos. Vacilantes.

Odiaba eso. Odiaba haber atenuado su brillo actuando como una completa idiota. Que esperara que yo fuera grosera con él. Que de alguna manera sintiera que se lo merecía.

—Con menospreciarte. Con ser tan cretina. —Me apoyé en la puerta—. Después de que nosotros... después de que tú... después de todo.

Sus ojos se abrieron de par en par. —¿Te acuerdas?

—Sí. Normalmente no me pongo así. Tan borracha que olvido las cosas, quiero decir. —Una aguda comprensión me atravesó y me encogí. ¿Qué habría pensado de mí? Debí haber estado borracha hasta las trancas, tambaleándome esa noche—. Tomé un medicamento para la alergia ese día y... Debiste pensar que era una tonta. Me cuidaste. ¿Lo hiciste por Ben? ¿Porque Cooper te lo pidió?

—Ambos pensaron que era una buena idea que te echara un ojo. Pero, Mimi, lo hice por ti. Porque me importas.

—Pero entonces no te importaba, ¿verdad? —Tenía que hacer que todo tuviera sentido. Superponer al Mateo rígido y silencioso que había conocido antes, el que coqueteaba con todas menos conmigo, con el hombre amable que se había preocupado por mí después de mi noche de fiesta, que se había ofrecido a acompañarme a la gala porque necesitaba una pareja.

—Claro que sí. —Sus ojos azules se suavizaron y se redondearon—. Eres la persona más inteligente que conozco. Segura de ti misma. Hermosa. Me gusta estar cerca de ti. Incluso cuando no puedo seguirte el ritmo. Incluso cuando no estás muy contenta conmigo. —Bajó la cabeza.

No. El hombre con el que había hablado en el bar era encantador, divertido y amable. Y nunca más lo haría sentirse inferior.

—Ven aquí. —Lo tomé de la mano y tiré de él para que entrara en mi apartamento. Parada a un brazo de distancia, puse las manos en mis caderas para no tocarlo.

—Lo siento. —Fijé la vista en un punto en el centro de su pecho—. Cometí un error. Te juzgué mal. Y fui poco amable. ¿Puedes perdonarme?

Sus brazos eran más largos que los míos. Se estiró y, con un dedo grueso, me levantó la barbilla. —No hay nada que perdonar.

Sus ojos estaban salpicados de oro como un par de pozas de marea del Caribe al mediodía. Como una poza poco profunda, la superficie de Mateo era opaca, reflectante, ocultando la vida, la inteligencia, que bullía en su interior. Me había negado a ver nada más allá del brillante exterior. No me había molestado en mirar dentro, en explorar lo que ocultaba.

Había mucho más en Mateo Rivera que el ligón despreocupado. Estaba el niño herido, abandonado por su madre. El joven asustado que había renunciado a sus sueños de ir a la universidad para cuidar de su padre enfermo. El adulto triste y solitario que lo había dejado todo y se había mudado a través de cuatro zonas horarias porque su primo se lo había pedido.

El hombre amable que había salvado a una conocida borracha de posibles depredadores en un bar. Que la había besado hasta que se sintió menos sola, la había llevado a casa y había dejado que durmiera la mona.

Que nunca dijo una palabra cuando ella se olvidó de darle las gracias.

—Gracias —susurré. Mi mirada bajó a sus labios. Eran carnosos y rosados. Recordé su suavidad cuando lo besé esa noche. Recordé el roce de su barba incipiente contra mi mejilla. Recordé su gran mano en mi pelo, atrayéndome más cerca. Recordé la dura presión de su pecho y el gran corazón que galopaba dentro.

Todo lo que quería era hacerlo de nuevo. Sobria, esta vez, para recordar su sabor, sus sonidos, para poder catalogarlos todos. Para no olvidar nunca.

Se acercó hasta que su mano acunó mi mandíbula. Me estiré de puntillas, pero todavía era demasiado baja para alcanzarlo, incluso con mis botas de tacón.

—¿Bésame? ¿Otra vez? —pedí.

—Sí. —Se inclinó hasta que sus labios se cernieron a una fracción de pulgada de los míos—. Sí —murmuró. Finalmente, su boca se posó en la mía, ligera como una mariposa—. Sí —susurró, acariciando mis labios.

Nuestro primer beso en el bar había sido así. Dulce y tentativo. Una pregunta y una respuesta. Vacilante. Contenido.

Por mi parte, infundí en el beso las muchas disculpas que le debía. Por mis pensamientos y acciones poco amables. Por olvidar lo que habíamos compartido y desear algo más que el hombre que me defendía, que me ayudaba a impresionar a Larissa, que se dejaba enredar en la planificación de una fiesta de etiqueta. Que lo había hecho todo por mí.

Estiré los brazos alrededor de su cuello y lo atraje más cerca, mis dedos jugueteando con los rizos de la nuca. Deslicé mi lengua por la comisura de sus labios y la introduje, saboreándolo. Menta picante y pimentada. Y algo especiado. Clavo, quizás, o esa especia que mi padre usaba para hacer su pastel de manzana especial para Rosh Hashaná.

Ronroneó como el gatito Roger y me dejó invadirlo, deslizando su lengua contra la mía, inclinándome ligeramente hacia atrás sobre su brazo. Me aferré, encontrándome con él una y otra vez, embriagada por sus besos, perdida en su sabor. Mis rodillas temblaban y mis pantorrillas se sacudían por el estiramiento desde las puntas de mis pies. Si tan solo fuera más alta, podría empujarme contra él, frotar mis pezones hormigueantes contra su pecho, montar su muslo a horcajadas y cabalgarlo para calmar el pulso entre mis piernas. Pero con nuestra diferencia de altura, todo lo que podía hacer era apretarlo más, atraerlo más cerca, y mostrarle con mi lengua lo que quería hacer cuando nos quitáramos la ropa.

Finalmente, sin aliento, me aparté y tomé aire. —Vaya.

Me besó la comisura de la boca. La mandíbula. El lóbulo de la oreja. Susurró en mi oído: —¡Caray!

—¿Y… y ahora qué?

—¿Me lo preguntas a mí? Tú siempre sabes qué hacer, Mimi. ¿Qué quieres ahora?

Mi cuerpo lo necesitaba, desnudo y en mi cama.

Pero mi cerebro sabía que no era una buena idea. Había tomado mi medicina para la alergia, y eso nublaba mi juicio. Como cuando accidentalmente me había drogado a mí misma el día de las dos fiestas. Necesitaba tomar esto con calma.

Mateo no podía ser uno de mis rollos de una noche.

Era parte de la familia de Ben. Parte de su vida. No podía llevarlo a mi cama —o a mi sofá— por una sola noche, sin importar cuánto mi pulso palpitara por él. Eso solo terminaría mal, con una incómoda evasión en los eventos familiares, con la expresión preocupada de Cooper, con Ben tratando de arreglar todo y esforzándose demasiado por hacer felices a todos.

Necesitaba estar segura de que esto era lo que quería. Y tomarlo con calma.

¿Quería una relación con Mateo?

Si éramos cuidadosos, no tenía por qué ser una distracción de mis metas. Era más sabia ahora de lo que había sido con Byron. No dejaría que nadie me desviara de mi camino de nuevo.

Mateo ya me había ayudado con mis metas. Era mi pareja para la gala. Y había ayudado con la planificación, encontrándonos un servicio de catering y una banda. Incluso podría disfrutar de la gala, gracias a Mateo.

Él se merecía más que un rollo de una noche. Y yo también me merecía algo más. Una oportunidad de ser feliz. De… ¿una relación?

—Salgamos. Esta noche. —Me cambiaría a ropa que no estuviera cubierta de pelo de gato, y mi mente se aclararía. Entonces podría tomar una decisión racional sobre acostarme con él. Sobre todas las complicaciones que traería.

—Ah. —Hizo una mueca—. Trabajo esta noche. ¿Qué tal mañana por la noche?

—¿Domingo por la noche? Tengo que trabajar al día siguiente...

—Empezaremos temprano. Te llevaré a casa a las diez. Lo prometo.

—Está bien. —Veinticuatro horas para enfriarme era inteligente. Me estiré de puntillas y le di un beso en los labios—. Es una cita.

17

MATEO

—¡NO toques la escena del pesebre! —me gritó mi tía desde el otro lado del jardín.

—Ni se me ocurriría tocar el pesebre —le respondí, rodeando con cuidado el nacimiento mientras arrastraba el muñeco de nieve gigante hacia el cobertizo—. No antes del Día de la Candelaria. Vuelve a la casa, tía. Por favor.

—¿Vas a guardar todo en el cobertizo?

—Sí. Organizado alfabéticamente. Ahora entra a la casa y cierra la puerta con llave. O Miguelito me matará.

—Sabes que no dejaría que te tocara ni un pelo de la cabeza. Ten cuidado con Frosty. Recibí muchos cumplidos por él.

—Estoy seguro de que sí —dije. Eché un vistazo a la casa de su vecino justo cuando las luces del jardín se encendieron e inundaron la mansión con una luz aséptica, ni muy amarilla ni muy azul. Habían quitado las luces de Navidad y la corona falsa gigante el 2 de enero. Ni de broma les habría llegado ningún cumplido de ellos, especialmente no en la segunda mitad de enero. Esperé a que cerrara la puerta principal y luego caminé con dificultad hasta la parte trasera de la casa hacia el cobertizo, donde encajé el muñeco de nieve junto al trineo de Santa.

Cuando volví al frente de la casa por los renos, mi tía volvió a abrir la puerta. Puse los ojos en blanco hacia el cielo nublado y le rogué a Santa María que mantuviera a mi primo alejado de la casa de su madre.

—Hijo, entra. Hice chocolate con churros.

El chocolate caliente y los churros de mi tía valían la pena cualquier problema con Miguelito.

Cuando me senté frente a ella en la mesa de su cocina, mojando un churro grasoso y casi demasiado caliente para tocarlo en una taza tibia de chocolate espeso y oscuro, se llevó la taza a los labios, pero no bebió. —¿Cómo van las cosas con Miriam?

Era el momento que había esperado —y temido— toda la tarde. Un calor me inundó la cara, incluidos los labios, donde todavía sentía la huella de los suyos, como una marca de hierro.

Cuando mordí el churro, la canela y el chocolate explotaron en mis papilas gustativas. Saboreé el bocado azucarado en mi boca. No solía darme ese gusto en mi hogar, en una isla tropical, pero en el gélido San Francisco, ese dulce manjar era un consuelo. Me lo tragué y lo acompañé con un sorbo de chocolate espeso.

—Va bien —dije—. Tenemos una cita mañana por la noche.

Sus cejas se alzaron. —¿Una cita?

—Se acordó. De la noche en el bar. De que... hablamos. —Nos habíamos besado allí mismo, en el bar, pero no iba a contarle eso a mi tía. Para ella, yo era un buen chico católico.

—¿Ya te acostaste con ella?

—¿Qué?

—Mateo. Las historias de tus aventuras sexuales me llegaban incluso aquí, a Estados Unidos. No eres de los que esperan a una cita. Mucho menos a la bendición de un sacerdote.

Las puntas de mis orejas ardieron. —Tía.

—Entonces, ¿qué tal estuvo?

—No nos hemos... yo no... no con Miriam.

—¿Ah, no? —Sus cejas se alzaron de nuevo—. ¿Qué tiene ella de diferente?

—Es… —Me recosté en el cojín—. Especial.

—Además de ser resistente a tus encantos, grosera y despectiva, ¿qué la hace especial?

—¡No es grosera! Es inteligente. Y divertida cuando quiere. Y se preocupa por los niños. Ayer fuimos voluntarios en la biblioteca y escuchamos leer a niños pequeños. A gatos. Aunque Mimi es alérgica a ellos.

Tomó un sorbo de su bebida. —Pero, ¿se preocupa por ti?

—Yo… ¿creo que sí? —En su apartamento, me había besado como si lo sintiera de verdad. Y antes de eso, en la biblioteca con ese niño sentado a su lado y el gato en su regazo, sus ojos se habían vuelto tiernos y cálidos. Como el chocolate de mi tía. Había esperado que estuviera imaginando un futuro en el que fuera nuestro propio hijo el que estuviera sentado entre nosotros, nuestro propio gato en su regazo.

¿Demasiado? ¿Demasiado rápido? Cuando había visto ese destello de reconocimiento, de recuerdo, en su rostro, me lo había imaginado todo con avidez. Un anillo de compromiso. Un vestido blanco. Su vientre redondeado con nuestro bebé.

Nunca había querido nada de eso. Los coqueteos casuales y las aventuras de una noche habían sido suficientes para mí.

Hasta Mimi.

Frunció el ceño. —Eres un hombre maravilloso, Mateo. Le caes bien a todo el mundo. Pero…

—¿Pero? —Me preparé.

—Pero no conoces tu propio valor. Dejas que la gente se aproveche de ti. Mi hijo, por ejemplo.

—Miguelito es familia. Él me cuida. Nunca se aprovecharía de mí. —Incluso mientras lo decía, sabía que no era verdad. Lito se preocupaba por mí, claro. Pero para él, yo era de segunda categoría. Su madre y Ben, incluso su amigo Jackson, estaban en el nivel más alto de su afecto. Ellos no podían hacer nada malo, y él movería cielo y tierra para protegerlos. ¿Yo? No tanto. Aun así, ¿no era un reflejo de mí mismo el hecho de que dejara que me pisoteara? —Me paga bien. Y me deja vivir en su casa de huéspedes.

La piedad suavizó la mirada de Rosa. —Niño. Vales mucho más que eso. No dejes que nadie, ni Miriam, ni mi hijo, te convenzan de lo contrario. Te pareces tanto a tu padre. Mi hermano tenía un gran corazón. Lo entregaba con demasiada facilidad.

—Estás hablando de mi madre, ¿sabes? —Mi tono era ligero, pero sentí que me ardían las mejillas.

Se santiguó. —No quiero hablar mal de los muertos —que Dios la tenga en su gloria—, pero ella no se merecía a ninguno de los dos.

Quizás nosotros no la merecíamos a ella. En mi memoria, era un ángel de pelo largo y rubio, ojos azules centelleantes y risa burbujeante. ¿Cómo podía alguien así no merecerme?

—Piénsalo. Y piensa si vale la pena arriesgar tu gran y bondadoso corazón por Miriam. ¿Me oyes?

—Sí, señora.

Tomó un sorbo de su chocolate caliente y luego se quedó mirando sus profundidades oscuras. —¿Cuánto tiempo te quedas?

—Mi turno termina a las seis de la mañana.

—No. Me refiero a Estados Unidos. ¿Cuándo vuelves a casa?

Me encogí de hombros. —No lo había pensado. Estoy bien trabajando para Lito.

—Sabes que no necesito que me protejan.

—Sí que lo necesitas. Miguelito dijo que Mick...

—Viví con ese hombre durante casi veinte años. ¿No crees que puedo protegerme de él?

—Bueno, yo... —Me rasqué la nuca. Una vez, ella y Miguelito habían venido a la isla de visita cuando yo era un adolescente; él tenía un ojo morado, y podría haber jurado que mi tía tenía un moretón en la mandíbula. Había usado mangas largas, incluso en el calor tropical. Y ahora Miguelito tenía dinero. A veces el dinero causaba tantos problemas como los que resolvía.

—Tenías una vida en la isla —dijo—. Amigos. ¿Qué tienes aquí?

A Mimi. Tenía a Mimi aquí. ¿Pero la tenía de verdad?

—Te tengo a ti, tía. Y a mi primo. Y quizás, después de nuestra cita de mañana, también tendré a Mimi.

Todo lo que quería en la vida era familia. Amor.

Y ese día, sentí que estaba lo suficientemente cerca como para tocarlo.

18

MIMI

A LOS DIEZ minutos de mi primera cita con Mateo, empecé a cuestionarme mi decisión de salir con hombres.

Hasta ahora, se le había enredado un dedo en mi arracada y casi me la arranca de la perforación mientras me ayudaba a quitarme el abrigo; había empujado mi silla en la mesa con tanta fuerza que choqué contra el borde y sacudí los platos, atrayendo la mirada de todos en el lujoso restaurante; y tiró mi primera copa de vino —gracias a Dios que había pedido blanco— al intentar hacerle una seña al mesero para preguntarle si podían ajustar la temperatura porque yo tenía demasiado calor.

Aunque sí había logrado coquetear con el mesero, que le guiñó un ojo a Mateo cuando le puso un par de higos envueltos en tocino frente a él. *Cortesía de la casa,* dijo como si yo ni siquiera estuviera ahí.

El restaurante me ponía de los nervios. Estaba lleno de ricachones de la tecnología y sus citas de manicura perfecta y vestidos de licra. Los tipos, torpes y sin modales, usaban órdenes cortantes respaldadas por su dinero para ocultar su incomodidad. Sus citas sonreían de forma tonta y se reían nerviosamente, tratando de cerrar el trato para poder comer platillos preparados por un chef personal en casa el próximo año.

Quizás todo era un error.

Me había tomado nuestra cita en serio. Me había puesto una de las pocas faldas de mi armario, una negra acampanada que me llegaba justo por encima de las rodillas, con una blusa blanca. Claro, la había comprado para el funeral de mi *bubbe*, así que la blusa no mostraba nada de escote, a diferencia de las citas de los ricachones de la tecnología. Pero me había puesto tacones, por el amor de Dios. Unos tacones que me apretaban los dedos de los pies y me ponían de mal humor. Bueno, de peor humor. Cuando descruzó las piernas, Mateo me pateó accidentalmente una debajo de la mesa.

Le di un sorbo a mi segunda copa de vino e intenté interpretar el menú para elegir algo apropiado para una primera cita. ¿Pescado o pollo? Todo llevaba una reducción, una espuma o una *mousse*, y sonaba más complicado que una de mis fórmulas de Excel.

Me aclaré la garganta. —¿Vienes… ah… seguido por aquí?

Mateo me dedicó una sonrisa tensa por encima del menú. Llevaba sus lentes, y mis entrañas se calentaron un poco. —Es mi primera vez aquí. Cooper me lo recomendó cuando le dije que necesitaba un lugar para llevar a una cita especial.

Me abaniqué con el menú. —¿Te dijo qué era bueno aquí?

—El filete.

Filete sonaba caro. Y venía con champiñones, lo que me hizo estremecer. Revisé el menú de nuevo y di un sorbo a mi vino, luego levanté la vista hacia mi cita. Aferraba la gruesa carpeta de cuero del menú con tanta fuerza que temblaba. Había rechazado una bebida porque iba a manejar. Mateo miraba con anhelo por la ventana delantera, donde un par de hombres fumaban cigarrillos.

Mi mal humor se desvaneció. Estábamos juntos en esto. Y ambos éramos miserables.

—Oye. —Crucé la mesa y puse mi mano sobre la suave manga de lana de su suéter—. ¿Quieres que nos larguemos de aquí? No necesito una comida tan elegante. Podría, um... ¿cocinar? —Lo máximo que yo sabía cocinar era hervir pasta y cubrirla con una salsa de frasco, pero eso tenía que ser mejor que estar sentada rígidamente en esta mesa durante dos horas—. O podríamos comprar una pizza.

—¿No te gusta este lugar? —Detrás de sus lentes, sus ojos azules se agrandaron.

—Yo... no quise decir... —*Mierda.*—. No. Los restaurantes que no tienen precios en el menú me dan urticaria.

Sus hombros se relajaron. —Es horrible, ¿verdad? Yo prepararé la cena si no te importa la comida sencilla.

—La comida sencilla suena genial.

Después de una breve pelea por la cuenta, pagó mi vino y regresamos a su Jeep. Manejaba con cuidado, sin acelerones bruscos ni frenazos fuertes, con la cabeza girando a derecha e izquierda. Así que me sorprendió cuando dijo: —Lo siento.

—¿Lo sientes? ¿Por qué?

—Por el restaurante. Quería complacerte. Impresionarte. En cambio, te hice sentir incómoda. Parece que no puedo hacer nada bien contigo. —Sus dedos se tensaron en el volante.

Y en ese momento, no lo imaginé como el tipo galante y coqueto que era con todos los demás, ni como el cabeza de chorlito torpe y torpe que era conmigo. Con mi borrador mental, levanté todas esas capas para llegar al hombre asustado y solitario que había debajo de todo. Aquel cuya madre lo había abandonado y cuyo padre había muerto demasiado pronto. Quien usaba una fachada melosa para rodearse de gente y no estar solo.

Aunque mi familia se metía en mis asuntos con demasiada frecuencia, era un consuelo saber que estaban ahí siempre que los necesitaba. Me alegraba que Ben hubiera adoptado a Mateo como parte de su familia.

Esperé hasta que se detuvo en un semáforo en rojo, y entonces le puse una mano en el hombro. —No tienes que esforzarte tanto. Ya estoy impresionada, o no estaría aquí.

Se volvió hacia mí. —¿De verdad?

Asentí.

Inclinándose sobre la consola, me tomó por la nuca y me atrajo para darme un beso breve y feroz. Cuando nos separamos, sus ojos ardían como un relámpago azul. —Gracias. Por decir eso. No te decepcionaré.

Entrelazó sus dedos con los míos y, cuando el auto de atrás nos tocó la bocina, avanzó, sin soltar mi mano.

Pocos minutos después, subió la colina hacia la entrada de la opulenta mansión de Cooper al borde de Pacific Heights, donde las casas tenían un poco más de espacio para respirar. De día, habríamos podido ver el océano.

—No te emociones. —Sus labios se torcieron—. Vivo en la casa de huéspedes.

—¿Vives con Cooper?

—Sí. Decidimos que ofrecería un nivel extra de protección para tu hermano.

—¿Ben? —Mis entrañas se helaron—. ¿Por qué crees que alguien querría hacerle daño a Ben?

Se encogió de hombros, guiando el Jeep por un camino estrecho que pasaba junto a la casa principal. —No lo creo. Creo que lo que pasó en la isla fue un error. Algo aislado. Pero mi primo protege a los que ama.

—Espera, ¿qué pasó en la isla?

—¿Ben no te lo contó?

—Obviamente no. —Había regresado de su escapada con Cooper con el corazón roto porque su novio no lo había defendido cuando debía. Pero físicamente, estaba bien.

—Un hombre lo atacó. Creemos que solo se suponía que debía seguir a Mi... a Cooper. Algo relacionado con su compañía. Pero luego el tipo empezó a improvisar. Ese perrito, Coco, salvó a tu hermano.

—Dijo eso. Que Coco lo rescató. Pero pensé que se refería a algo emocional.

—Coco mordió al tipo tan fuerte que cojeó durante semanas. El atacante los siguió a Estados Unidos, según mi primo. Pero luego le perdimos el rastro aquí en San Francisco. Así que a Lito le gusta tenerme cerca. Por si acaso.

—A mí también, entonces. —Le apreté la mano, contenta de que mi hermano tuviera a alguien que lo cuidara—. Gracias por protegerlo.

—Es un placer. Me importa. Tu hermano es un buen hombre.

Mateo estacionó el auto sobre los adoquines de concreto que separaban la casa principal de la modesta casa de huéspedes. El edificio más pequeño hacía juego con la mansión, con su estuco de color claro y esas molduras rectangulares que sobresalían bajo el techo. Las luces exteriores de la casa principal iluminaban una hilera de arbustos altos que protegían la casa de huéspedes de sus grandes ventanales.

Me incliné sobre la consola para besarle la mejilla. —Gracias por cuidarnos a los dos. Pero no estoy aquí por eso. ¿Entiendes? Estoy aquí porque me gustas.

Él giró la cabeza y acunó mi mandíbula, manteniéndome en mi sitio. Rozó sus labios contra los míos. —Tú también me gustas.

Un sol floreció en mi pecho. Pero justo cuando me incliné hacia adelante para profundizar el beso, mi estómago rugió.

Se rio entre dientes. —No más besos hasta después de que te alimente.

Me abrió la puerta y me ayudó a bajar del Jeep. Luego usó un teclado para abrir la puerta principal y me dejó entrar primero. La casa era compacta, aunque más grande que mi apartamento de una recámara. A la derecha había una cocina moderna y un comedor. Justo enfrente había una acogedora sala de estar con un escritorio en la esquina. Y a la izquierda había un pasillo que, supuse, conducía a una o dos recámaras.

El mobiliario era moderno, en sencillos tonos de gris más adecuados para alguien frío y profesional como Cooper Fallon que para el soleado y colorido Mateo. Y estaba impecable. No se veía ni un par de zapatos o una camiseta perdida, y la mesa de cristal del comedor estaba brillante y sin manchas.

La excepción era una larga tira de lo que parecía papel higiénico que se extendía desde el pasillo hasta la sala, sobre el sofá, y desaparecía en la cocina.

—¿Tiraron papel higiénico a tu casa? —pregunté.

Chasqueó la lengua. —Roger.

Algo tintineó en el pasillo, y luego un destello negro entró velozmente y se enroscó alrededor de la pierna de Mateo.

—¿Es…?

Él levantó al pequeño gatito. —Revisé esta mañana después de terminar mi turno, y la niña…

—Tara.

—La familia de Tara se llevó un gato diferente. Ese gato atigrado grande que tenías ayer.

—¿La señora Butternut? —Era dulce y tranquila; podía ver por qué la habían elegido en lugar de un gatito revoltoso.

—El refugio dijo que los gatos negros no siempre son adoptados. Así que lo hice.

—Ah. —Por supuesto que lo había hecho. La protección de Mateo se extendía también a los animales huérfanos.

—¡Tus alergias! —Los ojos de Mateo se abrieron de par en par—. Ni siquiera lo pensé… Iré corriendo a la farmacia por tu medicina. ¿O puedo ponerlo en el garaje?

—No. —Inhalé a modo de prueba y exhalé—. Estoy bien hasta ahora. Tengo unas pastillas en mi bolso. Veremos cómo va, ¿de acuerdo?

—De acuerdo. Pero si empiezas a sentirte mal…

—Te lo haré saber. Te lo prometo. —Acaricié una de las grandes orejas de murciélago de Roger, y él cerró los ojos y ronroneó.

Mateo levantó a Roger hasta que miró al gatito a los ojos. —Escucha, sé que me extrañaste, pero no hay razón para comportarte así. —Se giró para que ambos vieran el desastre del papel higiénico—. Siempre volveré por ti. ¿Entiendes?

Roger ladeó la cabeza hacia la mano de Mateo. Mateo lo rascó bajo la barbilla. —Bueno.

Mientras tanto, yo estaba a punto de derretirme en un charco justo ahí, en la alfombra gris de la entrada. —¿Quieres que limpie eso mientras le das de comer o lo que sea?

—No. Tú siéntate. —Me llevó a una silla gris sin brazos que daba a la isla de la cocina—. Tengo vino, tinto y blanco, ron y whisky. ¿Qué te gustaría?

—Vino blanco, por favor. —Lo último que necesitaba era derramar vino tinto en los muebles de Cooper Fallon.

Mateo dejó a Roger en la alfombra, luego hizo una bola con el papel higiénico. Me sirvió una generosa copa de vino blanco de un pequeño refrigerador de vinos empotrado en la isla antes de servirse un vaso de ron con un par de cubos de hielo. Revisó el refrigerador.

—¿Pollo con arroz está bien?

—Claro.

Cuando se quitó el suéter, su camiseta blanca se levantó, dándome un vistazo de los músculos definidos de su cintura antes de que se la bajara. La camiseta de cuello redondo se ajustaba a su cuerpo, mostrando bíceps, tríceps y los músculos de su espalda de los que no sabía el nombre, pero que lo moldeaban como un embudo hasta su estrecha cintura.

Tomé un trago refrescante de vino y me abaniqué.

Sacó una olla de presión instantánea de un gabinete inferior y la puso sobre la encimera. Me guiñó un ojo. —Mi tía tendría un infarto si viera esta monstruosidad, pero me encanta.

—¿Qué tiene de especial? —Bree se deshacía en elogios sobre la freidora de aire que le habían regalado por su compromiso, pero como yo tenía que buscar en Google *cómo hervir un huevo* cada vez, no merecía electrodomésticos especializados.

Enchufó la olla, añadió un chorrito de aceite y empezó a picar cebollas y pimientos en la encimera. Sus antebrazos cobraron protagonismo y los observé embobada, fascinada por los músculos y tendones tensos.

Sin levantar la vista, dijo: —¿Por qué es especial la olla instantánea? Es eficiente. Rápida.

—¿Así es como te gusta? ¿Rápido? —Cerré la boca de golpe. ¿De dónde habían salido esas palabras?

Detuvo el cuchillo y me sonrió por encima del hombro. —A veces. Aunque me gusta saborear mis comidas. —Su mirada me recorrió de arriba abajo—. Demorarme en la mesa.

—Demorarte. —Vio cómo cruzaba las piernas en la otra dirección y las apretaba para aliviar el hormigueo en mi centro.

—Un festín puede durar horas. —Su voz era un ronroneo bajo.

—Horas —suspire.

—¿Te gustaría una probada? ¿Un *amuse-bouche*?

—¿Un... un qué? —Una gota de sudor comenzó a formarse entre mis pechos y se deslizó por mi estómago.

—Un... bocado. ¿Una promesa de lo que está por venir?

Venir sonaba bastante bien. ¿Era posible llegar al clímax con el juego previo verbal? Si alguien podía lograrlo, era Mateo. —Disfruto de un bocado bien puesto.

Dejó el cuchillo y tomó un paño de cocina para secarse las manos. Esas enormes manos que quería sobre mí.

El electrodoméstico pitó, sobresaltándome.

—O —dijo con una sonrisa pícara—, podemos dejar que la anticipación crezca.

—¿Qué? ¿Por qué?

—Lo que quiero hacerte requerirá resistencia. Y la resistencia requiere combustible.

—Pero... —me mecí en el asiento, persiguiendo la punzada entre mis piernas—. ¿Tenemos que esperar?

Echó las cebollas y los pimientos picados en la olla y luego se volvió para mirarme. —¿Recuerdas lo que te dije esa noche?

El recuerdo se enfocó como si estuviera girando el dial de la radio AM/FM del viejo Volvo de mi padre. Trajo consigo una punzada de desilusión recordada.

—Esa noche, yo quería que te quedaras en mi apartamento. Conmigo. Te hice una proposición y dijiste que no. —La humillación me había atravesado. Había pensado que teníamos una conexión, y luego me rechazó. ¿No me encontraba atractiva? Probablemente no, cuando tenía aliento a tequila y...

—Mimi. ¿Recuerdas lo que dije?

—¿Te refieres a cuando te negaste a follarme?

Agarró una espátula de silicona de un recipiente en la encimera y revolvió las verduras que chisporroteaban. —Creo que lo dije de forma más educada que eso.

Excavé en mi memoria. Debajo de los sentimientos heridos, del rechazo aplastante. Había sonreído con media boca y me había apartado un rizo del ojo. *Mimi, cuando durmamos juntos, quiero que recuerdes cada momento. Cada orgasmo. Nunca quiero que olvides cómo me siento dentro de ti.*

Me estremecí. —Um, ¿me lo recuerdas?

Volvió a curvar esos labios. Vio a través de mi artimaña. Pero, como siempre, hizo lo que le pedí. —Dije que recordaría mi primera vez contigo por el resto de mi vida, y quería que tú también la recordaras.

El pulso entre mis piernas empezó a corear: Ma-teo, Ma-teo, Ma-teo. Ni siquiera teníamos que ir hasta la recámara. Podríamos hacerlo en el sofá.

—Aun así, no estaba muy contenta contigo. Para ser completamente honesta, me sentí herida.

—Lo siento por eso. Pero no podía. No cuando estabas tan...

—¿Borracha? —Mis mejillas se calentaron. Lo había olvidado todo. Su amabilidad. Nuestra conexión. Y había sido una perra con él al día siguiente cuando apareció para ver cómo estaba.

—Por eso me diste esto. —Saqué el anillo del escote de mi blusa y lo extendí sobre la palma de mi mano—. Para recordar. Podría haberlo perdido.

Él sonrió. —Pero no lo hiciste. Tú no pierdes cosas, Mimi. Además, necesitaba una excusa para ir a verte al día siguiente. —Su sonrisa se atenuó—. Aunque lo habías olvidado.

—Lo recordaba. Recordaba a un tipo guapo cuya amabilidad me había deslumbrado. Solo que no recordaba que eras tú.

Giré el anillo entre mis dedos, acariciando los rasguños que opacaban su brillo. Luego, llevé la mano detrás de mi cuello y solté el broche. Saqué el anillo de la cadena y lo puse en la isla, entre nosotros.

Revolvió la olla. —¿No quieres conservarlo un poco más?

—¿Conservarlo? ¿No es de tu padre?

—Lo era.

No me gustó cómo frunció el ceño hacia la olla, así que pregunté: —¿Tu padre también era un Casanova?

Eso me valió una sonrisa mientras se deslizaba el anillo en el dedo. —Descarado. Pero no significaba nada. Llevó el anillo mucho después de que mi madre dejara de amarlo. Los hombres Rivera somos así. Leales.

—Y coquetos.

—Con todas menos contigo. Contigo no funcionaba.

—No tuviste problemas para coquetear conmigo en el bar esa noche.

—Eso —finalmente levantó la vista—, eso fue diferente. Fue más que coqueteo. Tuvimos una conexión. Y tú la iniciaste.

—¿Yo? Eso no suena como algo que yo haría.

—Había un tipo que te estaba ligando. Me acerqué para asegurarme de que estabas bien con eso.

—¿Lo estaba?

Su mandíbula se tensó. —No estabas en condiciones de que nadie te ligara.

—Ah. —Bajé la vista hacia mi copa de vino.

—Pero estabas relajada de una manera que nunca te había visto. Así que empezamos a hablar y…

—¿Y?

Se encogió de hombros. —El resto es historia.

Una historia que por fin había recordado.

Vertió el pollo en la olla, le puso la tapa y la programó. Fue al lavabo a lavarse las manos. —Tenemos veinte minutos. Y propongo que los usemos para bailar.

—¿Bailar? Me prometiste una probada. Un *amuse*-algo.

Lentamente, se secó las manos, consumiéndome con la mirada.

—¿No lo sabes? Bailar es el juego previo.

19

MIMI

TOMÓ SU TELÉFONO Y PRONTO, una música con un ritmo seductor y sincopado sonó desde unos altavoces ocultos. Me tomó la mano y me jaló hacia el centro despejado de la habitación.

—¿Recuerdas que soy un desastre para esto, verdad? —La vergüenza de sus clases de refuerzo en el club me tiñó las mejillas. Natalie no había necesitado clases particulares.

Me tomó las manos como lo había hecho la otra noche. —Recuerda los pasos. De lado a lado. Es fácil. Empieza con el pie izquierdo.

Era un poco más fácil con solo Roger como público. Di un paso a la izquierda e imité sus pasos. Izquierda, derecha, izquierda, toque. Derecha, izquierda, derecha, toque. Después de un minuto, dejé que la música se apoderara de mis caderas en una rígida imitación de la forma en que se movían las mujeres en el club.

—Ya lo tienes. Ahora, una vuelta.

—¿Una vuelta?

—Sigue moviendo los pies. Ahora. Cuando levante tu mano, giras a la izquierda.

—¿Que gire?

—Puedes hacerlo, querida. —Levantó mi mano derecha, soltó mis dedos y luego presionó su palma contra la mía—. Gira.

Giré para quedar de cara a la puerta principal.

—¡Ay, ay! Date la vuelta.

—¡Lo siento! —Me ardía la cara mientras giraba para mirarlo.

—No te disculpes. Estás aprendiendo. Lo estás haciendo genial.

—Voy a hacer el ridículo en la gala. Larissa va a…

—No te preocupes por Larissa. Mírame. Te daré la señal. Te prometo que no te guiaré mal.

Confiaba en él. Había cuidado de mi hermano. Me había cuidado en el bar. Y había seguido con toda la farsa de la cita falsa, solo para ayudarme. Así que levanté la mirada de nuestros pies, de nuestras manos, y observé su rostro. Su mandíbula fuerte y cuadrada y esos hermosos ojos que se parecían más a una piscina calentada por el sol que al tormentoso océano gris.

—Ahora —dijo. Levantó nuestras manos y las aplanó una contra la otra. Me di la vuelta en dos pasos y regresé en los dos siguientes. Su brazo rodeó mi espalda y, de repente, estábamos bailando muy juntos—. Perfecto.

Y lo era. Mis caderas se balanceaban y, cuando lo miré, su aliento me rozó la mejilla. Sus pies se detuvieron y se inclinó más cerca.

—¿Qué significa esa señal? ¿Qué debo hacer?

Sus manos bajaron a mi cintura. —Bésame.

Se inclinó y sus labios se posaron sobre los míos. No fue un beso feroz como el del auto. Fue tan lánguido y sensual como la música que sonaba. Deslicé mis manos por su pecho hasta sus hombros para atraerlo más cerca. Aunque nuestros pies no se movían, era parte del baile. Nuestros labios y lenguas continuaron donde nuestros cuerpos lo habían dejado. Me apreté contra él, llevando adelante la seducción del baile.

De pronto, envidié a aquella mujer flexible en el escenario del club que había levantado la pierna y la había entrelazado alrededor del muslo de su pareja. Podría haber calmado el deseo en mi interior. Pero tenía más de un cincuenta por ciento de posibilidades de caerme y llevarlo al suelo conmigo, así que volqué toda mi necesidad en nuestro beso.

Se apartó demasiado pronto.

—¿Más clases de baile? —hice un puchero con mi labio inferior.

—No. —Hizo un gesto con la cabeza hacia la cocina—. La cena está lista.

Aunque la olla emitía un pitido, apenas lo oía por encima de la música y el zumbido de mi pulso en mis oídos.

—¿Combustible?

—Combustible. —Me guiñó un ojo.

Me lavé las manos en el tocador mientras él terminaba de preparar la comida.

Cuando se dispuso a llevar los dos platos fragantes al comedor, lo detuve.

—¿Podemos comer aquí en la isla?

—¿De verdad? —Frunció el ceño—. Pero no limpié…

—Prefiero no ensuciar tu elegante mesa. —Miré el cristal impecable—. Y esto es más acogedor.

—De acuerdo, entonces. —Dejó los platos y recogió los cubiertos de la mesa. Colocó un tenedor y un cuchillo precisamente donde debían ir. Después de que me senté en el taburete alto, desplegó una servilleta de tela sobre mi regazo—. ¿Tienes todo lo que necesitas?

Le sonreí a mi chef y compañero de baile rubio de ojos azules. —Todo.

Se llevó un puño al corazón, giró los ojos hacia el techo y se mordió el labio.

—¿Ves? —Lo señalé con un dedo indignado—. *Sí puedes* coquetear conmigo.

Se apoyó en su taburete. —¿Coquetear? Espera a que te muestre mi mirada seductora. —Me levantó sus cejas rubias y luego bajó los párpados a medias. Una sonrisa burlona levantó una comisura de su boca.

—Oh, Dios mío. —Puse una mano sobre el centro de mi pecho, donde mi corazón aleteaba como las alas de un colibrí—. La mirada seductora.

Echó la cabeza hacia atrás y se rio. —¿Ves? Me desarmaste. Esa mirada seductora habría funcionado con cualquiera. No con mi Mimi.

Se quedó helado, como si quisiera borrar esas dos últimas palabras. Sin romper nunca nuestra mirada, tomé mi copa de vino y me la bebí de un trago. Luego me lamí el vino de la comisura de la boca. Él siguió el movimiento de mi lengua.

—Mateo. —Cuando dije su nombre, sus ojos se clavaron en los míos—. Creo que tú eres el que es mío.

—Ya veremos eso. —Su voz bajó a un registro más grave—. Después de la cena, cuando te muestre lo que tengo planeado para el postre.

Se me secó la boca al imaginarlo tumbado en el sofá, con sus labios carnosos y todos esos músculos a mi disposición para explorarlos. Abrí la boca, pero no me salieron las palabras.

—¿Más vino? —preguntó, inclinando la botella hacia mi copa.

—Por favor. —Extendí los dedos sobre la base de la copa para anclarme a la realidad. Primero la cena, luego el postre.

Mientras comíamos, me contó historias de la tabaquería de su padre. Sobre los clientes habituales y las variedades que preferían. Las mezclas dulces y veraniegas de Virginia. Los aromas ligeros y afrutados de Cavendish. El especiado Latakia. Casi podía olerlo flotando en una cálida brisa caribeña.

Por primera vez, entendí por qué fumaba. Lo conectaba con su padre y le traía recuerdos de los breves años que pasaron juntos.

La comida, también. Sabía a especias y a un amor sano. El tipo de amor que cuida de la gente, que la nutre. Que se convertía en un recuerdo de los buenos tiempos pasados.

Nunca olvidaría la sencilla comida que Mateo me había preparado. Nada elegante, sin expectativas ni exigencias, solo alimento cuando tenía hambre. Si no tenía cuidado, me iba a enamorar de la cocina de este hombre y nunca querría comer otra cosa.

Después de haber consumido el último y jugoso bocado de pollo, puse mi tenedor en mi plato y extendí mi mano hacia su plato vacío. —Tú cocinaste. Yo limpiaré.

—No, no, no. —Se puso de pie y tomó su plato—. Eres mi invitada.

—Entonces lo haremos juntos. Puede que no tenga mucha habilidad para cocinar, pero soy toda una experta con el cepillo de platos.

—Ah. —Recogió mi plato—. La magia de la olla instantánea. Todo es apto para el lavavajillas.

Aun así, enjuagué los platos y él los cargó en el lavavajillas. La bachata seguía sonando, ahora más suave, alegre y sensual. Deseé haber tomado español en la preparatoria como Ben en lugar de latín. Deseé entender las palabras que acompañaban el ritmo que corría por mis venas.

Mientras enjuagaba el fregadero, las manos de Mateo se posaron en mis caderas. —Eres una natural —me susurró al oído.

—¿Una natural? ¿Lavando platos?

—No. Bailando.

Fue solo entonces que me di cuenta de que había estado moviendo las caderas mientras trabajaba. Sus manos alentaron el movimiento, luego presionó su pelvis contra mi trasero hasta que nos balanceamos juntos. Continuando guiándome con su cuerpo, levantó las manos de mis caderas, tomó la toalla y me secó las manos con ella. Luego alcanzó el estante sobre el fregadero, presionó un frasco de loción y la esparció sobre mi piel, masajeando mis muñecas y dedos.

—Se siente bien —murmuré.

—Apenas estamos empezando —ronroneó en mi oído, su barba incipiente haciéndome cosquillas en el lóbulo de la oreja.

Me besó un lado del cuello. Incliné la cabeza hacia el otro hombro para darle más piel que acariciar con sus labios. Sus manos subieron desde mis caderas sobre mis costillas hasta acunar la parte inferior de mis senos.

—¿Está bien? —preguntó, su voz un retumbar grave contra mi pulso.

—Más —gemí.

Deslizó sus manos sobre mí. Aunque sus manos eran grandes, mis senos las desbordaban. Sus pulgares frotaron mis pezones, animándolos a convertirse en picos necesitados.

—He querido tocarte por tanto tiempo —murmuró en mi cuello.

—Tócame.

Sus manos dejaron mis senos por un segundo decepcionante hasta que sacó el faldón de mi blusa de mi falda y la subió por mi torso, sobre mi cabeza y la quitó. La colocó con cuidado en la encimera antes de mirar por encima de mi hombro. Su respiración se enganchó. —Hermosa.

Revisé lo que él veía. Deseaba poder usar sostenes de encaje y sexis. Estaba segura de que Larissa y Natalie tenían cajones rebosantes de ellos. El mío estaba hecho de una resistente mezcla de poliéster y algodón blanco con tirantes gruesos y de soporte. No había nada hermoso en él.

Pero Mateo trató el artilugio con reverencia, pasando los dedos por la tela, incluso por los tirantes, ahuecando, apretando, explorando hasta que, necesitada, me recliné contra él, sin saber cómo seguía de pie.

Siguió la banda hasta mi espalda. —¿Puedo?

—Por favor. —Salió como un susurro ronco.

Liberó la tensión y despegó el sostén de mi pecho. Mis senos se hundieron, pesados, y no por primera vez, maldije su peso y la fuerza de la gravedad.

Pero Mateo frotó sus manos sobre mi piel donde la banda se había clavado y levantó mis senos, pasando las yemas de sus dedos hasta mis pezones y pellizcándolos. —Quiero adorarlos. Siempre.

Estiré los brazos hasta que mis manos se juntaron detrás de su nuca. —Adora nomás.

Sin previo aviso, me giró en sus brazos hasta que mi trasero descansó contra el borde del fregadero. Capté su expresión hambrienta justo antes de que su boca descendiera sobre mi pezón derecho, lamiendo, succionando, mordisqueando. La tensión se extendió desde mis senos hasta el nexo hormigueante entre mis piernas hasta que olvidé dónde estábamos, hasta que olvidé mi propio nombre.

Levantó la cabeza y me miró a la cara, mientras seguía jugando distraídamente con mi otro pezón. —¿Puedes correrte con esto?

—Yo… no sé. Nunca lo he hecho, pero…

No esperó a que terminara, sino que centró su atención en mi otro seno, llevándome a un nuevo nivel de excitación. Froté mis muslos para aliviar la presión que se acumulaba en mi bajo vientre, tan cerca. Finalmente, mientras apretaba los dientes y succionaba, largo y fuerte, encontré mi liberación. Dejé de respirar mientras me estremecía, atrapada entre él y la encimera. Apartó mi pezón de entre sus labios y lo lamió hasta que los estremecimientos posteriores se calmaron.

—¿Nunca? —murmuró al fin.

El aire fresco acarició mi pecho acalorado. —No de esa… no de esa manera. Debe haber sido el baile.

Murmuró algo, y una sonrisa satisfecha se dibujó en sus labios húmedos. Deslizó sus manos por mis costados. —Me gusta esta falda. Creo que la dejaremos puesta.

Luego, sus manos estaban debajo de mi falda, acariciando mis bragas. Gimió mientras trazaba con su dedo las aberturas altas de las piernas y el borde de encaje en la cintura. —Me alegro de no haber sabido de estas antes. Me habría corrido en los pantalones. Pero ahora van para afuera.

Apenas salieron las palabras de sus labios cuando se puso en cuclillas, bajando mis bragas por mis piernas. Una mano detrás de mi pantorrilla me animó a sacar una pierna, luego la otra, hasta que quedé desnuda excepto por mi falda acampanada.

Me miró desde sus rodillas. —¿Todavía estás bien? ¿Crees que puedes correrte de nuevo?

—¿Tal vez?

Esa sonrisa satisfecha apareció de nuevo justo antes de que pasara sus grandes manos por el interior de mis muslos hasta que se encontraron en mi centro. Todo lo que pude hacer fue aferrarme a la encimera detrás de mí mientras pasaba un dedo por mi humedad y luego se lo metía en la boca. Puso los ojos en blanco y sacudió la cabeza. —Me vas a matar, Mimi.

Metió la cabeza debajo de mi falda. Sus hombros empujaron mis piernas para abrirlas más mientras agarraba las nalgas con sus enormes manos. Luego me tocó. No podía ver nada más que la forma de su cabeza moviéndose bajo mi falda, y de alguna manera eso lo hizo más erótico, no saber con qué me estaba tocando: sus dedos, su lengua, su nariz. O cómo. Un beso, una caricia, un lento deslizamiento hacia adentro.

Mi cuerpo, cálido de placer, se lo puso muy fácil. Mi segundo orgasmo me arrolló tan pronto como sus dedos se hundieron dentro de mí mientras succionaba mi clítoris. Una mano fuerte me sostuvo cuando todo lo que quería hacer era desplomarme como una marioneta con los hilos cortados.

Era demasiado, y le presioné el hombro. Salió de debajo de mi falda, la mitad inferior de su cara reluciente. Se lamió los labios. —Mimi, cuando te tenga en mi cama… —Sacudió la cabeza.

No pude resistir la promesa a medias ni el bulto contra su pierna. —Vamos ahora.

Apoyó la barbilla en mi vientre. —Prometí que te llevaría a casa a las diez. Tienes que trabajar mañana.

—No. —La palabra salió como un quejido vergonzoso. Todo lo que quería era más tiempo, más cercanía con este dios del sexo. Y destrozarlo tan completamente como él me había destrozado a mí—. Pondré la alarma. Puedes llevarme a mi casa temprano.

—No, Mimi, no debería.

—¿Por favor? —Puse mis manos en sus mejillas.

Volvió la cara para besarme el interior de la muñeca. —Lo que sea por ti.

Me guio por el pasillo hasta su dormitorio.

20

MATEO

ME QUEDÉ MIRANDO MI CAMA, donde tantas veces había fantaseado con Mimi. Tocándola, abrazándola, follando con ella. ¿Era verdad o estaba soñando otra vez? ¿Acababa de hacer que Mimi Levy-Walters se viniera dos veces en la cocina y ahora estaba de verdad en mi dormitorio? Lentamente, me di la vuelta.

Estaba de pie, empequeñecida por el alto marco de la puerta, vestida solo con su falda. Lo sabía porque sus bragas estaban ahora mismo metidas en mi bolsillo y tal vez, convenientemente, desaparecerían más tarde.

Se cruzó de brazos, pero no lograron ocultar los tesoros con los que ya me había familiarizado. —¿Mateo?

—¿Sí? —parpadeé, levantando la vista desde la curva redondeada de su pecho hasta sus preocupados ojos marrones.

—No estarás… ¿arrepintiéndote?

Era un tonto por quedarme aquí parado, regodeándome con mi golpe de suerte, cuando debería haberle estado mostrando exactamente lo agradecido que estaba de que estuviera en mi casa, en mi dormitorio. Caminé hasta ella y con cuidado le desenredé los brazos. —No, no, mi tesoro. Estaba… saboreando mi comida —me incliné y besé sus suaves labios.

Cuando levanté la cabeza, esos labios se habían curvado en una suave sonrisa. —¿Te importa si uso tu baño?

—Por aquí —le indiqué hacia el baño de la habitación y encontré un cepillo de dientes y pasta nuevos en el gabinete. Luego, cerré la puerta y volví al dormitorio.

Tiré del bajo de mi camiseta. ¿Debería estar desnudo cuando saliera? ¿O vestido? Miré el reloj. Las nueve y media. Debería dejarla dormir. Aunque no parecía que quisiera dormir. No de inmediato. Mi polla palpitaba contra mi cierre.

Era tan perfecta. Tan receptiva. A pesar de todas las humillantes torpezas que había cometido cerca de ella, por fin había hecho algo bien. Algo que le gustó.

Algo que nos gustó a ambos. Aún podía saborearla. Me lamí los labios. Quizás me daría un festín con ella de nuevo antes de que se fuera. No quizás; lo haría. Algo mágico estaba sucediendo esa noche. ¿Cuánto duraría la magia? ¿Unos minutos más? ¿Horas? Era demasiado esperar que continuara después de que la llevara a casa.

Nunca quise que terminara.

La cálida neblina del sexo se disipó de mi mente como el sol de la mañana quema la bruma.

Nunca quise que esta nueva cercanía con Mimi terminara.

Estaba en mi vida. En mi casa. Y quería que estuviera allí. Siempre.

Ninguno de mis amigos de la isla lo creería. Me había tirado a todo nuestro pueblo, a los pueblos vecinos, a la gran ciudad. A locales y a turistas. Como regalo de despedida, mis amigos me habían dado una caja gigante de condones para mi gira por los dormitorios de San Francisco. Calculé que la caja me duraría un mes.

No la había abierto.

Y ahora, la razón de mi celibato autoimpuesto también me deseaba a mí. Había dicho *por favor*.

La camiseta se me pegó al sudor frío del pecho. Me la quité por la cabeza, la doblé y la puse sobre el tocador.

Desde mi primera vez con Anna Perez en su dormitorio bajo un póster de One Direction —y mi segunda vez con la verga de su primo Yefri en mi boca en los vestidores de la secundaria una semana después—, siempre había pensado que más era mejor. Más sexo, más parejas, más placer.

Nada de suspirar por una sola persona como mi padre.

Miré hacia el cielo. Dios, el destino o cualquier poder superior que sintiera la necesidad de joderme la vida, me lo había demostrado.

Había encontrado a mi persona. Igual que Papá.

¿Se quedaría?

Al oír abrirse la puerta del baño, me giré para mirarla.

Me quedé con la boca abierta. La piel desnuda de Mimi brillaba a la luz de la lámpara, sus curvas iluminadas en algunas partes y sombreadas en otras. Sus rizos flotaban sueltos sobre sus hombros. Tenía ojeras azuladas que debía de haber ocultado con el maquillaje, que se había quitado. Sus pestañas seguían siendo oscuras y sus labios eran de un rosa pálido.

Era hermosa, estaba desnuda y era mía. Al menos por esa noche.

Sus brazos se movieron como si quisiera cubrirse, pero me acerqué a ella y le tomé las manos. Llevándomelas a los labios, murmuré: —Mi tesoro. —Era mi tesoro, mi vida, mi cielo.

Su piel se sonrosó desde las mejillas hasta el pecho. —¿Tienes condones? —preguntó—. Si no, tengo uno en mi bolso —ladeó la cabeza hacia la puerta del dormitorio.

—Sí, tengo. —¿Dónde había guardado la caja que me habían enviado mis amigos? Había bromeado con ellos diciéndoles que me tiraría no solo a todo San Francisco, sino a todo el estado de California. Y entonces conocí a Mimi y no quise tocar a nadie más que a ella.

—Un segundo —dije.

Probé primero en el baño, evitando mi reflejo en el espejo y la protuberante evidencia de mi excitación en los pantalones. Abrí y cerré todos los gabinetes, pero la caja no estaba allí. ¡Mierda! Me pasé las manos por el cabello.

De vuelta en el dormitorio, besé a Mimi, dejando que mis manos vagaran por su trasero mientras la atraía hacia mí. Su mano se posó en mi cadera y luego bajó, demasiado cerca de mi erección tensa.

—Un momento —retrocedí y caí de rodillas junto a la cama. Saqué la maleta y la abrí con el cierre.

Gracias a Dios.

Levanté la caja en alto como si fuera la Copa del Mundo y luego, con las mejillas ardiendo, la dejé sobre la cama. Metí la maleta de nuevo debajo.

Estaba de rodillas frente a la cama y se me ocurrió un buen uso para esa posición. Le hice un gesto a Mimi. —Ven, siéntate.

Obedeció mi orden, aunque necesitó un empujón para subirse a la cama alta. Puse las manos en sus rodillas. —¿Puedo?

Apoyó las manos detrás de ella y luego, asintiendo, separó las piernas. La luz de la lámpara iluminó lo que había aprendido por el tacto antes, bajo la oscuridad de su falda.

—Ah, Mimi —dije, y un orgullo irreprimible me hizo sonreír —, estás mojada por mí otra vez.

Deslicé mis pulgares desde el interior de sus muslos hasta sus labios y su clítoris. Luego lamí su esencia como si fuera miel de su piel. Mimi gimió y se apoyó en los codos para verme trabajar.

La abrí y me adentré con la lengua, imitando el pulso palpitante de mi polla mientras le mostraba lo que haría más tarde. Y, Dios, ¿y si le mostraba mi reserva de juguetes? ¿Cuál me dejaría usar en ella? ¿Sería alguna vez lo bastante atrevido para pedirle que usara uno en mí?

Concéntrate, Mateo. La tenía abierta ante mí en ese momento, y yo tenía todas las herramientas que necesitaba para darle placer.

—Mateo, yo...

Aparté la lengua de su centro y la reemplacé con un dedo que empujaba perezosamente. —¿Qué pasa, cariño?

—Te necesito. Dentro de mí. No creo que pueda…

Le lamí el clítoris mientras seguía trabajando mi dedo dentro de ella. —¿No crees que puedas hacer qué, preciosa?

Puso los ojos en blanco y soltó un quejido. —No sé cuántas veces más puedo venirme, y quiero venirme contigo adentro.

—Ah —besé su hinchado botoncito—. Creo que puedes venirte tantas veces como ambos queramos. —Esto —el sexo— era mi espacio seguro. Sabía muy bien cómo complacer a una pareja, especialmente a una tan receptiva como Mimi—. Una vez más con mis dedos y mi boca, y luego podrás tener mi polla.

—Pero no…

No tuvo que terminar la frase porque encontré el punto que la dejó sin palabras. Gimió agudamente algo que sonó casi como mi nombre combinado con el grito de una ocelote hembra.

Apartó mi cara, mi mano. —Basta —sollozó—. Es demasiado.

—Ah, cariño —me subí a la cama y la rodeé con mis brazos—. Eres tan hermosa cuando te vienes. Te tengo. Estás bien.

Estaba sin fuerzas en mis brazos. Le besé la frente y la encontré húmeda de sudor. Aflojé mi abrazo. —¿Tienes demasiado calor? ¿Necesitas espacio?

—No —se acurrucó más cerca—. Estoy exactamente donde quiero estar.

Esta vez, no fue mi polla sino mi corazón el que dio una gran palpitación, latiendo contra mis costillas. —Yo también.

La tomé en brazos y arañé con las yemas de los dedos para bajar las sábanas. La recosté en la cama, me quité los pantalones y me metí detrás de ella, intentando que mi erección se calmara para poder dormir. Mimi tenía que ir a trabajar temprano, y yo tenía un turno de noche en casa de mi tía al día siguiente. Ambos necesitábamos descansar.

Pero Mimi tenía otros planes. Entrelazó sus dedos con los míos y luego los llevó para ahuecar sus pechos. Después, apretó su trasero contra mi polla. —Me prometiste otro orgasmo contigo adentro —murmuró—. Pero estoy demasiado extasiada para moverme.

—Está bien. No tenemos por qué hacerlo —aunque mi polla tenía otras ideas. Era de acero en mis bóxers.

—No, Mateo —se restregó contra mí y vi puntos bailar ante mis ojos—. Lo quiero.

Besándola en el cuello, desde el hombro hasta el lóbulo de la oreja, terminé con un pellizco en su pezón. —Entonces lo tendrás.

Me bajé los bóxers y los quité de una patada. Agarré la caja de condones del pie de la cama, la abrí y saqué uno. Me lo puse con cuidado, convenciéndome a mí mismo de no correrme demasiado pronto.

Acaricié la apetitosa curva de su trasero y luego metí una mano debajo de ella, sujetando su torso contra el mío. Con la otra mano, le levanté la pierna y la enganché alrededor de la mía. Deslicé mis dedos por su humedad —Dios, su excitación era increíblemente infinita— y luego, con cuidado, me guié hasta mi hogar.

Ambos jadeamos cuando terminé la embestida. En esa posición, no podía meterla toda, pero era suficiente para tocar el punto que había encontrado antes con mis dedos. Con una mano apoyada en su clítoris, moví las caderas. Ella zumbó de placer.

Cada deslizamiento dentro de ella provocaba un hormigueo a lo largo de mi columna. La respiración de Mimi se aceleró mientras le apretaba el pezón y le rozaba el clítoris. Pero yo necesitaba más. Necesitaba la embriagadora sensación de la piel chocando contra la piel. Necesitaba estar hasta el fondo dentro de ella.

Lentamente, me deslicé fuera.

La empujé hacia adelante hasta que quedó boca abajo en la cama. Levantando sus caderas, me arrodillé detrás de ella. Metió los brazos bajo la almohada, con una media sonrisa de anticipación en el rostro. Por un momento, admiré cómo la luz de la lámpara doraba la curva de su trasero y los labios carnosos que me llamaban. Y entonces, agarrando sus caderas, me deslicé dentro.

Cadera contra trasero, encontré el cielo. Me apreté contra ella, sin querer abandonar la comodidad que había encontrado. Lentamente, salí y luego volví a entrar. Mimi soltó un largo gemido.

—¿Está bien así, mi tesoro?

—Joder. Sí —puso una mano entre nosotros donde nos uníamos, y una chispa corrió directa a mis bolas. Su mano dejó mi cuerpo para tocarse a sí misma. Gimió—. Más, Mateo.

Le agarré las caderas e hice lo que me pidió. Embestí una, dos, tres veces. Dios, estaba cerca. Pero no me vendría hasta que ella lo hiciera. Me concentré en la larga línea de su columna y en la forma en que la luz de la lámpara dividía su espalda en una mitad clara y otra oscura. Levanté una mano y tracé la línea de sombra.

—Más duro —gruñó ella, empujando hacia atrás contra mí.

Estaba perdido. Iba a morir aquí mismo, en esta cama, por esta mujer que me había puesto del revés. La complací, agarrando sus caderas y levantándolas para recibir mis embestidas. Nuestra piel chocaba, un contrapunto a sus gemidos. Mis bolas se tensaron.

—Mimi, yo...

Se tensó y me interrumpió con un gemido lastimero. Me quedé quieto, dejando que su clímax la exprimiera, saboreando el apretón que nubló mi visión. Luego embestí de nuevo, y una vez más, y una bendita y dichosa liberación me vació. Solté una larga y agradecida maldición.

Las piernas de Mimi temblaban, y la acomodé en la cama mientras me retiraba. Le acaricié el trasero una vez antes de taparla e ir al baño a tirar el condón.

Ya estaba dormida cuando la tomé en mis brazos y me acurruqué detrás de ella.

En el transcurso de una noche, se había convertido en mi mundo entero.

Nunca quise dejarla ir.

21

MIMI

DESPERTÉ EN UNA CAMA EXTRAÑA, pero era cálida, suave y segura. El gran cuerpo de Mateo se acurrucaba a mi alrededor, con un brazo musculoso rodeándome la cintura. Reseguí una vena en su antebrazo, deslizando la punta de mi dedo por el vello áspero dorado por la luz del sol.

¿Luz del sol?

Oh, mierda.

Le quité el brazo de encima, aparté las sábanas y salté de la cama. ¿Por qué no había un reloj en su habitación y por qué no había sonado mi alarma?

Agarré mi falda del suelo, ignoré su somnoliento «¿Mimi?» y corrí completamente desnuda hacia la sala. Mi sostén y mi blusa estaban en el suelo de la cocina, y los tomé de camino a la puerta principal, donde encontré mis zapatos y mi bolso con el celular adentro, que todavía sonaba débilmente con mi alarma.

Roger saltó sin hacer ruido a la encimera de la cocina y me observó con sus ojos amarillos.

Siete y media. Mierda. Se suponía que debía reunirme con Larissa y Natalie en Synergy hacía media hora. Si me apuraba, podría llegar antes de que se fueran. Con una mano, abrí una aplicación de viajes compartidos y, con la otra, me subí la falda.

—¿Lista para que te lleve a casa? —la voz de Mateo me sobresaltó y se me cayó el celular. Se había puesto unos jeans y una camiseta térmica tipo Henley. Se veía absolutamente delicioso, pero ya me había demorado demasiado.

—No hay tiempo. Voy tarde. —Me puse el sostén a la fuerza y me lo abroché por la espalda. ¿Dónde estaba mi ropa interior?

Se frotó los ojos. —Por Dios, lo siento. No sabía que tenías una reunión temprano. Te llevo al trabajo.

—Es algo de la fundación. Con Larissa. —Deslizándome dentro de mi blusa, corrí hacia el baño. Tampoco había ropa interior aquí. Al menos me había lavado la cara antes de acostarme. Mientras orinaba, me froté las yemas de los dedos bajo los ojos para quitarme los últimos restos de rímel. Me lavé las manos y me pasé el cepillo de dientes por la boca.

Mateo ya tenía los zapatos puestos y las llaves en la mano cuando volví corriendo a la sala. Mientras me ponía los zapatos a toda prisa, él se inclinó. —Te ves hermo…

—¡No hay tiempo! —Levanté una mano. Primero mi presentación, ahora esto. ¿Por qué siempre metía la pata cuando Mateo estaba involucrado?

Abrió la puerta y corrimos a su Jeep. Intentó abrirme la puerta, pero le dije: —Yo puedo. ¡Vamos!

Obedientemente, se deslizó en el asiento del conductor. Solo después de que me metí la falda bajo el trasero desnudo y me abroché el cinturón de seguridad, condujo el Jeep por el estrecho camino de entrada, pasando la casa de Cooper, hasta la calle. —¿A la oficina?

—Sí, nos reunimos en la sala de conferencias del primer piso. —Revisé mi celular e hice una mueca mientras tocaba el botón para escuchar el correo de voz de Larissa.

Hola, Miriam, se suponía que nos reuniríamos a las siete. ¿Todavía vienes? Necesitamos aprobar el presupuesto hoy.

—¡El presupuesto! ¡Mierda!

—¿Qué pasa? —Mateo me miró de reojo.

—No traigo mi laptop. No puedo hacer ninguna actualización al presupuesto en la reunión. ¿Tienes papel? ¿Un lápiz?

—Revisa la guantera. ¿No puedes hacerlo en tu celular?

—Oh. ¿Posiblemente? Mi hoja de cálculo se vería terriblemente pequeña. Supongo que podría intentarlo. —Busqué en el compartimento y saqué la punta de un lápiz y un bloc de notas de espiral.

—Arréglatelas con la hoja de cálculo de tu celular. Mientras tanto, iré a tu apartamento a buscar tu laptop.

—¿De verdad? ¿Harías eso por mí?

—Por supuesto, cariño.

—Gracias. —Quería besar su mejilla sin afeitar, demorarme ahí en la curva de su cuello donde olía de maravilla, pero él estaba manejando. Me acomodé en mi asiento y saqué las llaves de mi bolso. Las puse en el portavasos—. Eres un salvavidas.

Mateo conocía los atajos y las formas de evitar el tráfico de la hora pico de San Francisco y, antes de lo que esperaba, estábamos en la oficina. Tomando mi celular y mi bolso, le di un beso rápido en la mejilla y salí del Jeep.

Oí un grito ahogado y me di vuelta para mirarlo por encima del hombro. Mateo me miraba el trasero fijamente.

—Tu falda. —Se pasó una mano por la boca—. ¿Te la bajas un poco?

Mierda, debí de haberle mostrado todo durante mi descenso. Me la alisé, por delante y por detrás. —¿Mejor?

Él negó con la cabeza, pero dijo: —Sí. Te veo pronto.

Con cuidado, sujetando mi falda y rezando para que el viento no me hiciera mostrar de más a mis compañeros madrugadores, corrí a la sala de conferencias.

Larissa y Natalie estaban de cara a la pantalla del fondo de la sala, donde Natalie proyectaba un plano de planta desde su laptop. Cuando llegué ruidosamente a la puerta, se giraron para mirarme.

Natalie reprimió una sonrisa, pero Larissa levantó una ceja con poca gracia. —Qué bueno que pudiste unirte. Natalie me estaba explicando los arreglos del lugar, pero luego veremos el presupuesto. ¿*Sí* tienes las cifras? —clavó la vista en mi bolso de mano, obviamente demasiado pequeño para contener algo útil.

—Sí, las tengo. Estoy lista. —Era mentira, pero abrí la hoja de cálculo en la diminuta pantalla de mi celular mientras Natalie terminaba de hablar del guardarropa y el camerino para los ponentes.

Mateo no había regresado para cuando Larissa pidió la presentación del presupuesto, y ella frunció el ceño cuando empecé a explicarles los números.

—Espere —me interrumpió—. ¿No tiene copias impresas o algo para mostrarnos en la pantalla?

—No… no ahora mismo. —Me tembló la voz. ¿Por qué había dejado que Mateo y el sexo me hicieran olvidar mis responsabilidades, mis metas? Anoche no recordaba ni mi propio nombre, mucho menos que tenía que hacer una presentación a las siete de la mañana siguiente.

Larissa golpeó la mesa de conferencias con las manos. —Entonces, ¿para qué está aquí? Si no puedo confiar en usted, esto no va a funcionar, Miriam.

—Ella tiene las cifras. —Natalie asintió hacia el celular en mi mano—. Mimi, ¿por qué no las escribes en la pizarra?

—Gran idea. —Pero resultó ser una idea terrible. Mis muslos desnudos hicieron un sonido de succión contra la silla de la sala de conferencias cuando me levanté.

—Ups. —Mis mejillas ardieron. Rápidamente, me alisé la falda y me volví hacia la pizarra.

—Espero que los miembros de la fundación presenten una apariencia profesional, Miriam. Esa falda es demasiado corta.

El marcador rechinó en la pizarra. —Sí, por supuesto, Larissa —murmuré.

—Ah, buenos días a mi trío de poder favorito. —El tono de Mateo era jovial, pero pude oír la tensión en él.

—¡Mateo! —La voz de Larissa adquirió un matiz coqueto—. ¿Qué haces aquí? Dijiste que tenías que trabajar.

Lentamente, me volví hacia la puerta. Mateo llevaba una bolsa de tela colgada de un hombro y el portafolio de mi laptop en el otro. En una mano sostenía un portavasos de cartón con cuatro vasos, y en la otra, una bolsa de la panadería de la calle.

—Pensé que les gustaría desayunar en su reunión de desayuno. —Dejó los cafés y la bolsa y luego le dio a Larissa besos al aire en cada mejilla. Natalie se había puesto de pie para investigar la ofrenda, pero le tendió la mano para que se la estrechara.

Se me acercó a la pizarra y murmuró: —Te traje un cambio de ropa. Y pantaletas. —Luego me dio un sonoro beso en la mejilla.

En voz más alta, dijo: —Me disculpo. Hice que Mimi llegara tarde esta mañana. No podía dejar ir a mi ángel. Si tuvieran esta cara en la almohada junto a ustedes, ¿podrían?

El calor estalló en mis mejillas. —Mateo —gruñí.

Atrapó la mano que había estado a punto de golpear su bíceps y se la llevó a los labios. —Mi tesoro.

—Me derrito —dijo Natalie.

Larissa dijo: —Puedes compensarlo uniéndote a nosotras.

—¿Unirme a ustedes? —Un ceño fruncido cruzó su rostro tan rápidamente que ella podría no haberlo notado. Pero después de anoche, yo tenía un nuevo sensor para las expresiones de Mateo, y no parecía complacido.

—Necesitamos una consulta sobre el menú. No he podido elegir qué postre servir.

Eso era mentira. Habíamos elegido el flan la semana pasada, pero si la distraía, estaba encantada de dejarlo pasar. Mateo me entregó el portafolio de mi laptop, y encendí mi computadora y la conecté al proyector mientras ellos discutían los méritos del flan frente al tres leches.

Cuando se decidieron —de nuevo— por el flan, me aclaré la garganta. —Ahora estoy lista para guiarlas a través de las cifras del presupuesto.

—Oh, bien. —Larissa rio, con una risa aguda y falsa—. Si tan solo Mateo fuera bueno para los números, no la necesitaríamos a usted para nada.

Me quedé helada, me quedé sin voz. Si no me necesitaba, eso tenía que significar que también estaba fuera de la lista para el puesto de subdirectora. ¿Por qué demonios seguía aquí, esforzándome tanto?

Por los niños, me recordé con amargura. Por chicas como Bree. Por ellos, seguiría intentándolo, seguiría fallando, y lo haría todo gratis.

—Larissa. —La voz de Natalie era baja pero firme.

—Llegó tarde y sin preparación hasta que llegó Mateo. —Larissa me lanzó una mirada de acero—. Podría contratar a cualquier contador para hacer lo que ella hace.

—Ah —dijo Mateo, con la voz como grava—. Pero usted no contrató a un contador. Mimi hace este trabajo pro bono, por la bondad de su corazón. Lo hace por los niños. En su tiempo libre. Creo que le sería difícil encontrar a alguien tan talentoso como Mimi dispuesto a hacer eso.

Me alegré de haberme quitado el rímel porque me habría corrido por la cara. Me sequé bajo los ojos y le dediqué a Mateo una sonrisa acuosa para expresarle mi gratitud. Él lo entendió. Él me veía.

Larissa miró hacia la pantalla, con la mandíbula apretada. —Bien. Puede tener otra oportunidad. Dennos los números.

Mi cuerpo se quedó frío. Como un charco congelándose lentamente desde la superficie, mi piel se tensó, y las lágrimas de gratitud que se acumulaban en mis ojos se secaron. Me convertí en un pilar de hielo frío y duro. A pesar de la defensa de Natalie y Mateo, estaba en terreno inestable. Todo porque había dejado que me distrajera de mi objetivo. No solo se me estaba escapando de las manos la oportunidad del puesto de subdirectora, sino que estaba decepcionando a los niños.

Mis rollos de una noche no se quedaban lo suficiente como para que casi me perdiera reuniones importantes y me presentara sin preparación. Ninguno de ellos me había hecho parecer innecesaria frente a la persona que quería que me contratara. Se mantenían a salvo en el lado no laboral de mi vida.

Cruzar el límite laboral era algo que Mateo tenía en común con Byron. Estaba por toda mi vida: involucrado en mi trabajo, parte de mi familia y ahora incendiando mi vida amorosa.

Me había traído unas malditas pantaletas. A la oficina. Esa era una línea que nunca había cruzado. Ni siquiera con Byron.

La voz de mi madre me susurró en el oído. No podía volver a mostrar una debilidad como esta. No si quería el trabajo en la fundación. No si quería seguir ayudando a los niños como Tara en la biblioteca.

Y yo quería todo eso. Se lo demostraría a Larissa.

Aunque —miré a Mateo, sorbiendo su café y mirando expectante la pantalla como si realmente le importara el presupuesto de la gala—, ahora también lo quería a él.

22

MATEO

AUNQUE LO ÚNICO que quería era tener a Mimi de vuelta en mi cama, sobre la encimera de mi cocina, ¡qué diablos!, dondequiera que pudiera tenerla, trabajé en el turno de noche esa semana. Ni siquiera tuve que mentirle a Larissa para faltar a las reuniones de la fundación en las que le robaba demasiado protagonismo a Mimi.

Intenté mandarle mensajes a Mimi, pero estaba arisca y poco comunicativa, respondiendo con monosílabos. Como la gala era en tres semanas, estaba ocupada, y lo entendía. Creí que la había pasado bien, pero me preocupaba. ¿Quizá no había disfrutado de nuestra noche juntos tanto como yo?

O tal vez estaba enojada conmigo otra vez. Era la segunda vez que hacía que no estuviera del todo preparada en una de las reuniones de su comité. Larissa la había atacado, criticando el más mínimo error como si buscara una excusa para no contratarla. ¿Por qué? Era evidente que Mimi se merecía el trabajo. ¿Por qué le aguantaba sus estupideces?

El viernes por la mañana, cuando entré al camino de entrada de la casa de Miguelito, mis faros iluminaron a Ben paseando a su perra Coco por la explanada. Tal vez su hermano podía darme una pista de lo que pasaba por su cabeza.

—¡Ben! —asomé la cabeza por la ventanilla de mi Jeep—. ¿Puedo caminar contigo?

—Claro. ¿Ahora?

—¿Mi primo está en el gimnasio? —lo último que quería era que Miguelito me encontrara a solas con Ben y se pusiera celoso. Nunca intentaría nada con su prometido, pero él todavía no me perdonaba el mal comportamiento de mi juventud. Además, mi primo no entendería mis problemas amorosos. Él nunca suspiraría por nadie como yo lo hacía por Mimi.

—Sí —Ben bostezó—. Es una de esas irritantes personas mañaneras.

Estacioné el coche y, después de saludar a Coco, me puse al lado de Ben. Salimos del camino de entrada y bajamos la colina hacia la bahía. El sol había empezado a extender sus rayos a nuestra espalda, pero me subí la cremallera de la chaqueta hasta la barbilla. Enero en San Francisco era frío para alguien que se había criado en el trópico.

Miré a Ben. Era más alto y delgado que su hermana, pero tenían el mismo pelo oscuro y rizado. La misma nariz fuerte y la misma barbilla decidida. Aunque a él le salían las sonrisas con facilidad y las de Mimi eran tan raras como un día de cuarenta grados en San Francisco. Excepto después de un orgasmo, como había descubierto.

Parpadeé. Mejor no pensar en el coño de Mimi mientras estaba con su hermano.

Me aclaré la garganta. —¿Estás bien? ¿Qué tal el trabajo?

—Hasta ahora, todo bien. Es bueno volver a tener un sueldo. O sea, fue increíble que Cooper me financiara el último semestre de la carrera, pero los chicos Levy-Walters somos independientes, ¿sabes?

—Lo sé —era justo la transición que necesitaba—. ¿Por qué crees que sea así?

Proyectó el labio inferior. —Supongo que por mi mamá. Ella

trabajó duro por lo que teníamos. Superó muchas cosas para llegar a donde está. O sea, las abogadas abandonan la profesión como moscas a medida que envejecen. Luchó contra mucho patriarcado y sexismo para mantenerse. Siempre nos dijo a Mimi y a mí que teníamos que demostrar que éramos los mejores si queríamos llegar a alguna parte.

Arrastró los pies por el camino de grava. —Para mí, fue mucha presión, y como que me quebré. Mimi no. Ella se lo tomó a pecho. Está siguiendo los pasos de mi mamá, más o menos. No en derecho, pero en su propio campo.

Le di un codazo en el hombro. —Saliste adelante. Conseguiste exactamente lo que querías.

Él miró hacia la mansión. —Más, en realidad. Nunca pensé que alguien tan increíble como Cooper se enamoraría de mí.

—Tú también eres bastante increíble. —Si mi primo no hubiera marcado a Ben como suyo cuando lo conocí, podría haber intentado quedármelo. Pero por muy guapo y amable que fuera Ben, Mimi tenía una chispa especial, un brillo agudo como el de una piedra preciosa tallada, que no podía resistir. Ni siquiera los lazos familiares o mi poderoso primo me hubieran mantenido alejado de ella.

—Gracias —hizo una pausa mientras Coco olfateaba un árbol larguirucho—. ¿Cómo van las cosas con Mimi?

—¿No te dijo nada?

—¡Uh! —abrió los ojos de par en par—. Evasivo, respondiendo a una pregunta con otra pregunta. No, ni siquiera me dijo que estuvieran saliendo. No hasta que Cooper la delató. ¿Por qué? ¿Pasó algo?

Me ardieron las mejillas. No era así como había imaginado que iría esta conversación. —¿De verdad no te dijo nada?

—Ya conoces a Mimi. No le gusta hablar de sus sentimientos y esas cosas. Además, ha estado encerrada en su apartamento todas las noches durante la última semana, trabajando en cosas para la gala.

Masculló: —No todas las noches.

Hizo que Coco se detuviera en la acera. —Suéltalo.

—La invité a una cita especial el domingo por la noche. Bueno, lo intenté. El lugar que Miguelito me recomendó no era muy... nuestro.

—¡Ese desgraciado! —sus fosas nasales se ensancharon—. No me dijo que ustedes dos tuvieron una *cita especial*.

—Le pedí que lo mantuviera en secreto. No quería expectativas, ¿sabes?

—¿Y bien? ¿Se cumplieron las expectativas?

No pude ocultar mi sonrisa. —Se superaron, de hecho.

—¡Ya para! —me dio una palmada juguetona en el brazo—. ¿En serio?

—En serio. Es increíble. Creo que yo... —No. Ben no podía ser el primero en saber que me estaba enamorando de su hermana. Se lo diría a la propia Mimi cuando estuviera listo. Cuando ella estuviera lista. Cuando no me estuviera mandando mensajes de una sola palabra.

—Entonces, ¿cuál es el problema? ¿Por qué estás aquí afuera en el frío amanecer hablando conmigo y no acurrucado y calentito junto a mi hermana en la cama?

—Acabo de volver del trabajo. Además, ella, um, no está respondiendo a mis mensajes. —Ahora sonaba como un adolescente.

—¿La llamaste? ¿O pasaste por su casa?

—No, trabajé de noche esta semana. Y no es muy fan de que aparezca sin avisar. Quiere que le mande un mensaje primero.

Ben se mordisqueó el labio. —A veces Mimi —ambos, en realidad— puede quedarse atrapada en su rutina. En su trabajo. Ese era yo antes de que Cooper y yo nos juntáramos. Casi nunca salía con amigos. Me asusté después de que me despidieran, ¿sabes? Así que solo me enfoqué en la escuela y en mi trabajo. Supongo que la mentalidad de mi mamá se activa en momentos de estrés. Y Mimi está *estresada* en este momento. Quiere tanto este trabajo en la fundación. Y todavía está haciendo su otro trabajo.

Probablemente siente que no puede quitarle el ojo a la pelota. Está entrando en pánico.

—¿Me tiene miedo? —Nada asustaba a Mimi. Incluso después de que arruinara su presentación, se presentó a su reunión con Jackson Jones. Y había ido sin ropa interior a la reunión del lunes. Era feroz e imparable como un huracán.

—Miedo de lo que podría significar si se dejara llevar. Si se permitiera enamorarse de ti. —Observó a Coco por un segundo—. Hubo un tipo.

—¿Un tipo?

—Byron. Salió con él en la primera empresa para la que trabajó. Antes de Synergy. Su gerente se fue y el contralor necesitaba cubrir el puesto. Rápido. Mimi y Byron tuvieron entrevistas. Ella se lo merecía más porque llevaba más tiempo allí, había trabajado más duro que él. Aun así, lo ayudó a prepararse. Él fue entrevistado primero, y le ofrecieron el trabajo allí mismo. Sin siquiera hablar con Mimi. Resultó que él les dijo que ella no estaba lista.

—¡Ese cabrón!

—Sí. Renunció después de eso. Lo mandó a la mierda, se fue a trabajar a Synergy. No ha salido con nadie desde entonces. No deja que nadie se acerque, especialmente en el trabajo. Y con los chicos que conoce, es solo por una noche. O sea, excepto tú.

Aunque solo habíamos tenido una noche. ¿Serían los mensajes de una palabra de Mimi su forma de dejarme plantado sutilmente? Se me puso la piel de gallina bajo las mangas. —Nunca le haría eso —dije—. No soy como él.

Me miré, la chaqueta que Cooper me había dado cuando llegué a San Francisco sin una. Los jeans y las zapatillas que usaba para trabajar.

Giré el anillo en mi dedo. No trabajaba en una oficina como Mimi. A diferencia de Byron, no tenía título universitario. Ni ahorros de los que hablar. Me encogí de hombros, el agotamiento de mi turno de noche me invadió. —No soy digno de ella.

—¡No! —me agarró del brazo—. No, Mateo. Eres increíble. Mírame.

De mala gana, levanté la vista hacia él.

—No digo esto de todo el mundo. Créeme, Mimi ha salido con verdaderos imbéciles. Como Byron. Por muy ambiciosa que sea, cree que le atraen los hombres que son como ella. Pero eso no es lo que necesita. Necesita a alguien como tú —me apretó el brazo—. Alguien que la cuide. Que la ayude. Que… que la ame. Eres absolutamente digno de ella y nunca, *nunca*, pienses lo contrario. ¿Me oyes?

Su tono feroz me recordó a Mimi. Recordé todas las veces que se olvidaba de comer. El lunes, cuando le llevé su ropa y su laptop a su reunión. Necesitaba a alguien como yo para apoyarla, especialmente trabajando lo que equivalía a dos empleos más el trabajo voluntario los fines de semana. Yo podía ser lo que ella necesitaba.

—Te oigo.

—Ahora —se mordió el interior del labio—. ¿Qué vas a hacer?

Madurar. —Voy a ayudarla. Todavía no sé en qué, pero lo averiguaré.

—Tal vez —inclinó la cabeza— no necesites *hacer* nada para ayudarla. Solo estar ahí para ella. Y no dejar que te aleje.

Gruñí, mi mente ya dando vueltas sobre lo que Mimi necesitaba. Había mencionado que le preocupaba qué ponerse para la gala. La ayudaría con eso. Después de una siesta reparadora. Porque en ese momento, me habría quedado dormido sobre el volante antes de llegar a la tienda de vestidos.

Ben me frotó el brazo. —Tú puedes con esto. Solo recuerda, eres exactamente lo que ella necesita. ¿De acuerdo?

—De acuerdo. —¿Pero lo era?

—Ahora, ve a dormir —dijo, empujándome hacia la casa de huéspedes. No me había dado cuenta de que me había llevado de vuelta a ella.

—Gracias. —Lo abracé, y Coco, como de costumbre, bailoteó a nuestros pies.

—Cuando quieras. Eres un buen tipo, Mateo.

Dentro de mi casa, le di de comer a Roger y luego me

desplomé en mi cama para dormir unas horas. Cuando desperté, todavía tenía ojeras, pero tenía suficiente energía para empacar con optimismo una bolsa de viaje, asegurarme de que Roger tuviera suficiente comida para las próximas veinticuatro horas y sin acceso al papel higiénico, y volver a mi coche. Me dirigí hacia el Excelsior.

———

UN POCO después de las seis de esa noche, presioné el timbre en el edificio de Mimi, con una bolsa de comida para llevar en una mano y un portatrajes en la otra.

Una oleada de gratitud me invadió cuando respondió. No podía saber a través del altavoz metálico si su tono monótono significaba que era reacia a dejarme subir o quizás solo estaba cansada, pero me abrió la puerta, y eso era lo que importaba.

Cuando entré a su apartamento, se apoyaba en la encimera de su ordenada cocina. Todo lo que quería hacer era levantarla sobre ella como lo había hecho el domingo por la noche y probarla de nuevo, pero eso tendría que esperar. Primero necesitaba otro tipo de cuidados.

—Hola —dije, besando su mejilla antes de dejar la comida en la encimera—. Te traje la cena.

—¿Y una muda de ropa? —levantó una ceja oscura ante mi portatrajes—. Eso es audaz.

—¿Esto? —sonreí—. Esto es para ti.

—¿Para mí?

—¿Almorzaste hoy?

—Sí —le gruñó el estómago—. Bueno, si cuentas un paquetito de M&Ms y una bolsa de almendras de cien calorías de la máquina expendedora como almuerzo.

Negué con la cabeza. Si me dejara, me levantaría temprano y le prepararía un almuerzo nutritivo todos los días. —Veremos lo que traje más tarde. Primero, comemos. ¿Te gusta la comida tailandesa?

Su estómago volvió a rugir. —Sí, por favor.

Dejé el portatrajes sobre su sofá, luego nos lavamos las manos y pusimos la comida en la mesa de su cocina.

Estuvo callada mientras comíamos. La observé, tratando de averiguar si se concentraba en la comida porque estaba muerta de hambre, cansada o porque estaba planeando cómo eliminarme de su vida como un gasto inútil.

Una docena de veces durante la cena, abrí la boca para preguntarle qué sentía, qué había estado pensando, para intentar abrirla y ver las emociones que mantenía tan bien ocultas. Pero cada vez, me acobardaba. No estaba listo para oírlo si había decidido que lo nuestro había terminado. Todavía no. No hasta que le hubiera enseñado lo otro que le había traído.

Después de que llenamos nuestros estómagos, guardé las sobras en su refrigerador para su almuerzo de mañana.

—¿Estás lista para ver lo que hay en el portatrajes? —le pregunté, llevándola a la sala de estar.

—Está bien. —Tenía las mejillas sonrosadas, los ojos brillantes por la comida que habíamos comido. Aun así, miraba la bolsa con aprensión.

Un verano, había trabajado en la sastrería de mi tío José María. Recordaba cómo funcionaban las tallas de los vestidos, y había reproducido las medidas de Mimi a partir de los recuerdos de cómo mis manos se extendían por su cuerpo el domingo por la noche. Aun así, mis dedos temblaban mientras abría la cremallera de la bolsa. Ella usaba sobre todo negro y gris, y su ropa tendía a ocultar en lugar de acentuar su figura curvilínea. Lo que había traído estaba muy fuera de su guardarropa habitual. Si le daba una oportunidad, si me daba una oportunidad, estaba seguro de que se vería deslumbrante.

Saqué el primer vestido, una creación de tul iridiscente azul-violeta.

—¿Qué es esto? —frunció el labio.

—Para la gala. Tienes que probártelo.

—¿Tengo que? —levantó una ceja—. No es mi estilo.

—Pruébatelo —se lo tendí—. Por mí.

Dudó por unos segundos. Al final, puso los ojos en blanco. —Está bien.

Tomando la percha, se fue contoneándose a su dormitorio y cerró la puerta.

Esperé cinco minutos antes de ir a su puerta. —¿Necesitas ayuda con la cremallera?

—No. Estoy bien. Es solo que… —abrió la puerta y entrecerró un ojo—. ¿Esto se me ve bien?

El tul se recogía en un hombro, flotando sobre sus pechos, al estilo toga, antes de ceñirse en su cintura. Luego volvía a fluir sobre sus caderas y formaba un charco en el suelo.

—Vamos a tener que subirle el dobladillo. —Le eché un ojo crítico al resto—. Te ves increíble con él.

—Lo sé, ¿verdad? —murmuró, girando frente al espejo barato de su pared para que la falda se arremolinara—. Jamás me habría probado algo así. Pero es… es precioso.

Me incliné sobre su hombro desnudo para susurrarle al oído: —Tú eres preciosa. El vestido es solo un vehículo para tu belleza.

—Ay, por Dios, para ya. —Sus mejillas se sonrojaron.

—¿Dónde está tu celular? Te tomaré una foto.

—En mi bolso. Puedes tomar una foto con tu celular y enviármela.

—¿En serio? —Saqué mi celular del bolsillo trasero.

—No hay problema. —Se puso de lado y flexionó una rodilla.

Tomé la foto y se la envié a Mimi por mensaje. Guardando mi celular de nuevo en el bolsillo, le dije: —Date la vuelta. Te bajaré el cierre y te traeré el siguiente.

Cuando me dio la espalda, le bajé el cierre hasta sus pantaletas negras. Quise recorrer con un dedo el elástico, pero si empezaba con eso, nunca vería los otros vestidos. Así que con una última y anhelante mirada, me di la vuelta para buscar el segundo vestido.

Se lo pasé por la puerta entreabierta.

—Uh, uno negro —dijo.

—Sabía que ese te atraería.

Dos minutos después, abrió la puerta y me hizo señas para que entrara. Este era de una tela pesada de brocado negro con un corpiño de cuello en V y una falda en línea A que se abría sobre sus piernas.

—¡Tiene bolsillos! —chilló, metiendo las manos en ellos.

—Pensé que te gustaría eso.

Volvió a girar frente al espejo. —Este es mucho más mi estilo. O sea, el otro me hacía parecer una… una princesa de cuento de hadas, pero este vestido va en serio.

Sostuve mi celular. —Dame esa mirada de *quítate de mi camino, me estás tapando el reflector, Jay-Z.*

Le lanzó a la cámara una mirada feroz y tomé la foto. —Date la vuelta.

Después de que se dio la vuelta, bajé el cierre. Esta vez, rocé con las yemas de mis dedos la piel sedosa de su espalda baja, y ella se estremeció.

—Uno más —murmuré.

—Pero este es perfecto.

—Uno más.

—Está bien.

Regresé con el último vestido, pesado por las lentejuelas de oro rosa.

—¿Rosa? —Frunció el labio.

—Pruébatelo.

Sacudió la cabeza. —Ni hablar. No hay suficiente tela aquí. ¿Y toda esa mierda brillante? Me hará parecer una bola de disco.

—Pruébatelo. —Se lo extendí—. Dame el gusto.

No respondió, solo me cerró la puerta en la cara.

Limpié las encimeras de su cocina y puse en marcha el lavavajillas. Después de diez minutos, no había salido, así que toqué la puerta. —¿Todo bien?

—No puedo subirme el cierre. Pero no creo que me guste este. Es demasiado…

Como no terminó la frase, pregunté: —¿Puedo entrar?

—Sí. Como ya me has visto desnuda y…

El vestido le había robado el final de sus frases y, cuando entré en la habitación, ella me robó el aliento.

A la luz de la lámpara, las lentejuelas brillaban como el atardecer sobre el agua. El corpiño estaba abierto sobre su pecho. Lo alineé con sus hombros y lo subí lentamente desde debajo de la curva de su trasero hasta su nuca. A medida que subía, el vestido elástico se ajustaba a ella como una segunda piel.

Le acomodé los rizos alrededor de los hombros y observé su reflejo en el espejo. El vestido era de manga larga, con un estilo cruzado falso y una falda con un ligero vuelo que se amontonaba a sus pies.

—Yo… no creo… —Se giró y su muslo asomó por la larga abertura.

Cuando hablé, mi voz era ronca. —¿Qué es lo que no crees, Mimi?

—¿No es muy… profesional, o sí?

Tragué saliva. —Estás deslumbrante. Y el vestido es apropiado para una gala como esta.

—No lo sé. —Se mordió el labio.

Me salí del encuadre y le tomé una foto. Con sus dientes atrapando su carnoso labio inferior, parecía una devoradora de hombres con ese vestido.

Acercándome sigilosamente para admirarla en el espejo, pasé mi mano sobre sus costillas, hasta su cadera. Las lentejuelas estaban rugosas y ásperas contra mi palma, pero la curva de su cuerpo era irresistible. Acaricié la larga línea de su espalda, siguiendo el cierre por su columna vertebral y sobre el arco de su trasero.

Cuando ella zumbó de placer, amoldé mi cuerpo a su espalda y aparté sus rizos hacia un lado. Le besé el cuello y ella se dejó caer contra mí. En un impulso, levanté mi celular y nos tomé una selfie en el espejo, sin molestarme en mirar la pantalla para ver si nos había capturado a los dos. Enrosqué mi otro brazo alrededor de su cintura y lo deslicé hacia arriba para ahuecar su seno, sopesándolo en mi palma. Tomé otra foto.

—Supongo… ¿supongo que este vestido es el ganador para ti?

Subí mis besos hasta el lóbulo de su oreja. —Eres exquisita, sin importar lo que lleves puesto.

—¿Podría ponerme mi sudadera de la universidad y unos leggings, y aun así sería exquisita?

—Resplandeciente. —Le mordisqueé el lóbulo de la oreja y ella jadeó.

—¿Una de tus camisetas y mis jeans de gorda?

—¿Tus jeans de gorda? —Me aparté del lóbulo de su oreja, momentáneamente distraído.

—Los jeans anchos que uso cuando tengo el período y estoy hinchada.

Le acaricié la curva del vientre y jugueteé con la abertura de la raja justo debajo de su cadera. —Ahora solo estás tratando de excitarme.

—No puedes hablar en serio.

Capturé su mirada en el espejo mientras metía mis dedos dentro de la abertura para acariciar la parte superior de su muslo. —Eres hermosa para mí todo el tiempo, Mimi. Y los jeans anchos le dan más espacio a mis manos.

Rocé la parte delantera de sus pantaletas con mi pulgar y ella se estremeció.

—Bájame el cierre. Quiero tus manos sobre mí. Ahora.

—Sí, mi tesoro.

Me tomé mi tiempo deslizando el cierre por su espalda, besando cada centímetro de piel que revelaba. Cuando el cierre llegó al final de su recorrido y la tela se deslizó al suelo con un susurro, tomé la mano de Mimi mientras salía de él.

Debía haberse puesto el sostén sin tirantes para probarse el vestido de hombros descubiertos. Se le ceñía alrededor de las costillas, el aro contorneando las curvas inferiores de sus senos. Por encima, la parte superior de sus pechos se desbordaba de las copas, mostrando el profundo valle que había entre ellos.

No pude resistirme. Metí la nariz en ese valle y exploré las sedosas colinas con mi lengua. Solo cuando las hube cartografiado, metí la mano detrás de ella para desabrochar los cuatro ganchos que lo aseguraban. Me tomé mi tiempo, soltando los ganchos uno por uno. Cuando despegué la prenda de su piel, había surcos rojos donde se le había clavado. Los besé, los lavé con la lengua, esperando quitarle el dolor.

Gimió mi nombre.

Me abrí paso hasta sus pezones como la había vuelto loca el domingo por la noche, humedeciendo uno para acariciarlo y pellizcarlo con mis dedos mientras lamía y mordisqueaba el otro. Gimiendo, dejó caer la cabeza hacia atrás. Su respuesta hizo que mi verga se endureciera contra mi pierna.

Sosteniéndole la espalda, adoré en el altar de su pecho, trazando sus curvas, lamiendo su piel erizada. Esta noche, esta mujer de fantasía era mía. Mía para complacerla, mía para adorarla.

Su respiración se entrecortó. —Estoy… estoy…

Succioné su pezón en mi boca, mordiendo con firmeza. Sus piernas temblaron, haciendo que su cuerpo se estremeciera en mis brazos. La sostuve durante todo el proceso, aliviando la presión pero sin detener el trabajo de mi boca y mis dedos.

—¿Quién te está haciendo venir, Mimi? —gruñí. Jesús, era un cabrón codicioso. Pero necesitaba oír mi nombre en sus labios.

—Tú. Eres tú, Mateo —murmuró.

—Te necesito, mi vida.

—Sí. —La palabra terminó con un suspiro y un gemido codicioso.

La guié hasta la cama, empujé los vestidos al suelo y la acosté. Lentamente, le bajé las pantaletas por las piernas, deteniéndome en la unión de sus muslos para inhalar en mis pulmones el aroma de su excitación.

Clavando mi mirada en la suya, me quité la camiseta de manga larga. Luego desabroché el botón de mis jeans y los dejé caer al suelo.

Sus ojos se abrieron de par en par. —¿No llevas ropa interior?

—¿Estás escandalizada?

—Sí. —Pero frotó una pierna contra la otra.

—Ah, ah —bromeé, agarrándole las rodillas y separándoselas hasta que quedó abierta ante mí, reluciente e hinchada—. Yo me encargo de ti esta noche.

—Entonces encárgate de mí. Necesito…

La interrumpí con una pasada de mi lengua por su hendidura. Sus rodillas temblaron en mi agarre.

—Condón. —Inclinó la barbilla hacia la mesita de noche, donde un cuenco de cristal poco profundo contenía un puñado de coloridos paquetes de condones.

—Me gusta. —Tomé uno—. Sin tener que buscar a tientas en los cajones.

Una comisura de su boca se levantó. —Puedes buscar a tientas en mis cajones cuando quieras.

Fingí un jadeo. —Esa es mi frase, cariño.

—No. —Sonrió con suficiencia—. Tu frase es: «¿Qué tan profundo, nena?».

Gruñí mientras me desenrollaba el látex y luego me sujetaba la base. Si seguía hablando así, me iba a venir antes de estar siquiera dentro de ella. El sexo era mi dominio y necesitaba recuperar el control. Apoyando ambas rodillas en la cama entre sus muslos abiertos, ronroneé: —No voy a preguntar. Voy a ir profundo, nena.

Levanté sus caderas de la cama para colocarla donde la necesitaba y me metí dentro de ella de una sola estocada. Contuve la respiración hasta que los fuegos artificiales frente a mi vista se despejaron. Cuando miré su cara, su boca estaba abierta de placer.

—Las piernas alrededor de mi espalda.

Hundió los talones en la parte baja de mi espalda y apreté mi agarre. Mecí mis caderas contra ella. —¿Así está bien?

Abrió la boca, pero no salieron palabras. Una primicia con Mimi. Se lamió los labios y respiró: —Ajá.

Retrocedí y volví a hundirme, tan profundo como pude, presionando mi abdomen contra su clítoris. Sus ojos se cerraron y me apretó a su alrededor. Mis ojos se pusieron en blanco por el placer, la deliciosa compresión alrededor de mi verga creando una opresión que hacía eco en mis bolas. El placer subió por mi columna y se enroscó en mi centro. ¡Mierda! Algún día me tomaría mi tiempo con Mimi.

Hoy no era ese día.

Empujé dos veces más hasta que estuve al borde. Deslicé mi pulgar sobre su clítoris y lo froté rápidamente. —Vente conmigo, Mimi.

Soltó un sonido entre un grito y un sollozo antes de que sus músculos me apretaran. Vi estrellas cuando mi orgasmo se disparó a través de mí. Las piernas de Mimi temblaban. O tal vez el que temblaba era yo.

Todavía dentro de ella, la empujé más arriba en la cama hasta que hubo espacio para mis rodillas. Luego me incliné sobre ella, con cuidado de no aplastarla, y le besé los labios, las mejillas, la frente. —Mi vida —murmuré.

—Tomé latín en la secundaria, pero conozco esa palabra por la canción de Ricky Martin. *Vida* significa vida. ¿Estás diciendo que te he quitado la vida? ¿Que te he matado? ¿La petite mort?

Se me escapó una risa avergonzada, soplando los húmedos rizos de su sien. —Es un término cariñoso. Significa… —No, había ido demasiado lejos para retroceder—. Significa que eres mi vida.

Se incorporó sobre los codos, casi golpeándome la nariz. —¿Qué, como, «hasta que la muerte nos separe»? —Su expresión de horror me habría hecho reír si no se me hubiera clavado en el pecho y me hubiera robado el aliento.

Reuní suficiente aire para decir: —Es solo un decir, ¿sabes? Como cuando te llamé *nena*, no quise decir que fueras un bebé de verdad. —Nervioso, la observé—. ¿Me lo creería? ¿O vería a través de mi endeble excusa y me echaría como había hecho con todos los demás desde aquel imbécil de Byron?

Entrecerró los ojos. —Guardémoslo para cuando estemos delante de Larissa.

—Espera un momento. —Sujetando la base del condón alrededor de mi verga que se encogía de repente, salí de ella y fui al baño, con el corazón latiéndome en el pecho. Después de tirar el condón y lavarme las manos temblorosas, me puse los jeans y la camiseta. Mimi me observaba, todavía desnuda y sudorosa en la cama.

Finalmente, me senté en el borde y junté las manos para que no viera cómo temblaban. Mis pulmones, mi garganta, estaban casi demasiado apretados para hablar. Controlando mi voz lo mejor que pude, dije: —¿Esto es parte de la farsa para Larissa? ¿Acostarnos es parte de nuestra cita para la gala? ¿*Eso* es lo que es esto?

—No. —Se sentó y puso una mano en mi brazo—. Lo único que quise decir fue que… que… —Apoyó la cabeza en mi hombro y necesité toda mi fuerza para no tocarla—. Que me asustó un poco. He pasado mucho tiempo enfocada en mi trabajo y en mis metas. Acercarme a alguien —tragó saliva—, desearte, tener sentimientos por ti, me asusta.

Mi corazón latió una vez, se detuvo y luego se aceleró. —¿Tienes sentimientos por mí?

Levantó la cabeza y me miró a los ojos. —Sí. Me importas.

Mi corazón estalló como un globo, esparciendo confeti por todo mi interior. La agarré por los hombros y besé cada parte de su hermoso rostro. —Mimi, yo… yo…

No pude decirlo, no con la advertencia en sus ojos marrones que se enfriaban. Pero lo sentía en lo más profundo.

La amaba.

23

MIMI

YA ESTABA medio despierta cuando sonó el timbre del intercomunicador desde la otra habitación. Era el primer sábado en mucho tiempo que no tenía una reunión temprano para el comité de la gala o, Dios no lo quisiera, una boda, y estaba demasiado a gusto en mi cama para levantarme, con las sábanas ajustadas bajo mi barbilla.

Y un hombre cálido a mi espalda.

La cama se movió y abrí los ojos. Mateo se sentó y me arropó mejor con las sábanas.

—¿Qué haces? —pregunté.

—Abro la puerta —se levantó, pero en lugar de recoger sus jeans del suelo, caminó desnudo hasta la puerta del cuarto, con el pelo no como el mío, un enredo aplastado, sino sexy y alborotado como el de un modelo de *GQ*. Su erección mañanera se balanceaba frente a él.

—Espera, ¿por qué?

—Pedí café y desayuno. Les abriré para que suban.

Me senté. —El servicio a domicilio es caro. Tengo café —creo— y hay una panadería a menos de seis cuadras de aquí. ¿Por qué…?

—Porque —volvió a mi lado de la cama y me besó, suave y prolongadamente—, de esta forma, podemos desayunar en la cama. Desnudos.

Le tomé la mano. —¿Desayunar… o algo más? —froté mis muslos para contener la humedad que se acumulaba ahí.

—Ajá. Ahora ves la sabiduría de mi plan. Un bocado de pastelito, un bocado de Mimi —me mordisqueó el lóbulo de la oreja.

El intercomunicador sonó de nuevo. —Sabes —susurró—, si vivieras en un edificio más nuevo, tendrías una aplicación para abrir la puerta y podría comerte un poco ahora mismo.

—Los edificios nuevos también son caros. ¿Vuelves rápido? —me mordí el labio. Podría acostumbrarme a esto. ¿Desayunar en la cama con un chico al que le encantaba dar sexo oral tanto como a mí recibirlo? Cancela mis planes del fin de semana.

—Dos segundos —su voz era un murmullo grave.

Observé su trasero redondo y desnudo moverse mientras desaparecía por la puerta del cuarto.

Levanté la mano para alisarme el pelo y encontré el elástico de seda que usaba por la noche para recoger mis rizos enredado en mi cabello. Mierda. Debía parecer Medusa mientras que Mateo se veía como un tipo en un brillante anuncio de colonia.

Me lo quité de un tirón y me pasé los dedos por los rizos para poner un poco de orden en el caos. Soplé en la palma de mi mano. ¿Debería lavarme los dientes? La idea de abandonar el nido cálido y cómodo de mi cama me hizo temblar. Aunque si le hacía sexo oral a Mateo, lo último que le importaría sería mi aliento mañanero.

Con el plan hecho, estaba esponjando las almohadas cuando Mateo apareció en el umbral, con el rostro pálido. Se cubría la ingle con uno de mis cojines grises y el trasero desnudo con otro.

—Ah, tienes una visita.

—¿Una visita?

—Tu madre está aquí.

—¿Qué? —mis mejillas me picaron mientras la sangre se me iba del rostro—. ¿Ahora?

Cerró la puerta tras de sí. —Sí. Lo siento, yo... —hizo un gesto hacia su torso cubierto por el cojín, y me estremecí al imaginar la escena. Mi madre rindiéndose de esperar que le abriera la puerta, y luego entrando como si nada con la llave que claramente fue un error haberle dado y encontrándose con un extraño desnudo.

—¿Dijo algo?

—Pidió hablar contigo.

—Mierda —salí de la cama de un salto y tardé medio minuto en encontrar ropa interior, *leggings* y una sudadera.

Más lentamente, Mateo recogió su ropa del suelo. —Solo voy a...

—Quédate aquí. Por ahora. Por favor —le di un beso tranquilizador en los labios.

¿Quién sabía lo que diría mi madre? Nunca había tenido la mala suerte de que me descubriera con una de mis aventuras de una noche. Por lo general, los despachaba a casa mucho antes del amanecer.

Salí por la puerta y la cerré suavemente detrás de mí. Mi madre estaba sentada en el sofá, con las piernas cruzadas, vestida con pantalones de color blanco invernal y un suéter a rayas azul marino y blanco. Había dejado su abrigo sobre el brazo del sofá como si fuera a quedarse un rato.

—Buenos días, mamá. ¿Qué haces aquí?

Se levantó y me dio un beso en la mejilla. —¿Qué clase de saludo es ese para tu madre cuando no has contestado a mis mensajes ni a mis llamadas en una semana?

—Lo siento. Era mi intención. Pero he estado muy ocupada con el trabajo y la fundación...

—¿Y el hombre sexy y desnudo?

—Sí. Él también. ¿Por qué estás aquí tan temprano?

—Te lo dije. Quería asegurarme de que no estabas muerta en el suelo, devorada por las ratas. Pero veo que alguien mucho más agradable te ha estado comie...

—¡Mamá!

—Tu brillo sexual es absolutamente obsceno —su sonrisa se ensanchó—. Estoy tan feliz por ti.

—¡Mamá!

—¿Qué? Odio pensar que estás sola en este departamento. Me alegro de que estés disfrutando de tu libertad sexual —dijo con un grito ahogado—. ¿Es este tu hombre *nuevo y casual*?

Se me revolvió el estómago, y no de la forma alegre en que lo hacía cuando Mateo me besaba. —Si no te importa, preferiría no hablar de mi libertad sexual contigo.

Se encogió de hombros. —Como quieras. Estaba un poco distraída por su tremendo miembro, pero creo recordar que dijiste que es pariente de Cooper.

Me cubrí las mejillas ardientes. —¿Por qué no te lo presento?

—Eso sería encantador. Dile que no tiene que vestirse por mí.

—Qué asco, mamá.

Volví al cuarto, donde Mateo estaba sentado en el edredón, completamente vestido. Había hecho la cama y recogido la ropa que yo había tirado al suelo. Jugueteaba con el anillo que llevaba en el dedo.

Me tomó la mano. —Lo siento, mi tesoro.

Le apreté la mano. —Está bien. Ven a conocer a mi madre.

Asintió como si le hubiera pedido que se pusiera delante de un pelotón de fusilamiento.

Me siguió desde el cuarto hasta el sofá. Mamá se quedó sentada, escaneándolo de la cabeza a los pies.

—Mamá, este es Mateo Rivera. ¿Recuerdas que mencioné que nos estamos viendo? Es el primo de Cooper.

Ella extendió la mano, y por un segundo pensé que él podría inclinarse sobre ella y besársela como un príncipe en una película, pero solo se la estrechó.

—Mateo, esta es mi madre, Jeannie Levy.

—Lamento lo de antes —dijo él, soltándole la mano—. Normalmente, intento dar una mejor primera impresión a la madre de mi novia.

Ambos se me quedaron mirando cuando me quedé sin aliento.

¿Novia? No. No estábamos *ni de lejos* en ese punto todavía. Claro, había roto mi regla de no repetir por él, e incluso había admitido que sentía algo por él, pero *¿novia?* No estaba lista para eso. Ni con él. Ni con nadie.

—No tenemos que fingir por mi madre —la haría jurar que nunca revelaría la verdad delante de Ben o Cooper. Y puede que mi madre abogada no entendiera de límites, pero sabía algo de confidencialidad.

—¿Fingir? —frunció el ceño.

El intercomunicador sonó y mamá se levantó. —Voy a ver quién está abajo. Les doy un minuto a ustedes dos.

Cerró la puerta del departamento tras ella.

—Mimi, yo… ¿qué pasa? —me tomó ambas manos con delicadeza, como hacía cuando bailábamos. Frotó el dorso de mis manos con sus pulgares en círculos.

—No pasa nada. Es solo que… no esperaba que conocieras a mis padres. No estaba preparada para dar una narrativa.

—¿Una narrativa? —sonrió, mostrando un hoyuelo—. Eso suena más complicado de lo que es. Estamos saliendo. Nos estamos acostando juntos. No estoy viendo a nadie más. Así que eres mi novia.

—Eso *suena* sencillo. Pero…

—Sin peros. Apaga ese gran cerebro tuyo por un minuto y déjate llevar. Esto se siente bien, ¿sí? —me acercó más y puso nuestras manos unidas detrás de su espalda para que yo lo abrazara. No, era más como si me derramara sobre él. Como mantequilla sobre una mazorca caliente.

—S-sí.

—Somos simples, tú y yo. Me gustas. Mucho —me besó los labios, ligero y dulce—. Y yo te gusto a ti —levantó las cejas.

Dudé solo un momento. Ya lo había admitido. A él y a mí misma. Asentí.

Sus hombros se relajaron. —Bien. Entonces no más mentiras. Eres mi novia. Y yo soy tu hombre.

Antes de que pudiera responder, mamá abrió la puerta y entró con dos cafés y una bolsa de pastelitos. —Llegó el desayuno.

—Ah —me besó la mejilla antes de soltarme las manos. Le quitó la comida y las bebidas a mi madre—. Convertiré el desayuno para dos en un desayuno para tres mientras ustedes, señoritas, se relajan.

Mamá arqueó las cejas y se acomodó de nuevo en mi sofá. Observó a Mateo entrar en mi cocina y luego dio una palmadita en el cojín a su lado.

Me dejé caer sobre él.

—¿Y bien? —preguntó.

—¿Y bien, qué?

—Háblame de tu *novio*.

—No usemos ese término. Como te dije, es nuevo —nuevo de hace minutos.

—¿Y?

—¿Está bien? Supongo. Vamos a ir juntos a la gala. Me está enseñando a bailar.

—¿Así es como le dicen ahora?

—¡Mamá! —miré de reojo a la cocina. Mi cafetera siseó. ¿Estaría escuchando esta conversación humillante?

—Me gusta. Y no solo porque tiene un enorme miembro para hacer bebés. Supongo que es mucho pedir que sea judío, ¿no?

—¡Mamá! ¡No! No es así. No vamos a tener bebés juntos. Además, siempre me estás diciendo que me enfoque en mi carrera. No en los hombres.

—¿De dónde van a salir mis nietos? Ben me dio un nieto perruno. No puedo llevar a un nieto perruno al zoológico. No habrá bris, ni bar mitzvah para Coco. Cuento contigo, Mimi.

—Pero ¿y mi carrera? ¿Y demostrar mi valía? ¿Y la inteligencia, el empuje y la confianza? —¿cuándo le había dado a mi madre la fiebre por los nietos?

—Con la pareja adecuada, puedes hacer todo eso. Míranos a tu padre y a mí, por ejemplo. Tengo la carrera que tengo porque él me ayudó. Pasó tiempo con ustedes, los niños, mientras yo echaba horas en la oficina. Quizá tardé en darme cuenta, pero ver a Ben ser el apoyo de Cooper me lo recordó. Creo que Mateo podría ser así para ti.

Como para probar su punto, salió de la cocina con un plato y una taza de café. Puso el plato en mi mesa de centro.

Le entregó la taza a mamá. —¿Leche? ¿Splenda? A Mimi se le acabaron el azúcar y la crema.

Si hubiera olido la leche, probablemente también habría informado que se me había acabado.

—No, solo está bien. Gracias.

—Lo hago fuerte, así que avíseme si cambia de opinión —volvió a la cocina.

¿Acaso Mateo quería ser un actor de reparto en mi papel protagonista? No, así no funcionaban las cosas. Ben tenía su propia vida, aparte de la de Cooper. Tenía su propia carrera con su nueva fundación. Incluso mi padre tenía su negocio de tutorías.

Mateo quería algo. Tal vez toda la ayuda que me había dado significaba que era algo relacionado con la gala o la fundación. Tal vez quería un puesto allí, y contaba conmigo para dárselo una vez que yo fuera la subdirectora. Y eso me parecía bien, siempre y cuando no fuera mi puesto el que quisiera.

Eso tenía sentido. Así funcionaba el mundo. Ser la novia de Mateo no era muy diferente de mis aventuras de una noche. Nos dábamos placer y disfrutábamos de la compañía del otro. Era simple, transaccional, recíproco. Claro, me importaba, pero no necesitaba involucrar más mis sentimientos, no... no un *amor* como el que había creído tener con Byron.

El amor me hacía vulnerable, me nublaba la vista. El amor ya me había costado un ascenso. No podía permitir que eso volviera a suceder. No cuando todavía había una posibilidad de que mis metas estuvieran a mi alcance.

Mi profesor de economía en la universidad decía que no existía una inversión de bajo riesgo y alta recompensa. ¿Acababa de encontrarla en Mateo?

Salió de la cocina con dos tazas más y tres platos pequeños con tenedores. Los puso en la mesa de centro y se sentó en la silla más cercana a mí. —Ahora, a festejar.

Había cortado cada pastelito en tres trozos, y había hecho una tortilla, también cortada en tres trozos.

—Gracias, Mateo —dijo mamá—. No tenías que hacer esto.

—Es un placer —y nos impactó a las dos con su combinación de sonrojo y hoyuelo.

Mamá no dijo ni una palabra más. Esperaba que no se estuviera desmayando de la misma manera que yo.

Mientras comía el desayuno que había preparado en mi cocina desierta en menos de diez minutos, estaba un sesenta y seis por ciento segura de que ella tenía razón. De que Mateo era justo el hombre que necesitaba.

———

EL LUNES temprano por la mañana, Mateo usó una mano para estacionar su Jeep en la zona de prohibido estacionar frente al edificio Synergy. Su otra mano sujetaba la mía.

Había tenido sus manos por todo mi cuerpo, apenas había dejado de tocarme, durante todo el fin de semana. Bueno, desde que había empujado a mamá fuera de la puerta el sábado por la mañana. Fuimos a su casa, y me quedé con él el sábado por la noche. Aunque su cama era mucho más espaciosa que la mía, que no parecía lo suficientemente grande para su enorme cuerpo, durmió acurrucado detrás de mí, con su gran mano metida entre mis pechos como si le pertenecieran. El domingo por la noche de vuelta en mi casa, no estaba segura de que hubiéramos dormido mucho. Podía ver el fondo de mi tazón de condones.

Si dejar que Mateo me llamara su novia significaba sexo fabuloso varias veces al día, definitivamente le veía los beneficios. Su ronco *eres mi novia y yo soy tu hombre* le habría hecho hasta a Gloria Steinem que se le encogieran los dedos de los pies. Estaba cien por ciento a bordo del tren del sexo con Mateo.

Incluso la molesta vocecita —un eco de la de mi madre— se

había calmado. La voz que me decía que tenía que ganarme el afecto y el respeto. Que lo que Mateo me ofrecía no era real, que no podía importarle de verdad, y que era una tonta por dejar que me distrajera de mis metas. Había guardado esa voz molesta en una caja en lo más profundo de mi ser.

El sexo no fue la única parte fantástica de mi fin de semana con Mateo. El sábado por la tarde, cuando le dije que tenía que bajar al sótano del edificio a lavar la ropa, me llevó a su casa para hacerlo usando las máquinas de la casa de huéspedes. Dijo que quería ver cómo estaba Roger, pero Ben se habría encargado de eso. Cuando los medicamentos para la alergia que había tomado como precaución me dieron tanto sueño que me quedé dormida en su sofá, Mateo había doblado mi ropa con mucho más cuidado del que yo lo habría hecho.

Su voz me sacó de mi ensueño sobre camisetas impecablemente dobladas. —¿Por qué siempre te reúnes tan temprano?

—Es mi culpa, en su mayoría. Yo trabajo durante el día, así que tenemos que reunirnos fuera del horario de trabajo. Natalie a veces tiene compromisos por la noche, así que nos reunimos antes del trabajo.

Asintió. —¿Y por qué se reúnen en Synergy?

—Por un par de razones. La fundación aún no tiene una ubicación física…

—Quieres decir que Larissa no ha movido el trasero para elegir una.

—Eso no es del todo justo. Le está ahorrando a la fundación dinero en alquiler.

—Esa es mi Mimi. Siempre tan frugal.

—Frugal es una forma amable de decirlo. Ben dice que soy más tacaña que el vino de Walmart.

—No hay nada de tacaño en ti, mi tesoro —se inclinó sobre la consola para darme un beso en los labios.

Me estremecí y le devolví el beso. Realmente podría acostumbrarme a esto de tener novio.

Como si leyera el pensamiento en mi cara, sonrió. Pero dijo: —¿Y la otra cosa?

—¿Qué otra cosa?

—La otra razón por la que te reúnes aquí, en Synergy.

—Ah. Los bagels gratis.

—Ahora me has convencido. Te acompañaré adentro como un buen novio y tomaré un bagel.

—En realidad… ¿te importaría no entrar? —hice una mueca incluso mientras lo decía, anticipando la mirada de dolor en su rostro. Me apresuré a continuar—. Has ayudado mucho con la gala, y realmente lo aprecio. Todos lo apreciamos. Y si quieres un puesto en la fundación, estaré encantada de ayudar una vez que consiga este trabajo. Pero necesito que Larissa vea mi trabajo ahora. Y tú eres un poco… una distracción.

—Ah —se echó hacia atrás y su expresión se aclaró—. Larissa es como un cuervo, atraída por las cosas nuevas y brillantes. No aprecia el tesoro que ya tiene en su nido.

Quería decirle que dejara de referirse a mí como un tesoro. A las mujeres adultas hechas y derechas no les daban escalofríos cuando los hombres se referían a ellas como algo que debía ser atesorado.

Pero me encantaba.

—Gracias por entender.

—Por supuesto. Quédate ahí, cariño. Iré por tu bolso y abriré la puerta.

Se deslizó fuera del asiento del conductor y, de hecho, lo hice. Esperé a que abriera mi puerta. Como una especie de princesa o una celebridad de la alfombra roja. ¿Quién era yo y adónde se había ido la Mimi independiente, la de "al diablo con el patriarcado"?

Tal vez estaba en la caja con esa voz molesta.

Abrió mi puerta de un tirón, con mi bolso del laptop colgado al hombro. Me tomó la mano mientras yo buscaba el estribo con los dedos de los pies y saltaba al pavimento.

Mateo no se limitó a entregarme el bolso. No, me sostuvo

mientras yo pisaba la acera. Juntó los lados de mi abrigo y se inclinó para besarme la mejilla.

—¿Puedo verte esta noche? —me susurró al oído.

—Yo… está bien. ¿No trabajas?

—Estoy en el turno de día esta semana. Salgo a las siete. ¿Puedo traerte la cena?

—¿O podría ir a tu casa? —la cama gigante de Mateo era mucho más cómoda para los dos.

Sacó el teléfono del bolsillo y tecleó en la pantalla. Un segundo después, mi teléfono vibró en mi bolso. —¿Por qué no vas para allá justo después del trabajo?

Revisé mi teléfono. —¿Es el código de tu puerta?

—Vi que le echabas ojitos a la tina. Date un baño mientras me esperas.

Puede que haya fantaseado con la tina gigante, especialmente con el nuevo dolor entre mis piernas. Compraría unas sales de baño de camino para allá. Poniéndome de puntillas, lo besé. —Me gustaría mucho.

—¿Primero en el campo de golf y ahora frente a tu lugar de trabajo? De verdad, Miriam —una voz gélida me heló la sangre en las venas.

Pegué una sonrisa insulsa en mis labios y me di la vuelta. —Buenos días, Larissa.

—Buenos días, Miriam. Mateo.

No se me escapó cómo su voz se volvió suave como la seda cuando dijo su nombre.

Mateo tampoco debió de pasarlo por alto. Me rodeó con sus brazos, apretándome con fuerza contra su cuerpo. —Buenos días, Larissa. ¿Cómo estuvo su fin de semana?

—Bien. Ocupado. Ya sabe, con toda la planificación de la gala.

Se me hizo un nudo en la garganta. —Espere. Pensé que lo habíamos arreglado todo. ¿No necesitaba mi ayuda?

—No, no —me hizo un gesto de desdén con su mano enguantada en cuero—. Me encargué de ello. Solo necesito que haga los reembolsos.

—Pero me habría encantado ayudar —dije.

—Intenté llamarte el sábado por la tarde, pero no contestaste al teléfono.

Maldita siesta. Había desviado la atención un segundo, y de repente, Larissa no me necesitaba. Me ardió la cara, pero intenté que mi voz sonara ligera. —De acuerdo, le pediré los recibos adentro.

—Mateo —la voz de Larissa era empalagosamente dulce—. ¿Tiene tiempo para acompañarnos? Me vendría bien su opinión sobre la decoración.

Me apretó los hombros. —Lo siento, voy de camino al trabajo.

—Qué lástima. Realmente nos vendría bien su perspectiva.

—Mimi tiene una buena perspectiva. Estoy seguro de que puede ayudar.

Larissa frunció el labio. —Miriam es buena con los números. No con la estética. ¿Qué tal si le envío las opciones por correo electrónico y ella puede mostrárselas más tarde?

—Supongo que podemos verlas juntos —buscó la respuesta en mi cara.

Me aparté del agarre de Mateo. Una cosa era que él me ayudara. Otra muy distinta que Larissa confiara en él en lugar de en mí. Otra pista más de que yo no era su principal candidata para el puesto de subdirectora.

Larissa lo confirmó con sus siguientes palabras. —Si tan solo tuviera experiencia en contabilidad, sería el paquete completo, Mateo. ¿Qué tal si le envío las opciones por mensaje de texto? Luego le llamo esta noche y lo discutimos.

¿Ella tenía su número? Aspiré aire frío por la nariz. Qué. Demonios. Necesitaba su ayuda y no la mía, ¿y él había estado hablando con ella a mis espaldas? Esto era Byron otra vez. El dolor agudo en mi pecho era una señal de que había cometido el mismo error que con él. Mateo era una distracción, y mi sueño de un puesto remunerado en la fundación estaba implosionando justo aquí en la acera, frente a mi lugar de trabajo. A pesar de lo que me había prometido a mí misma, había desarrollado algunos sentimientos junto con el gran sexo.

Esa voz salió de su caja. *¿Qué han hecho los sentimientos por ti? Confía en tu inteligencia, tu empuje y tu confianza.*

Me froté las manos heladas como si pudiera sacudirme los sentimientos. Me concentré en ellas y no en la cara de Mateo. —¿Sabes qué? No creo que pueda ir esta noche. Tengo mucho que ponerme al día del fin de semana.

—Pero…

—La veré adentro, Larissa —extendí la mano para que me diera mi bolso y, tras una breve vacilación, me lo entregó.

—Adiós, Mateo.

—Mimi, espera.

Agité la mano en el aire en un saludo hacia atrás y marché hacia la entrada del edificio. Tenía trabajo que hacer. Metas que alcanzar. Y no dejaría que Mateo, ni sus halagos, ni sus músculos, ni su capacidad superior para hacer el amor, ni su cocina de cinco estrellas se interpusieran en mi camino.

Byron me había hecho quedar como una tonta una vez. No iba a permitir que volviera a pasar.

24

MIMI

ESTABA sola en mi apartamento esa noche, terminando el presupuesto final para la gala, cuando la pantalla de mi laptop se puso negra. Mi mano fue automáticamente a mover el cable, pero no estaba allí. Y en un arrebato de frustración, me di cuenta de dónde lo había dejado.

En casa de Mateo.

Había estado trabajando en mis hojas de cálculo para la fundación en su sofá el sábado por la tarde, después de mi siesta, cuando me besó la nuca. Un beso inocente al principio, pero luego descendió por mi hombro, y el trabajo se acabó por ese día.

Solo se aseguró de que hubiera guardado mi trabajo antes de cerrar la pantalla, desenchufar el cable que se extendía por el sofá, y luego me recostó y me dio el mejor sexo oral de mi vida.

¿El segundo mejor? También Mateo. Y el tercero. Se llevaba las tres medallas en el podio olímpico del cunnilingus.

Tenía que inmortalizarlo así. Como Han Solo en carbonita, congelado con la cabeza entre mis muslos.

No podíamos seguir. No cuando Larissa pensaba que éramos

pareja y podía reclutar a Mateo para que trabajara gratis cuando quisiera. Cuando en realidad lo quería a él en lugar de a mí.

Había sido ridícula esta mañana cuando pensé que Mateo estaba actuando a mis espaldas para robarme el puesto de subdirectora. Él no era como Byron. Él no quería el puesto, y por mucho que le gustara a Larissa, no estaba cualificado. Jackson nunca lo aprobaría.

Pero, ¿seguiría siendo una candidata para el puesto sin la ayuda de Mateo?

Probablemente no. Y eso me provocó un hormigueo en la piel muy diferente al que me provocaba el sexo oral de Mateo.

Uno que me recordaba cómo me había sentido cuando los peces gordos me dijeron que le habían dado el ascenso a Byron.

Contemplé mi reflejo en la pantalla apagada de mi laptop. Quería el trabajo en la fundación más que nada. Pero no estaba actuando como si así fuera. Había dejado que mi rendimiento decayera. Ahora, al menos a los ojos de Larissa, lo mejor de mí era que venía en paquete con Mateo. En cierto modo, mi madre tenía razón sobre los beneficios de tener un ayudante.

Pero yo no quería eso. Quería brillar por mi cuenta. No con la luz que reflejaba Mateo.

Y solo había una manera de hacerlo, de demostrar que merecía el trabajo por mis propios méritos.

Tenía que terminar con esto. La relación real y la falsa.

Un peso se instaló en mi pecho. Saldría herido. Demonios, yo también. Esos sentimientos incipientes míos ya clamaban ante la idea de lo que estaba a punto de hacer.

Quizás todavía podríamos ser amigos. Aunque, después de lo que habíamos hecho juntos, ¿cómo funcionaría eso?

En mi reflejo en la pantalla oscura, la mueca terca de mis labios me dijo que no funcionaría. Cada vez que lo viera, recordaría lo amable, lo tierno que había sido. Lo hermosa que me había hecho sentir.

Desbloqueé el teléfono con el pulgar y abrí la foto. La que me había tomado con el vestido de lentejuelas rosas. Una de sus enormes manos sostenía mi teléfono para capturarnos en el espejo, y la otra se extendía reverentemente sobre mis costillas.

Coloqué el pulgar sobre el ícono de eliminar. Realmente debería deshacerme de ella. Tirarla junto con estos sentimientos irritantes.

En cambio, cerré la aplicación de fotos. Algún día sería lo suficientemente fuerte como para usarla como un recordatorio de cómo había dejado que mis emociones me desviaran del camino.

Algún día en un futuro muy, muy lejano. Como cuando fuera vieja, canosa y manejara un auto volador.

Por ahora, Mateo y yo volveríamos a ser conocidos, atrapados en el círculo social de Ben y Cooper, siempre un poco demasiado cuidadosos el uno con el otro.

Cerré mi laptop de golpe para no tener que ver mis labios curvarse hacia abajo ante esa idea.

Tomé mi teléfono. Podía llamar a Ben y pedirle que me trajera mi cargador. Pero ese era el camino del cobarde, y yo no era ninguna cobarde. Me la aguantaría, recuperaría mi cable y terminaría con él.

Levantándome del sofá, me cambié los pantalones de estar por casa por unos jeans y, a regañadientes, me volví a poner el sostén. Me metí en un suéter negro de cuello alto. No más besos distractores en el cuello.

Las lentejuelas rosas me guiñaron un ojo desde mi armario. También tenía que devolverle el dinero del vestido a Mateo. Se había negado a aceptar mi dinero durante el fin de semana, pero como ya no íbamos a salir, no podía permitirlo. Usaría una aplicación de pago para pagarle. Así no podría negarse.

Me di golpecitos debajo de los ojos con las yemas frías de los dedos para detener el escozor. No sería bueno aparecer con los ojos rojos y la nariz moqueando. Me consolaría, y adiós a mi determinación. Aspirando por la nariz, me centré en lo que tenía que hacer. Recuperar mi cargador de casa de Mateo. Devolverle el dinero del vestido. Romper con él. Si lo veía como tres puntos en una lista de tareas, no era tan malo.

Me puse una chaqueta y agarré mi bolso y mi pase de autobús. Consideré tomar un auto, pero necesitaba el proceso de caminar hasta la parada, mostrar mi pase. Necesitaba el asiento de plástico duro, las luces brillantes del interior, las miradas recelosas de los otros pasajeros para evitar disolverme en un charco de emociones.

Caminé a paso rápido hasta mi parada, con los hombros encogidos contra el frío. Emociones. Eran lo último que necesitaba. Concentración. Impulso. Una determinación fría y dura me daría lo que más quería.

Que era el puesto de subdirectora.

Y para conseguirlo, necesitaba mi cargador y una agenda social vacía.

Para cuando subí con dificultad la colina hasta la mansión de Cooper, había logrado empaquetar mis molestas emociones y meterlas en un rincón profundo y oscuro de mi corazón. El aire frío congeló las lágrimas dentro de sus conductos, donde debían estar.

Marché por el camino brillantemente iluminado y crucé los adoquines hasta la casa de huéspedes. Llamé a su puerta. Eran más de las siete, así que debería estar en casa. No le dediqué ni un pensamiento a su propuesta de que lo esperara en su lujosa bañera de hidromasaje.

Bueno, le dediqué un pensamiento anhelante mientras el frío me picaba en las mejillas.

Cuando Mateo abrió la puerta, un delicioso aroma a carne, papas y especias salió flotando. Se metió en mis fosas nasales y me invitó a entrar.

Respirando por la boca para resistir el delicioso aroma, le dije a su pecho:

—Hola. ¿Puedo pasar? Dejé mi cargador aquí este fin de semana.

Solo entonces subí la mirada desde el centro de su camiseta hasta su rostro, que me recibió con una sonrisa.

—Por favor —dijo—. Y quédate a cenar. Hice suficiente para dos.

—No, gracias. —Tragué la saliva que se había acumulado cuando dijo «cenar». Había estado demasiado metida en mis hojas de cálculo después del trabajo como para acordarme de comer—. Solo el cargador.

Cuando se hizo a un lado, me deslicé para pasar a su lado, tratando de no inhalar su aroma, de no rozar su pecho cálido y duro.

Busqué mi cargador, pero no lo vi enchufado en el tomacorriente donde recordaba haberlo dejado.

—Yo, ah, tuve que guardarlo. Roger lo encontró. —Fue a la estantería empotrada y tomó el cable enrollado de un estante alto. Me lo tendió y, efectivamente, había pequeñas marcas de dientes de gatito en el plástico del cable.

Pasé los dedos sobre las hendiduras.

—Parece que no logró morder a través de él.

—No. —Se rio entre dientes mientras se pasaba la mano por el pelo, y yo intenté no quedarme boquiabierta viendo sus tríceps—. Me alegré de no llegar a casa y encontrar un gatito frito. Debió de encontrar otra cosa con la que jugar. Ha descubierto cómo abrir cajones, ¿sabes?

—¿En qué se ha metido? —Metí el cargador en mi bolso.

—En el cajón de los calcetines. Los doblo en bolas y, bueno, mi habitación parecía el campo exterior después de una práctica de bateo.

No pude evitarlo. Me reí.

—¡Roger! —lo llamé—. Ven aquí, gatito malo.

Su cascabel tintineó y salió corriendo del pasillo de las habitaciones. Poniéndose de pie sobre sus patas traseras, me clavó las garras delanteras en los jeans. Metí mi bolso bajo el brazo, lo levanté y lo acuné. Le froté la mejilla con un dedo y ronroneó. Pero cuando recordé que tenía que despedirme de él, el calor en mi pecho se enfrió.

—Tus alergias —dijo Mateo—. ¿Tomaste tu medicina?

—No. —A regañadientes, dejé a Roger en el suelo—. No me quedaré mucho tiempo.

Sus labios carnosos se curvaron hacia abajo.

—¿No?

—No. Esto... esto... —Apreté el bolso contra mi costado. Había tachado un punto de mi lista; ahora era el momento de otro —. Esto no va a funcionar. Tú y yo.

Su pecho se infló y luego se hundió, encorvando sus hombros.

—Lo sé.

—¿Lo sabes? —Quizás esto no iba a ser tan difícil como había pensado. Quizás él también pensaba que no éramos compatibles. Ignoré la punzada aguda detrás de mi esternón.

—Siempre lo supe. —Pero no me miró a los ojos mientras se inclinaba para levantar a Roger y acurrucarlo contra su pecho.

De espaldas a mí, curvó los hombros alrededor del gatito e inclinó la cabeza. Y de repente, era un niño pequeño, abandonado por su madre. Un joven, de pie solo junto a la cama de hospital de su padre. Y ahora yo era la que lo abandonaba.

—Mateo, yo... —Le toqué la espalda, y cuando se estremeció, retiré mi mano de golpe.

Una determinación fría y dura. Con eso había venido. Pero la curva de su espalda la derritió.

Algo sobresalía de debajo de la manga de su camiseta. ¿Un vendaje? ¿Se había hecho daño? Sin tocarlo, le levanté la manga. Un parche cuadrado, más claro que su bronceado, estaba pegado a la piel de la parte interior de su brazo.

—¿Un parche de nicotina? ¿Estás dejando de fumar?

Sus hombros se encogieron un poco.

—Intentándolo. De verdad esta vez.

Tragué saliva.

—¿Por mí?

—No. —Se giró para mirarme—. Por mí. Por mi salud. Pero también... también por ti. —Una comisura de sus labios se alzó en una triste media sonrisa.

Estaba dejando de fumar, algo que había estado haciendo durante años, algo que lo conectaba con su padre, solo porque yo lo odiaba. Nadie había hecho nunca un cambio de vida así por mí.

Las palabras se me secaron en la garganta. Le bajé la manga y dejé que las yemas de mis dedos se demoraran un momento sobre el liso parche.

No había hecho más que intentar ayudarme. Desde la noche en el bar, cuando salvó mi trasero borracho de posibles depredadores sexuales, hasta la reunión de la fundación, cuando halagó a Larissa, pasando por las comidas que siempre intentaba que comiera, siempre había trabajado para mí. Nunca en mi contra. No como Byron. No era su culpa que Larissa intentara aprovecharse de la forma obvia en que se preocupaba por mí.

Deslicé mi mano sobre su duro pectoral y la apoyé en su esternón, donde latía su bondadoso corazón. Roger acurrucó su pequeña cabeza contra el lado de mi mano, luchando por estar más cerca de ese símbolo palpitante de la tierna bondad de Mateo.

—Lo siento —dije—. ¿Me perdonas?

—Por supuesto. Aunque no hay nada que perdonar. Entien…

—No. —Me acerqué hasta que estuvimos punta con punta—. Por lo que dije. No lo decía en serio. No de verdad.

—Tú… —sus cejas se juntaron—… ¿no quieres que rompamos?

—No. —Mierda, le había destrozado su frágil corazón. No merecía su perdón—. A no ser que tú quieras.

Detuvo mis palabras con un beso, duro y exigente. Me abrí y lo dejé entrar. Dejé que hiciera lo que quisiera. Podía darle eso después de mis crueles palabras de esta mañana y de hace un momento.

Roger se recompuso y saltó al suelo con un maullido molesto. Con las manos libres, Mateo me rodeó con sus brazos y me apretó contra su pecho. Su corazón latía frenéticamente, a diferencia del ritmo lento y tranquilo con el que me había dormido anoche.

—Creí que te había perdido.

—Lo siento —murmuré contra el suave algodón que se extendía sobre su acelerado corazón—. Lo siento.

—¿Comida primero, o…?

—O. —Le rasqué la espalda con las uñas como a él le gustaba —. Definitivamente o.

—A la habitación. —Me tomó de la mano y me llevó allí. Por el camino, tiré mi bolso en el sofá.

Dentro de la habitación, algo zumbaba como si hubiera dejado el ventilador del baño encendido. Mateo ni siquiera miró en esa dirección, toda su atención estaba en mí. Caminó hacia atrás hasta que la parte posterior de sus rodillas golpeó la cama, luego me atrajo hacia él.

—Miriam —susurró en mi oído mientras me quitaba el suéter de cuello alto por la cabeza.

Después de una breve y jadeante lucha, me libré de él. Lo tiró al suelo, donde aterrizó junto a algo azul brillante que traqueteó contra el suelo.

Antes de que descendiera sobre mi cuello, entrecerré los ojos.

—¿Qué es eso?

Me sobó los pechos sobre el sostén.

—¿Qué?

—Eso. En el suelo. —Era de plástico o silicona, de menos de un pie de largo y un par de pulgadas de diámetro. Un extremo se estrechaba y el otro se ensanchaba. Parecía casi un…

Él jadeó y se lanzó a por él.

—Nada. —Lo metió en el cajón abierto de la mesita de noche y lo cerró de un golpe.

—¿Estás seguro? —La risa burbujeó en mi pecho—. Porque parecía un…

—Roger debe haber pensado que era un juguete. Quiero decir, uno de *sus* juguetes. Y… y… lo encendió. —Metió la mano de nuevo en el cajón y el zumbido cesó.

No me tocó. Se había vuelto frío y rígido.

—Sabes que mi hermano es gay, ¿verdad? No es que tu sexualidad necesite mi aprobación. Pero, ¿por qué no me hablaste de tus juguetes? Podría haber… —Aunque había dejado de anunciarse, el dildo en el cajón atrajo mi atención.

—No, no, yo no lo haría.

—¿No harías qué? —Puse las manos en mis caderas—. ¿No querrías pedir lo que quieres?

—No, yo...

—Mateo. —Pasé mi brazo por su lado y saqué el dildo. Pesaba en mi mano, pero me gustaba cómo la base curva se acunaba en mi palma—. Quítate la ropa.

Sus ojos se abrieron de par en par y se lamió los labios. Luego, lentamente, se llevó las manos detrás del cuello y se quitó la camiseta. La dejó caer al suelo junto a la mía. Luego se detuvo.

Me tomé un momento para admirar su pecho, musculoso y delgado. Pasé un dedo por el vello elástico entre sus pectorales. La piel de gallina apareció en su piel. Sus dedos se flexionaron a sus costados, pero no se movió para tocarme.

—Buen chico. —Me incliné y le lamí un pezón, luego lo succioné en mi boca y mordí suavemente. Al soltarlo, lo miré a sus ojos entrecerrados por debajo de mis pestañas—. Voy a hacerte sentir tan bien. Ahora, quítate los pantalones.

Mientras se quitaba los jeans, miré en el cajón y encontré una botella de lubricante. La destapé y vertí un poco en mi palma para calentarlo. Lo anal no era realmente lo mío, o al menos nunca había encontrado un compañero que me lo diera de una manera que me volviera loca, pero había hablado mucho con Ben y conocía lo básico.

Cuando Mateo estuvo desnudo y de pie junto a la cama, deslicé el lubricante sobre su erección, que se puso aún más dura mientras la acariciaba. Masajeándolo lentamente de la raíz a la punta con una mano, alcancé detrás y embadurné también sus bolas.

Gimió.

—Se siente bien. —Sus manos aterrizaron en mis senos, y siguieron la tela de mi sostén hasta los broches de la espalda.

—Ah-ah —dije, apretando la base de su verga—. Las manos a los lados. Voy a hacer que te corras primero.

Sus ojos se abrieron de par en par.

—Pero yo...

—Shh. —Lo acallé con un beso mientras continuaba el lento deslizamiento de mis manos sobre su miembro. Siempre había sido tan desinteresado en la cama. Estaba tan en números rojos en el conteo de orgasmos que debería haberme embargado el coño—. Esta noche es sobre ti. Recuéstate.

Retiró las sábanas y luego se acostó, su erección curvándose sobre su vientre. Vertí más lubricante en mi mano.

—Dime si algo no se siente bien, ¿de acuerdo?

Él sabía que no debía protestar de nuevo, especialmente mientras yo acariciaba sus bolas.

—De acuerdo.

Me arrodillé entre sus piernas, y él dobló las rodillas. Deslicé mi dedo por su perineo hasta su ano y presioné con la parte plana de mi pulgar. Gimió. Vale, eso sonaba como una buena señal.

Animada, lubriqué mi pulgar y lo introduje suavemente dentro del apretado anillo. Jadeó.

Me detuve.

—¿Te hice daño?

—No, mi vida. Se siente jodidamente fantástico.

Se relajó alrededor de mi pulgar, y lo saqué para deslizar dos dedos dentro. Se sentía diferente a mi vagina, por supuesto, pero probé una técnica similar a la que me gustaba, moviendo mis dedos en tijera y buscando el bulto de su próstata como Ben había descrito.

Se puso rígido, y levanté la vista para encontrar los tendones de su cuello tensos.

—Sigue... sigue —jadeó antes de soltar una sarta de maldiciones.

Hice lo que me pidió, añadiendo mi pulgar junto al lento empuje y retroceso de mis dedos. Se retorció, empujando contra mi mano, tratando de tomar más, pero no tenía más longitud que darle.

—El... el juguete. Por favor.

Lo alcancé en la mesita de noche y lo lubriqué. Lo encendí y lo sostuve contra su ano.

Gimió.

—Síííí.

Suavemente, lo introduje poco a poco en él mientras jadeaba y temblaba.

—¿Todavía bien?

—Muy bien.

Mi piel hormigueó con una oleada de calor. Estaba casi tan excitada como él. Mi pulso latía entre mis piernas, anhelando la verga dura en mi mano. Más tarde. Lo tendría más tarde. Ahora, necesitaba mostrarle que merecía mi atención, mi deseo. Cuánto me importaba.

Empujé la punta del dildo hacia el punto que recordaba de antes. Cuando su pecho dejó de agitarse y sus bolas se tensaron, supe que lo había encontrado. Hice vibrar ese punto durante unos segundos, luego aflojé. Volví a él una y otra vez hasta que jadeó:

—Mimi, yo…

Su verga se endureció bajo mi otra mano. Sabiendo que lo había complacido, excitado, hecho perder el control, tararée, y mi corazón se aceleró. Mi piel zumbaba con el poder de hacer feliz a este hombre, al que me importaba.

Manteniendo la vibración dentro de él, lo masturbé lentamente, haciendo eco de la pulsación en mi coño. Metí el talón contra la costura de mis jeans, tratando de aliviar mi propio placer creciente.

Finalmente, gritó, y su corrida salpicó su pecho. Mantuve la punta del juguete donde estaba, y su semen… bueno, siguió saliendo. Más tiempo de lo que creía posible. Sus rodillas temblaban a mi lado.

Yo había hecho eso por él. Mis mejillas se estiraron con mi sonrisa. Era una diosa del sexo. Admirar su cuerpo, destrozado por el placer, era casi tan bueno como regodearme con una de mis fórmulas perfectas en la hoja de cálculo.

Finalmente, su grito ronco se convirtió en un largo gemido, y apagué el vibrador. Su verga dio una última sacudida, y sus piernas cayeron a cada lado. Lentamente, saqué el dildo de él.

—No te muevas. Vuelvo enseguida. —Le di un beso suave y prolongado y luego fui al baño, donde me lavé las manos y el juguete. Regresé con la toalla de mano húmeda y le limpié el pecho.

—Ven aquí —murmuró, sonando ebrio de sexo.

Tiré la toalla al suelo y me acurruqué a su lado, todavía con mis jeans y mi sostén. Le besé el cuello, luego su barbilla con barba incipiente.

—¿Bien?

Sus brazos me rodearon, atrayéndome justo contra su pecho cálido.

—Perfecto. Solo déjame descansar un minuto y luego…

—Luego comeremos. Y después me tocará a mí con el juguete. Tú descansa.

Era lo menos que podía hacer. Devolverle un poco del cuidado que él me había dado.

25

MATEO

TENÍA PLANEADO DESPERTARLA ANTES de irme a mi turno de las siete en lo de mi tía, pero cuando sonó mi alarma, Mimi se quedó paralizada, al estilo de Scooby Doo, mientras caminaba de puntillas hacia sus jeans en el suelo.

—Buenos días —mascullé, mientras me daba la vuelta para encender la lámpara. Ambos parpadeamos ante la luz repentina —. ¿Tienes una reunión temprano hoy?

—No, nos reunimos esta noche. —Se subió los jeans—. Ahora que faltan dos semanas para la gala, nos reunimos todos los días. Necesito terminar las declaraciones de la fundación en las que estuve trabajando anoche antes de ir a trabajar.

—Y haces todo esto gratis. —Mi intención era que sonara ligero y en broma, pero mis palabras salieron sin emoción. Mimi se merecía mucho más que correr de su trabajo de tiempo completo a un segundo trabajo de medio tiempo. Se merecía más que la fachada de dulzura de niña mala de Larissa, que ocultaba el asqueroso desprecio que había debajo. Se merecía ser amada y apreciada. Y que le pagaran por su trabajo.

—Lo hago por los niños. Y por el puesto de subdirectora.

No pude evitarlo. Las palabras salieron disparadas de mi boca.
—¿Por qué querrías ser la asistente de Larissa?

No dijo nada durante un minuto, mientras tomaba su suéter de cuello alto y se lo ponía por la cabeza. —Quiero que me paguen por hacer lo que amo.

—¿Te encanta trabajar para Larissa? ¿Sinceramente?

Su labio inferior sobresalió, sexi y terco. —Larissa es una persona muy motivada, como yo. Ojalá tuviera una carrera como la suya. Pero lo que es más importante, me encanta ayudar a los niños, especialmente a los que tienen Tourette y otras diferencias neurológicas. Apoyo la misión de la fundación.

—Hay montones de fundaciones que ayudan a los niños. Cooper contribuye a varias. Él podría conseguirte un trabajo, uno pagado, en cualquiera de ellas.

—Querrás decir que tú podrías. —Puso las manos en sus caderas.

Desearía no estar desnudo para poder… Al diablo. Salté de la cama y la rodeé hasta que quedé frente a ella. No me puse cara a cara con ella —no quería intimidarla—, pero me puse las manos en las caderas para demostrarle que hablaba en serio. —Podría.

Su mirada bajó de mi cara a mi entrepierna. Rápidamente, apartó los ojos y salió furiosa del dormitorio, una valquiria no menos temible por su pequeño tamaño.

La seguí. —Mimi, espera.

Tomó su bolso del sofá. —Mateo, quiero hacer esto yo misma. Conseguí este puesto de voluntaria y quiero ganarme el puesto de subdirectora. No quiero que me regalen nada.

—Ah. —El orgullo me inundó el pecho. Mi Mimi podía hacer cualquier cosa que se propusiera y quería demostrárselo al mundo. ¿Quién no admiraría a esta increíble mujer?

Larissa. Esa era la respuesta.

—Mimi, eres un tesoro. Todo el mundo lo ve. Pero Larissa quiere tomar tu brillo dorado y empañarlo. Nunca te dará ese trabajo. ¿No lo ves?

Se detuvo, con el bolso colgado al hombro. —Larissa ha

logrado lo que yo solo podría desear. Puede que sea fría, pero es justa. Es difícil de complacer, pero me considerará junto con los otros candidatos y, si soy la más fuerte, me contratará.

—Incluso si lo hace, te mantendrá sometida. Se llevará el crédito por tu trabajo. No puedes querer eso, ¿o sí?

—Oh, qué gracioso. —Su risa, que fue como un ladrido, no tenía nada de divertido—. Que lo digas tú, que siempre estás a la sombra de tu primo. Viviendo en su casa de huéspedes. Trabajando de seguridad. —Sus labios se torcieron como si quisiera retractarse.

Era demasiado tarde. Había dicho lo que pensaba. Me había atravesado con ello, como el afilado cortapuros de mi padre.

No me respetaba. No era diferente de la gente de la isla a la que le gustaba por mi cara bonita y por cómo hacía sexo oral. Y yo no era diferente de los tipos al azar para los que guardaba ese tazón lleno de condones.

Mis palabras salieron en voz baja a través de la abertura del tamaño de una aguja en mi garganta. —Eso es lo que piensas de mí.

Hizo una mueca. —No… Mateo, yo…

—Así que ir a la gala conmigo, todo esto… —señalé mi cuerpo desnudo— era para aparentar. Para conseguir el puesto de subdirectora. ¿Qué iba a pasar después de la gala?

Apretó los labios y lo supe.

—Ibas a dejarme. Después de pasearme como un poni en esmoquin para Larissa, ibas a desaparecer.

No dijo nada.

Pasé junto a ella furioso hacia la puerta principal y la abrí de golpe, sin importarme que el anillo de oro de mi padre fuera lo único que llevaba puesto. Me había arrancado el corazón del pecho, lo había hecho trizas y luego había pisoteado los pedazos. Si fuera inteligente como Cooper, lo habría visto venir. Mimi era brillante, preciosa, vivaz. Demasiado buena para que alguien como yo la conservara.

Sostuve la puerta abierta, mi ira ardía tan intensamente que no sentí el frío del invierno. —Me consideraré abandonado. Dile a Larissa lo que quieras, pero no puedo... —se me quebró la voz y tuve que carraspear—, no puedo seguir con esto. Quieres hacer esto por tu cuenta. No me necesitas. No me quieres.

Me miró a través de sus pestañas, de pie lo suficientemente cerca como para que yo pudiera haber enrollado uno de sus rizos rebeldes alrededor de mi dedo, como para que pudiera haberme inclinado y besado esos labios tercos y fruncidos.

—Lo siento —susurró.

Podría haberme retractado entonces, haber dicho que iría con ella a la gala. Pero amaba a esta mujer y ahora tenía que parar. Verla espléndida con ese vestido dorado rosa sabiendo que nunca sería mía incendiaría el lodo en ruinas que había dejado de mi corazón.

Debería haber aprendido hace semanas, cuando el alcohol y su resaca habían borrado su recuerdo de mí y de nuestra conexión en el bar esa noche. Yo era fácil de olvidar y nunca sería lo suficientemente bueno para ella.

—Vete —dije.

Se fue.

Tonto de mí, la vi caminar por la explanada hacia la calle.

Mierda.

—¡Mimi! —la llamé.

Se dio la vuelta.

—No manejaste hasta aquí, ¿verdad?

—No, tomé el autobús. Lo tomaré de vuelta a casa.

¿El autobús? Esta mujer orgullosa sería mi muerte. Ya lo había sido. —No, no lo harás. Dame un minuto para ponerme algo de ropa y te llevaré.

—No, yo...

—Treinta segundos. —Si seguía caminando tercamente, la alcanzaría antes de que llegara a la parada del autobús. ¿Dónde demonios había una parada de autobús en Pacific Heights? ¿Cuánto tiempo había caminado para llegar aquí anoche en la oscuridad?

Corrí a mi dormitorio y me puse unos jeans y una camisa. Sin perder tiempo en lavarme los dientes, tomé mi cepillo de dientes para poder hacerlo en lo de mi tía y corrí hacia mi Jeep. Mimi tuvo el buen juicio de estar de pie junto a él.

En silencio, le quité el seguro, y con el mismo silencio, ella entró.

Puede que estuviera helado de rabia, pero no era un monstruo. Incluso la mujer que me había utilizado para avanzar en su trabajo y luego me había roto el corazón merecía un viaje seguro y cálido a casa.

¿A quién engañaba? Se merecía mucho más que un viaje seguro a casa. Más que el maldito puesto de asistente bajo el mando de Larissa.

Se merecía mucho más que a mí.

26

MIMI

> ¿Te apuntas para tomar algo esta noche?

HICE UNA MUECA AL PRESIONAR «ENVIAR» y luego tiré el celular boca abajo sobre mi escritorio como si eso pudiera borrar mi patética petición de ayuda.

Probablemente Bree estaría ocupada haciendo cosas de pareja con Josh esta noche. Y no debería necesitar su apoyo. Había terminado una relación falsa. No había sentimientos reales en una relación falsa. Estaba bien.

Eso era mentira. En realidad, dos mentiras.

La culpa me oprimió el corazón. Nunca quise que Mateo desarrollara sentimientos reales. Pero el dolor en sus ojos, la forma en que se le quebró la voz cuando me dijo que no podía seguir fingiendo, me había atravesado como un rayo y partido en dos mi arrugado y negro corazón.

Aunque la culpa nunca se había sentido así, tan aplastante, como el puño de Thanos.

¿Era solo culpa? Digo, claro que Mateo me importaba, pero en realidad no lo amaba.

¿O sí?

Mi monitor parpadeó hasta ponerse negro y me apuré a mover el mouse para despertarlo de nuevo. Se suponía que debía estar trabajando. No había espacio para las emociones en el trabajo.

Sin lugar a dudas, esa era la mejor parte del trabajo. Estar ocupada. Tachar cosas de mi lista. Concentrarme en los dígitos negros de mi hoja de cálculo blanca.

Miré la pantalla con los ojos nublados. ¿Qué estaba haciendo?

Un hormigueo de alivio me recorrió cuando mi celular vibró.

BREE

¡Sí! ¿En Raisa's a las 6?

Nos vemos entonces

—Mimi —la voz de Monique a mis espaldas hizo que se me cayera el celular.

Giré en mi silla para encarar a mi jefa—. Hola. ¿Qué tal?

—¿Ya terminaste los asientos contables?

Se me encendieron las mejillas. Había estado mirando al vacío durante al menos diez minutos antes de enviarle el mensaje a Bree. No podía permitirme hacer eso tan cerca del cierre de mes.

—Lo siento. Solo unos veinte minutos más. Le enviaré un mensaje cuando estén listos.

Arrugó la frente—. ¿Estás bien, Mimi? Te ves… apagada.

—Estoy bien —intenté dedicarle una sonrisa tranquilizadora, pero mi cara no parecía funcionar.

—Hablé con Jackson. Me dijo que has estado trabajando sin descanso para ayudarlo con su fundación.

¿Había hablado con Jackson Jones sobre mí? Mierda, ¿eso significaba que estaba decepcionada con mi rendimiento? ¿Estaba a punto de perder mi aburrido pero estable trabajo?

—No hay problema. Lo tengo bajo control.

—Mimi —entró un poco más en mi cubículo y bajó la voz—. Sé que lo tienes bajo control. Eres una superestrella en este departamento. Pero me preocupa que estés intentando hacer demasiado entre Synergy y la fundación. Te vas a agotar.

El corazón se me aceleró—. No. Estoy bien. Synergy es mi máxima prioridad, y el cierre de mes va según lo previsto. La gala es en dos semanas, y después de eso, prometo que tendré más tiempo para dedicarle al trabajo.

—No estoy diciendo eso, Mimi. Estoy diciendo que necesitas cuidarte. O encontrar a alguien que lo haga por ti. Como ese guapo guardia de seguridad con el que hablabas el otro día —me guiñó un ojo.

Sabía que su intención era ser amable, pero sus palabras se clavaron como un lápiz afilado en la parte viva y abierta de mí que se había expuesto cuando Mateo tembló, desnudo en el umbral de su casa de huéspedes, y me dijo que me fuera.

—Puedo cuidarme sola. Y tendré esos asientos contables listos y se los enviaré en quince minutos. ¿De acuerdo?

Apretó los labios. Hoy su labial era azul. Como los ojos de Mateo.

Mierda. Necesitaba borrar esos tontos detalles sobre Mateo de mi cerebro. El tequila ayudaría.

—De acuerdo. Pero no quiero verte aquí después de las cinco de la noche. ¿Me oyes?

—Entendido. Gracias, jefa.

Asintió y salió de mi cubículo.

———

—¿QUIERES otra? —Bree apuró los últimos restos de su margarita y miró por encima del hombro buscando a nuestro mesero.

Claro que sí. Después de descargarle toda la humillante historia de mi relación falsa y mi ruptura muy real a mi mejor amiga, lo único que quería era beber tequila hasta no sentir el vacío.

Pero mañana era un día laboral y no tenía a Mateo sentado

frente a mí en el bar, listo para lanzarse a rescatarme cuando lo necesitara.

—No. Gracias —me picaron los ojos y los puse en blanco hacia el techo. Una guirnalda de corazones de papel carmesí se extendía desde la lámpara colgante sobre nosotras hasta la del siguiente reservado.

Bree se dio la vuelta justo a tiempo para verme pasar un dedo bajo mi ojo.

—Ay, no, amiga. No dejes que te haga llorar.

—No estoy llorando —mierda, ahora le estaba mintiendo a Bree. Y llorando. Yo no lloraba. Ni siquiera cuando Byron me rompió el corazón y destruyó mi carrera con una sola jugada rastrera. ¿Qué demonios me pasaba?

Me dio una palmadita en la mano—. Hay muchos chicos por ahí, y uno de ellos va a ser del tipo que necesitas.

—Esa es la cuestión —la señalé. Mierda, ¿ya estaba borracha? Solo señalaba a la gente cuando estaba achispada. Dejé caer la mano sobre la mesa de golpe—. No necesito a ningún chico. Todo lo que necesito soy yo y mi trabajo.

—Claro, claro —lamió unos granos de sal del borde de su copa —. Eres como una superheroína. Una amazona. Como la Mujer Maravilla. Aunque, espera. La Mujer Maravilla suspiraba por Steve Trevor. No hagas eso. Sé como… como Valquiria. Todo lo que necesitaba era un poco de cerveza. ¿No es cierto?

La mesera dejó otra margarita para ella y un vaso de agua para mí. Le sonreí y luego levanté el agua en el aire—. Por la independencia.

Bree chocó su copa de margarita contra el mío—. Aunque, ¿no le pusieron un interés amoroso a Valquiria en una de esas películas?

—Sí. Por alguna razón, a Hollywood no le parecen sexis las mujeres a las que no les interesa el amor.

—Pero tú —agitó su copa y la margarita salpicó la mesa—, tú eres sexi. Y está bien que no te interesen las relaciones. Los acostones son sexis.

—Los acostones son geniales. Todo el placer, nada del drama —aunque ninguno de mis acostones me había dado tanto placer como Mateo. Tendría que esforzarme más la próxima vez. Lo cual no sería en mucho tiempo. Mucho, mucho, mucho tiempo. Me volvieron a picar los ojos.

—Oye, oye —Bree tomó mi mano sobre la mesa pegajosa—. Está bien. Ven a casa este fin de semana y pasa el rato con Josh y conmigo. Haremos un maratón de películas de los Vengadores y beberemos cada vez que algo explote. ¿De acuerdo?

—¿Qué tal el sábado por la noche? Tengo que hacer cosas de la gala la mayor parte del fin de semana, pero debería tener un descanso entonces.

—¡Genial! Será como cuando estábamos en la universidad. Nos emborracharemos hasta las chanclas y nos quedaremos dormidas en el sofá.

Vaya. Eso no sonaba tan divertido como antes. Supongo que muchas cosas eran diferentes ahora que teníamos treinta. Ser un adulto responsable apestaba.

—Anda. Llamemos a Josh para que te recoja.

—¿Y tú?

—Pediré un viaje compartido —de vuelta a mi solitario apartamento.

Si no fuera tan alérgica, tendría un gato.

Quizás me consiguiera un gato de todos modos. Los medicamentos para la alergia me darían sueño, y cuando estuviera dormida, no sentiría el dolor en el pecho.

———

EL MENSAJE de texto llegó mientras esperaba a Natalie después del trabajo en el club de campo donde se suponía que debíamos recorrer el espacio con el decorador, una semana antes de la gala.

BEN

¿Cuándo puedo verte?

Abrí el calendario en mi celular. No había espacios en blanco entre ahora y la gala.

¿Después de la gala?

Falta una semana. Necesito verte antes.

¿Por qué? ¿Pasa algo?

Mientras esperaba que escribiera su respuesta, mi mente corrió a mil por hora. ¿Le había pasado algo a él o a Cooper? ¿O a mamá y papá? Después de esa miserable noche en el bar con Bree, me había mantenido tan ocupada —era mi primera semana sin Mateo desde diciembre— que no había llamado ni enviado mensajes a ninguno de ellos.

No sé. Dímelo tú.

Apreté los dientes. Ese era mi hermano pequeño, siempre metiendo las narices en mis asuntos. Levanté la vista y vi a Natalie acercándose desde el estacionamiento. Rápidamente, terminé el mensaje.

Estoy bien.

¿Y por qué no iba a estarlo? La gala estaba a la vuelta de la esquina y poco después sabría si conseguiría el puesto de subdirectora. Todo lo que quería estaba a mi alcance. Todo lo que tenía que hacer era matarme trabajando para asegurar que la gala se desarrollara sin contratiempos.

Mi lamento de la semana pasada en Raisa's con Bree fue algo excepcional. Síndrome premenstrual. Mercurio retrógrado.

—¡Hola, amiga! —Natalie entró apresuradamente, luciendo perfecta como siempre con un impecable abrigo de lana color rosa ostra, un vestido tubo gris carbón y unas botas altas que la hacían parecer altísima mientras se inclinaba para abrazarme.

—Hola —la abracé de vuelta. Antes de la planificación de la gala, nunca hubiera pensado que alguien tan elegante y bien conectada como Natalie me llamaría amiga.

Su hermano Andrew se acercó detrás de ella, con una bolsa de golf al hombro—. Hola, Mimi. Qué bueno verte de nuevo.

—Hola, Andrew —le estreché la mano. Natalie parecía arrastrarlo a todas partes con ella. ¿Sería cosa de ricos? Digo, sí, Ben había vivido conmigo un tiempo, y hacíamos cosas juntos, pero nunca me había acompañado a una actividad de planificación de la fundación.

—¿Está Mateo aquí? —preguntó él.

Un dolor agudo me atravesó el pecho—. No, hoy no.

—Qué lástima. Me gustó pasar el rato con él la noche que fuimos a bailar.

Le di una sonrisa débil. A mí también.

—Las dejaré trabajar. Nat, búscame en el campo de práctica cuando termines —Andrew señaló con el pulgar a sus espaldas el pasillo que recordaba de la noche que había venido aquí con Mateo.

Había contado esa ridícula historia sobre que yo era su kriptonita. Había puesto sus manos sobre las mías para ajustar mi agarre en el palo, y yo casi me había desmayado.

—Ve a jugar —dijo Natalie. Cuando él se fue, se volvió hacia mí—. Gail viene justo detrás de mí. Solo necesitaba sacar algunas cosas de su auto. Larissa llega tarde y dice que empecemos sin ella. ¿Dónde está Mateo?

—No viene. Pero estoy lista para empezar —me giré hacia el salón de baile.

Natalie me sujetó del brazo—. Oh, no. ¿Están peleados?

—Algo así —durante la planificación de la gala, nos habíamos vuelto más cercanas. No me habría importado contárselo, pero se me hizo un nudo en la garganta, y si su nombre cruzaba mis labios, las lágrimas brotarían.

No había lágrimas cuando un trabajo estaba en juego. Mamá me había enseñado eso.

—Pongámonos a trabajar —giré hacia el salón de baile y respiré hondo.

—Mimi, espera.

Me detuve y me di la vuelta.

Los ojos de Natalie se arrugaron con preocupación—. ¿Estás bien?

—Por supuesto. Estoy bien —mi voz solo se quebró un poco.

—Sabes que puedes hablar conmigo, ¿verdad? Somos amigas.

Cuando curvó los labios en una sonrisa, mi cara se sintió oxidada como la del Hombre de Hojalata en *El Mago de Oz*. ¿Cuánto tiempo había pasado desde que había sonreído?

Diría que una semana.

Pero tenía asuntos que atender. El trabajo de la fundación, al igual que mi trabajo real, era seguro y sin emociones—. Oye, de hecho, tengo una pregunta para ti. Le envié un correo electrónico a nuestro lugar original para ver si podíamos recuperar el depósito —pensé que no perdía nada con preguntar— y me dijeron que nunca lo recibieron. Revisé el talonario de recibos y encontré una copia del recibo de caja que le hice a Larissa por ello. ¿Te dijo algo al respecto?

Natalie entrecerró los ojos—. No. Eso suena sospechoso.

—Espera, no, no estaba insinuando que sospechara de Larissa de nada malo. Es famosa por perder recibos. Pero nunca he sabido que perdiera dinero en efectivo. ¿Quizás se lo dio al servicio de catering? ¿O al florista?

—Que yo sepa, no. ¿No les diste cheques?

—Sí. Pero esperaba… —esperaba no tener que preguntarle a Larissa al respecto. Seguramente lo tomaría como una acusación, y entonces nunca conseguiría ese trabajo. Me mordí el labio y aparté la mirada de Natalie. Una figura alta y rubia conocida que paseaba por el vestíbulo captó mi atención.

—¿Flavio?

Se giró y ladeó la cabeza como si estuviera buscando mi nombre en sus archivos mentales.

—Miriam Levy-Walters —dije—. Trabajo con Larissa en la

fundación. Nos conocimos hace unas semanas en el campo de práctica.

—Ah, qué bueno verte de nuevo —su mirada perezosa se apartó de mí y se agudizó cuando se enganchó en el collar y los aretes de perlas de Natalie y recorrió todo su cuerpo hasta sus zapatos de diseñador—. ¿También trabajas en la fundación?

—Natalie Jones —le tendió la mano—. Y no, solo estoy ayudando con la gala.

—¿Natalie Jones de la familia Jasper Jones?

Recordé que su padre murió hace años. Debía de ser joven cuando lo perdió.

Su sonrisa se tensó—. Esa misma.

No le soltó la mano—. Me encantaría hablar contigo más tarde. Creo que nuestras familias pueden ayudarse mutuamente. ¿Vienes al bistró cuando termines? Invito yo.

Natalie retiró su mano de su agarre—. Lo siento, tengo un compromiso. Quizás en otra ocasión.

Él sacó una tarjeta de su bolsillo. Parecía una personal, solo con su nombre y número de teléfono. Se la entregó—. Llámame. O búscame aquí. Cuando quieras.

Ella tomó la tarjeta y le dedicó una sonrisa forzada—. Encantada de conocerte, Flavio. Tenemos que ponernos a trabajar.

—Claro, claro —miró a Gail, la decoradora, que se apresuraba hacia nosotras con sus enormes bolsos—. Si necesitan cualquier cosa, avísame —señaló la tarjeta.

Cuando se marchó pavoneándose hacia el pasillo que llevaba al campo de práctica, dije: —¿Eso es raro, verdad? ¿Que quiera que lo llamemos si necesitamos algo?

Natalie tiró la tarjeta en el paragüero. Su rostro estaba más rígido de lo que nunca lo había visto—. Es el apellido Jones. Pasa todo el tiempo.

Aun así me pareció extraño. Después de todo, ¿qué podría hacer un golfista como Flavio si tuviéramos problemas? Quizás era más rico y poderoso de lo que pensaba, y el personal se apresuraría a cumplir sus órdenes. ¿Provenía de una familia como la de Natalie?

No tuve más tiempo para preguntármelo porque Gail nos condujo al salón de baile para hablar de rosas, palmeras en macetas y luces centelleantes.

Mientras ella señalaba dónde planeaba colocar las decoraciones —las que Mateo había sugerido para que combinaran con nuestro tema—, mientras Natalie y Gail me miraban como si yo pudiera hablar por Mateo y darles su opinión, la grieta que yo misma había creado en mi corazón cuando lo había apartado esa mañana en su casa se ensanchó hasta convertirse en un abismo.

Durante la última semana, me había mantenido ocupada con el trabajo y la gala para no tener que pensar en él. Para no tener tiempo de arrepentirme.

El arrepentimiento era una distracción, igual que Mateo. No podía permitirme esas tonterías. No solo tenía trabajo que hacer para Synergy, para Monique, que había notado mi descuido, sino que tenía una gala que organizar. Y un trabajo remunerado de tiempo completo que ganar. Necesitaba concentrarme en lo que importaba.

Ayudar a los niños neurodivergentes importaba. Mi carrera importaba.

Mis sentimientos eran irrelevantes.

Solo necesitaba convencer a mi corazón roto.

27

MATEO

—OH —me detuve en la puerta del gimnasio de Miguelito, que normalmente estaba vacío. Hoy no lo estaba.

Mi primo me gruñó desde la prensa de piernas. El sudor oscurecía el cuello y las axilas de su camiseta gris y goteaba por su mandíbula cuadrada. Los músculos de sus brazos y piernas no eran tan grandes ni definidos como los míos, pero yo pasaba el doble de tiempo en el gimnasio, ya que mi trabajo consistía en parecer intimidante. En su trabajo, él intimidaba a sus oponentes con su inteligencia superior.

Por las mañanas temprano, siempre entrenaba en el gimnasio de la oficina. A pesar de que tenía un gimnasio mejor en su casa.

Sabía por qué le gustaba entrenar en la oficina. El boy scout de Cooper Fallon quería dar un ejemplo positivo de buena forma física a sus empleados. No les exigía que hicieran ejercicio; no, simplemente iba todos los días de la semana, hacía su rutina, los elogiaba por su técnica y luego continuaba con su día en el sexto piso.

No necesitaba esa mierda de ser un modelo a seguir. No de él. No hoy.

Hoy era el décimo día de mi vida pos-Mimi, y todavía disfrutaba de estar cabreado, malhumorado y solo.

Dejé caer mi bolso al suelo, luego me quité la sudadera y la arrojé encima. Fui con paso decidido a la colchoneta y empecé una serie de burpees.

Mientras calentaba, no pensé en la forma apreciativa en que Mimi solía delinear mis músculos. No pensé en cómo había usado la fuerza de la parte superior de mi cuerpo para soportar mi peso mientras me abalanzaba sobre ella, embistiéndola como a ella le gustaba. Y definitivamente no pensé en cómo había apreciado mi cuerpo hasta el momento en que decidió que quería a alguien con cerebro, alguien que pudiera descifrar sus complicadas reglas sobre alcanzar sus metas por sí misma cuando todo lo que yo quería era ayudarla.

Ese alguien definitivamente no era yo.

Cuando terminé la serie, caminé en círculo para bajar mi ritmo cardiaco. Me sequé el sudor de la frente.

Hacer ejercicio era más fácil desde que había dejado de fumar. Mi ritmo cardiaco era más bajo. Respiraba más profundo. Todo eso me irritaba. No lo suficiente como para volver a fumar, pero deseaba que Mimi no hubiera cambiado mi vida. Ya pasaba demasiado tiempo torturándome con la foto nuestra en mi celular, esa en la que ella llevaba el vestido de lentejuelas y yo le besaba el cuello, con una expresión de dichosa satisfacción en su cara. No necesitaba otro recordatorio parpadeando en mi reloj deportivo.

—¿Hay algo de lo que quieras hablar?

No me había dado cuenta de que la máquina de Miguelito se había detenido hasta que habló. Se inclinó hacia adelante, con los codos sobre los muslos.

—No, estoy bien —mis músculos estaban calientes y listos, y miré el soporte de las pesas.

—Adelante. Cárgala. Yo te ayudo.

—Pero tú…, tienes que ir a trabajar. Usaré la máquina —le hice un gesto hacia su elegante máquina de press de pecho.

—Hoy voy a entrar un poco más tarde. No pasa nada —se levantó y caminó hacia el soporte de las pesas.

Odiaba hacerle perder su valioso tiempo de entrenamiento discutiendo, así que hice lo que me pidió. Coloqué las pesas en la barra, luego me puse frente a ella, rodeé la barra con las manos y la levanté del soporte mientras mi primo estaba a mi lado, con los brazos cruzados.

Comencé mis repeticiones, flexioné las rodillas y luego levanté el peso hasta que mis brazos estuvieron rectos. La bajé hasta que quedó suspendida sobre mi adolorido corazón.

—Primo… —casi se me cae la pesa; no me había llamado así desde que éramos niños—. ¿Eres, ah, feliz?

—¿Qué carajos, Lito? Nosotros no hablamos de esas mierdas —empujé hacia arriba de nuevo.

—Solíamos hacerlo. Solíamos hablar de un montón de mierdas cuando éramos adolescentes y mamá y yo visitábamos la isla. Chicos. Chicas. Esperanzas y sueños.

Resoplé. —Sí. Tú sí cumpliste tus esperanzas y sueños. Y aquí estoy yo, trabajando como… —me quedé helado, con los brazos extendidos, hasta que temblaron. Bajé la barra al soporte y parpadeé ante su rostro pétreo—. Es decir, me gusta trabajar para ti. No quise decir…

—¿De verdad te gusta? ¿Te gusta trabajar para mí?

—Sí —sacudí mis brazos temblorosos—. Me encanta cuidar a tía. Asegurarme de que esté a salvo. Me siento… útil.

—¿No quieres más? —ladeó la cabeza—. ¿Un título más impresionante? ¿O más educación para que puedas conseguir un trabajo de oficina?

—¿Un trabajo de oficina? —me estremecí. La escuela ya había sido bastante difícil. No podía imaginarme sentado en un escritorio, encorvado sobre el teclado de una computadora todos los días —. ¿Por qué querría eso?

—Para… —sus ojos se desviaron hacia la puerta abierta del gimnasio—, ¿para impresionar a Mimi?

—Oh. ¿Eso es lo que Ben dice que ella quiere? ¿Un tipo que

gane un dineral y se vea bien en traje? ¿Alguien que no sea un idiota? —sabía que era verdad, pero me irritaba que hubiera hablado de eso con su hermano. Y que su hermano se lo hubiera contado a mi primo.

Miguelito puso los ojos en blanco. —Te pago bastante bien, y sabes que te ves increíble en traje. Además, eres inteligente.

—Vete a la mierda con tu caridad. Sabes que solo me contrataste porque tu madre te obligó —para no tener que ver su cara burlona, caminé hacia mi bolso y saqué mi botella de agua. Le di un trago largo.

Me empujó el hombro y mi agua se derramó por todas partes. En mis ojos, por mi camiseta, sobre el suelo impecable. El maldito ninja se me había acercado sigilosamente. Me limpié el agua de la cara—. ¿Qué diablos, Lito?

—¿De qué carajos estás hablando? Si no fueras inteligente, ¿crees que te habría puesto a cargo de mi seguridad? ¿De mi propia madre?

—Bueno, yo…

—No, Mateo, no lo haría. No te contraté porque mamá me lo dijo. Ella no lo hizo. Preferiría no tener ningún equipo de seguridad. No te contraté porque eres mi primo. Te contraté porque eres competente y porque yo… porque confío en ti.

Me quedé boquiabierto mirando a mi primo. —¿Confías en mí? ¡Pero si investigaste mis antecedentes!

—Tienes que admitir que no eras la persona más confiable cuando éramos niños. Solías robarme las citas. Y al principio, no confiaba en que no le fueras a tirar los tejos a Ben. Pero ahora sí. Has desarrollado algo de integridad desde entonces.

—¿Desarrollado integridad? —chillé—. Siempre tuve una puta integridad. Eran tus citas las que no la tenían. Ninguna de ellas era lo suficientemente buena para ti. Si lo hubieran sido, me habrían parado en seco cuando coqueteaba con ellas. Ninguna lo hizo. Hasta Ben.

Puso las manos en sus caderas. —Sea como sea, has demostrado una y otra vez que mereces mi respeto. Y por eso te contraté.

Pero si prefieres tener un trabajo diferente, podemos arreglarlo. Quiero que seas feliz, primo.

Y habíamos vuelto al punto de partida. Al menos ahora sabía de qué estaba hablando. —Soy feliz trabajando para ti. Protegiendo a tu mamá. Te avisaré si eso cambia, ¿de acuerdo?

—De acuerdo.

Se quedó ahí parado con las manos en las caderas, como si no hubiéramos tenido un gran avance. Mi primo tenía un cerebro brillante, pero a su corazón a veces le costaba reaccionar.

—Venga, dame un abrazo, primo.

Arrugó la nariz. —Estamos los dos sudados y tú estás empapado.

—Exacto —así que lo rodeé con mis brazos en un abrazo de oso, que era exactamente lo que ambos necesitábamos después de un momento como ese.

—¡Basta! —pero cuando se echó hacia atrás, una sonrisa asomó por las comisuras de su boca. Su mirada se desvió hacia la puerta abierta detrás de mí, y bajó la voz—. Entonces, ¿qué vas a hacer con lo de Mimi?

El rayo de sol que había tragado cuando Lito me dijo que me respetaba se desvaneció en una densa negrura como la niebla que entra por la noche.

—Nada. No voy a hacer nada con lo de Mimi. Ha dejado clara su elección. Quiere ese trabajo en la fundación, y salir conmigo era solo una farsa. No quiere que yo sea parte de su vida.

—Pero…

—No, Lito. Esto no es algo que puedas arreglar con una palabra amable o incluso con un montón de dinero. Mimi y yo terminamos, y es lo mejor para ella.

—¿Y qué hay de lo que es mejor para ti?

—Lo que es mejor para Mimi es mejor para mí también. La amo, y saber que es más feliz sin mí… —eso tendría que mantener latiendo mi estúpidamente sano corazón por el resto de mi vida —. Es lo mejor.

—Está bien —frunció el ceño—. Pero tú también mereces amor

y felicidad. Quizás Mimi no sea tu persona. Pero eso no significa que la persona adecuada no esté ahí fuera para ti.

Se aclaró la garganta. —Pensé que alguien a quien amaba era el definitivo para mí. Y si no podía tenerlo, no quería a nadie. Me alegro de que Ben pudiera superar todo eso. Porque ahora soy más feliz con Ben de lo que nunca he sido. De lo que habría sido incluso si… incluso si esa otra persona hubiera podido corresponderme.

No podía imaginarlo amando a nadie más que a Ben. Aunque cuando había llegado a la isla, antes de que Ben lo persiguiera hasta allí, había sido un desastre. ¿Esa otra persona le había roto el corazón? El muy cabrón.

—Alguien te va a amar así algún día —puso su mano en mi brazo—. Sé que lo harán.

Murmuré mirando mis zapatillas: —Quizás no valga la pena.

—Claro que vale la pena. Eso es lo que te estoy diciendo.

—Entiendo… —tragué para lubricar mi garganta seca—, entiendo que la parte del amor es genial. Amaba a Mimi, y pensé que ella se preocupaba por mí. Y fue perfecto. Pero luego me dejó. La gente siempre me está dejando —me detuve cuando se me quebró la voz.

—Ah, joder, Mateo —y esta vez, él me atrajo para darme un fuerte abrazo—. No todo el mundo es como tu mamá. Y tu papi se habría quedado si hubiera podido. No digo que puedas tener a tu persona para siempre. Pero ¿no vale la pena el amor, aunque sea brevemente?

Asentí. Por corto que hubiera sido nuestro tiempo juntos, Mimi fue lo mejor que me había pasado. Los recuerdos de nuestras semanas juntos iluminarían para siempre mi memoria en un tono de oro rosado como el atardecer sobre la playa.

Suavemente, me desprendí de su abrazo. —Gracias, hermano.

—Cuando quieras. Aunque, ah, si quieres un buen consejo de verdad sobre el amor, Ben es probablemente el hombre más indicado para eso.

Sonreí para ocultar el dolor que punzaba en mi maltrecho

corazón. No podía hablar con Ben. No sobre su hermana. Probablemente no sobre nada en absoluto, ya que me recordaba demasiado a ella.

—Creo que necesito algo de tiempo antes de pensar en enamorarme de alguien más.

—Entendido. ¿Pero vas a estar bien?

Mi sonrisa fue más estable esta vez. —Sí. Creo que sí.

—Bien. Tengo que ir a ducharme. Se me está haciendo tarde —salió por la puerta en un instante.

¿Se le hacía tarde? Había dicho que no tenía prisa por llegar a la oficina.

Maldita sea. Me sequé la humedad que no era sudor de las mejillas. Mi puto primo me había emboscado con sus ánimos y había hecho que se le hiciera tarde para el trabajo.

Miré mi reloj. Si no me apuraba, llegaría tarde a mi turno. Y él no había dicho ni una palabra.

Amaba a ese puto cabrón.

28

MIMI

HABER ESTADO en el club campestre sin Mateo la semana pasada no fue nada comparado con entrar sola a la gala el Día de San Valentín.

No tenía a ningún gigante amable detrás de quien esconderme al entrar en el salón de baile del club campestre con los tacones demasiado altos que Ben me había ayudado a elegir, con las lentejuelas de oro rosa demasiado brillantes y con mis pechos demasiado generosos a punto de desbordarse del vestido de estilo cruzado.

Y esta noche sí que me habría venido bien su firme apoyo, sobre todo con las hojas impresas que llevaba en mi bolso de mano. Apreté los papeles, deseando no tener que preguntarle a Larissa sobre el fondo para imprevistos de la fundación que había sido vaciado anoche.

La mayoría de la gente ni siquiera sabía de la existencia del fondo para imprevistos. Yo revisaba el saldo una vez al mes cuando actualizaba el balance general. Pero después de algunas transacciones raras que tuve que pedirle a Larissa que me explicara, había configurado una alerta.

Lo más extraño de todo fue el depósito en mi cuenta de PayMo que coincidía. Había revertido el depósito, pero algo raro estaba pasando. Tenía que armarme de valor para preguntarle a Larissa al respecto esta noche. Y tener el tacto para que no sonara como una acusación. No era una buena imagen para alguien que quería que me contratara.

Pero si no aclaraba esto, parecería que yo había desfalcado a la fundación. Eso sería difícil de explicar a la junta estatal cuando fuera a renovar mi credencial de contadora pública certificada.

Con todo eso pesando sobre mí, había considerado acorazarme en un traje sastre o incluso pedirle a Ben que me ayudara a encontrar un vestido diferente, definitivamente en un negro para pasar desapercibida. Pero las lentejuelas brillantes me animaban como si todavía tuviera la fuerza de Mateo a mi lado. Y, a pesar de lo que le había dicho, lo necesitaba.

A Natalie le encantó el vestido. Le había enviado una foto —la apta para todo público, no la que Mateo me había tomado con sus manos extendidas sobre mis pechos y caderas y sus labios en mi cuello—. Me había estado enviando mensajes a diario con preguntas sobre la gala, aunque podría haber planeado el evento con los ojos cerrados. Descubrí su artimaña y la quise por ello. Estaba preocupada por mí, pensando que Mateo y yo habíamos peleado. Mal sabía ella.

Todos mis intentos de borrarlo de mi vida habían fracasado. Aunque las había lavado cuatro veces, mis sábanas todavía conservaban su aroma. Cada vez que percibía una bocanada de humo de cigarrillo, pensaba en él y me preguntaba si habría logrado dejarlo para siempre.

Y aquí estaba yo, usando el vestido que él había elegido para mí. Cuando me lo probé, no pudo quitarme las manos de encima: ni de mi piel, ni de mis caderas, ni siquiera de la curva de mi vientre.

A pesar de las mangas largas del vestido, me estremecí.

Quizá me estaba por enfermar.

—¡Mimi! —Natalie se acercó a mí, tan sofisticada con sus

largas piernas y su elegante vestido rojo vino. Aunque el cuello desbocado caía prácticamente hasta su ombligo, sus pechos más recatados permanecían ocultos bajo la seda—. ¡Estás fabulosa! —Me tomó de los hombros en un medio abrazo, con cuidado de no arrugar el drapeado cuidadosamente arreglado, y me lanzó un beso al aire para no arruinar nuestro lápiz labial.

—Gracias. Estás deslumbrante, como siempre.

—Gracias. —Se echó el cabello rubio a un lado y miró por encima de mi hombro—. ¿Dónde está Mateo?

No quería darle a Larissa otro motivo para que me guardara rencor, así que había sido cuidadosa de no mencionar nuestra ruptura durante nuestras reuniones para la gala. Le demostraría que podía valerme por mí misma, incluso llevando un vestido que revelaba mi busto en una gala donde sentía que me había arrancado la piel para que todos se quedaran boquiabiertos mirando los músculos y tendones debajo.

—No pudo venir. —Le di a Natalie una sonrisa forzada.

Su sonrisa se desvaneció.

—Oh, no. Esperaba que lo solucionaran.

Ya no tenía sentido mentirle.

—¿La verdad? Nunca estuvimos juntos. Todo fue falso. Aunque preferiría que no se lo dijeras a Larissa. No necesita otra cosa por la que criticarme.

—Espera, ¿qué? —Arrugó la nariz—. ¿Falso?

Revelar la mentira se sintió como si me hubiera quitado una mochila de veinte kilos. Respiré tan profundo como mi faja me lo permitió.

—Éramos solo amigos. Bueno, ni siquiera eso. —Los amigos se habrían llamado en las dos semanas que habían pasado desde nuestra pelea en su casa—. Me estaba ayudando porque Larissa dijo que tenía que traer una pareja a la gala. Y luego las cosas se salieron de control cuando se unió al comité.

Ella hizo una mueca.

—Lo siento, puede que eso haya sido culpa mía. Aunque no parecía falso. Especialmente esa noche que fuimos a bailar. —Me lanzó una mirada penetrante que extrañamente me recordó a la que su hermano Jackson le había dado a mi laptop muerta. Como si ella también pudiera arreglarme.

—Bueno, lo era. Falso. Al principio. Luego fue menos falso y… —Y los diez días que había sido real habían sido los mejores de mi vida. Odiaba admitirlo, pero extrañaba lo que teníamos. Aunque no podía decirlo. Esta noche, tenía que ser la Mujer Maravilla, una tipa dura que la estaba rompiendo en su trabajo voluntario. No una triste y desconsolada desgraciada como Barbara Minerva antes de transformarse en Cheetah.

¿Desconsolada? No, no estaba desconsolada por amor.

¿O sí?

Cuadré los hombros. Después de una rápida ojeada para asegurarme de que las chicas se estaban portando bien, dije:

—Ya no estamos juntos, y no planeo volver a verlo, excepto cuando sea necesario por asuntos familiares.

Sus amables ojos marrones se suavizaron tanto que los míos picaron.

—Lo siento mucho. ¿Estás bien?

—Estoy bien. —Esa mentira se deslizó fácilmente de mi lengua. Llevaba dos semanas mintiéndome a mí misma al respecto.

Me apretó el brazo.

—Vamos a buscar un trago y a relajarnos. Puedes contármelo todo. O no, lo que te haga sentir mejor.

—Prefiero… no, creo.

—Está bien. De todas formas, nos hemos partido el lomo trabajando. Nos merecemos un trago.

Nos dimos la vuelta para mirar a la multitud de los primeros en llegar, que se reunían alrededor de las mesas altas frente a la banda de bachata, que se estaba instalando en el escenario. ¿Cuál de los hombres sería el compañero de trabajo de Mateo? Si Mateo estuviera aquí, podría habérmelo señalado. Nos habría presentado en un descanso de la música.

Pero él no estaba aquí. Ni para protegerme ni para facilitar la conversación.

Lo extrañaba. No por las cien pequeñas cosas que había hecho por mí. Lo extrañaba a él. Extrañaba voltear a verlo cuando pensaba que algo era divertido para ver si él también se reía. Tocarlo y sentirlo estremecerse de placer. Movernos juntos al ritmo de la música, confiando en que no nos dejaría tropezar mientras yo siguiera moviendo los pies.

Mierda. ¿Me había enamorado de ese grandulón?

Natalie me agarró la mano.

—¿Qué pasa? De repente te pusiste pálida.

—Nada, yo… —Pero tuve una excusa para no terminar. Asentí hacia la versión mayor de Natalie que se acercaba a nosotras. Llevaba un vestido de gala con pedrería de color rojo arándano y arrastraba a un hombre de piel negra en esmoquin con el pelo muy corto y canoso en las sienes.

—Natalie.

—Madre. —Natalie se enderezó. Su expresión cariñosa y preocupada se tornó inexpresiva, y una sonrisa sardónica levantó una comisura de su boca. Se giró y le lanzó un beso al aire a su madre.

—Preséntanos a tu amiga —ordenó la mujer.

—Madre, Charles, ella es Miriam Levy-Walters, la tesorera voluntaria de la fundación. Su hermano es Ben Levy-Walters, a quien conocieron en la fiesta de compromiso de Ben y Cooper en diciembre. Mimi, ella es mi madre, Audrey Jones Hayes, y mi padrastro, Charles Hayes.

—Encantada de conocerlos —dije. Todo en la señora Hayes gritaba *caro*. Su confianza de realeza me hizo preguntarme si debía hacer una reverencia. ¿O una inclinación? Estiré la mano.

La señora Hayes la tomó; su piel era increíblemente suave. El señor Hayes me estrechó la mano a continuación.

—Natalie nos ha hablado mucho de usted.

—¿Ah, sí? —Miré a Natalie, cuyas mejillas se sonrojaron justo en la parte superior.

—Nunca la he visto tan feliz como lo ha estado trabajando en esta gala —dijo él. Sus ojos marrones brillaban, y no pude evitar sonreír.

—Lo cual es ridículo, en realidad —dijo su madre—. Ha organizado docenas de ellas conmigo. ¿Dónde está tu pareja, Natalie? Hace siglos que no veo a Daniel.

Ella hizo un gesto despreocupado con la mano.

—Está por aquí en algún sitio. Probablemente cerrando un trato en la fila para las bebidas.

—Nunca deja de trabajar. —La señora Hayes asintió con aprobación, recordándome a mi propia madre. De repente, el trabajo interminable sonaba agotador. Necesitaba un trago. Y una silla.

—¿Nunca deja de trabajar? Eso no suena nada divertido. —Jackson Jones se acercó a nosotros, con dos copas de champán en la mano. Me entregó una—. Mimi, te has partido el lomo en esta gala, y es hora de sentarte y disfrutar.

—Gracias. —Mi cara y mi cuello se calentaron, hasta donde mis pechos desaparecían en el escote pronunciado.

—He oído que tú también has trabajado duro, Nat. —Una mujer que era una amazona, de piel oscura, delgada y de una belleza impresionante, se acercó a Jackson y le entregó su segunda copa a Natalie.

—¡Jamila! —dijo la señora Hayes—. Qué placer verla. Natalie, dale las gracias.

—Gracias —dijo Natalie con voz ronca. Tragó saliva. Sus ojos se habían vuelto enormes y redondos. Nunca la había visto tan alterada. ¿Qué estaba pasando?

—Bonito vestido —dijo Jamila, recorriendo con la mirada el escote—. No puedo creer que hayas crecido tan de repente. Recuerdo cuando venías a visitar a Jackson a la universidad. Siempre llevabas los vestidos de volantes más monos, y tu pelo en dos colitas.

Natalie se enroscó un largo rizo alrededor del dedo.

—Eso fue hace mucho tiempo.

Jamila soltó una carcajada.

—Y que lo digas. Recuerda aquella vez en que...

No me di cuenta de que había dejado de escuchar para observar a la multitud que se iba reuniendo, buscando un par de hombros fuertes y descuidadas ondas rubias, hasta que la voz del señor Hayes sonó baja en mi oído.

—Miriam, si me permite, creo que esta gala no es su ambiente, como tampoco lo es el mío. El secreto del éxito en estos eventos es conseguir una pareja que le allane el camino como Audrey lo hace por mí. —Extendió una mano y la señora Hayes la tomó.

—Charles. —La señora Hayes se acercó, apoyándose en su hombro—. Si tan solo hicieras un esfuerzo…

—¿Por qué debería esforzarme? —Sonrió—. Tú haces todo el trabajo por mí. De hecho, estoy seguro de que hay alguien con quien debería estar hablando en este momento.

—Tienes que encontrar al señor van der Poel para averiguar qué sabe sobre la nueva legislación de privacidad de datos.

—¿Ve lo que quiero decir? —Sus profundos ojos marrones brillaron—. Jackson, Jamila, vamos. Tenemos que hacer algunos contactos. Y estas dos se merecen beber champán en paz. Si nos disculpan, señoritas. Disfruten de la fiesta. —Le guiñó un ojo a su hijastra, me asintió y le ofreció el codo a su esposa. Ella lo tomó y desaparecieron entre la multitud, junto con Jackson y Jamila.

—Sí. —La sonrisa de Natalie era tan frágil como el cristal—. Así es como Mateo y tú habrían sido.

Me bebí las últimas gotas de champán en la boca. Necesitaba otro si iba a seguir echándomelo en cara.

—Vamos. También tenemos que hacer contactos. Órdenes de Larissa. —Además, necesitaba encontrar a la directora y preguntarle sobre el retiro y el extraño depósito.

—A la mierda con Larissa. Salir contigo es mucho más divertido que hacer contactos. Pero si quieres relacionarte, puedo ser la Audrey de tu Charles. —Echó su largo cabello por encima del hombro. Sabía exactamente cómo manejarse en estas fiestas de una manera que yo nunca podría.

—Nunca seré como tu madre o Charles. No pertenezco a este lugar. —Me miré el vestido de lentejuelas como si lo hubiera estado proyectando con la magia de Loki, y en cualquier momento la ilusión se desmoronaría, dejándome con mi habitual ropa negra y holgada.

—Claro que sí. Solo necesitas la pareja adecuada. —Dobló el codo como un duque en una película de época.

—Gracias, Natalie. Eres una buena amiga. —Pasé mi mano por su brazo—. Ahora, ¿adónde deberíamos ir pri…?

Larissa se acercó flotando hacia nosotras, reventando la delicada burbuja de normalidad que Natalie había soplado a mi alrededor. Llevaba un vestido negro estilo sirena sin tirantes cubierto con un intrincado trabajo de pedrería que se extendía hasta el vaporoso tul del bajo. Alrededor de su cuello llevaba un llamativo collar de brillantes cristales rojos con un enorme rubí falso suspendido justo por encima del corpiño del vestido.

—Larissa, ese vestido es precioso —dijo Natalie. Se acercó un poco más—. ¿Bordado a mano?

—¿A que sí? —Larissa se pasó una mano por el costado.

—Y ese collar. —Natalie mencionó a algún joyero de alta gama que yo había oído mencionar a las celebridades en la alfombra roja antes de las entregas de premios.

Larissa asintió.

—Es la pieza más increíble que he usado nunca.

¿Era real? Trague saliva, y esa punzada en la parte posterior de mi cerebro, como la respuesta a un problema de matemáticas que casi había resuelto, estaba de vuelta. No conocía el sueldo neto de Larissa ya que, en contra de mi consejo, Jackson le pagaba directamente de sus fondos personales. Según los sitios web de comparación de salarios que había consultado, no era suficiente para permitirse rubíes gigantes y genuinos. ¿Sería posible alquilar joyas como esas? Mi mente daba vueltas, tratando de descifrar el modelo de negocio del joyero y cómo asegurarían las piezas.

Larissa me sacó de mis cálculos diciendo:

—Permítanme presentarles a Flavio, mi acompañante.

Había estado de pie detrás de ella, hablando con uno de los

miembros del personal del club, uniformados de negro, pero se adelantó cuando ella le tiró de la manga. Las dos veces que lo había visto aquí antes, había estado usando ropa de golf, pero esta noche su esmoquin se amoldaba a su físico, desde los hombros anchos hasta las caderas estrechas. No se paraba derecho como Mateo siempre lo hacía, sino que se encorvaba, con las manos en los bolsillos, cómodo en su esmoquin y en su propia piel como si fuera el dueño del lugar.

—Oh, ya nos conocemos —dijo Natalie—. Cuando vinimos aquí con la decoradora la semana pasada.

—Sí. —Él agitó un dedo—. Le di mi tarjeta, señorita Jones, pero todavía no me ha llamado.

—Hable con Larissa. Es ella quien nos ha mantenido ocupadas con la planificación de la fiesta.

—Ah. Pero ahora la planificación de la fiesta ha terminado, y tengo una propuesta de negocio…

—Ahora no, Flavio. —La sonrisa de Larissa se transformó en una mueca—. ¿Dónde está Mateo? Quiero preguntarle por qué la banda no lleva sombreros y esos pantalones ajustados de mariachi.

Natalie puso los ojos en blanco con tanta fuerza que pensé que sus pestañas postizas podrían salir volando.

—No está aquí esta noche —dije.

—¿Problemas en el paraíso? —Las cejas rubio ceniza de Larissa se alzaron.

Quería decirle que no, pero la mentira se me atascó en la garganta seca.

—Oh, no. —Su voz bajó una octava—. ¿Rompieron?

Natalie se acercó y me agarró mi mano, que de repente se había quedado fría.

—No hablemos de eso esta noche. Esta noche es para celebrar nuestro arduo trabajo. —Pero me dirigió una mirada tan llena de compasión que me picaron los senos paranasales.

Resoplé. No estaba segura de que mis propias pestañas postizas pudieran soportar las lágrimas. Además, ya había derramado suficientes en mi almohada con aroma a Mateo. Apreté la boca para contener el sollozo.

Natalie debió de ver el temblor de mi mandíbula.

—Disculpen. Íbamos a por una segunda ronda.

—Recuerda que esta noche representas a la fundación —siseó Larissa—. Solo dos tragos, Miriam. Sin errores.

Me enderecé. Tenía que preguntarle sobre la cuenta para imprevistos. Pero no delante de Flavio y Natalie.

—Larissa, ¿podría…?

—No hay tiempo. —Natalie me agarró del brazo y me arrastró entre la multitud hasta el bar más cercano.

—Pero necesitaba preguntarle algo sobre la fundación…

—A la mierda con la fundación —espetó Natalie—. Estamos en una misión. Las rupturas requieren champán y chocolate.

Con Ben, era vino tinto y pizza grasienta. Pero eso no había aliviado la pesadez en mi estómago. Quizá el remedio de Natalie sí lo haría. Encontraría a Larissa cuando mis ojos no estuvieran tan llorosos.

Puse una sonrisa de disculpa.

—Soy alérgica.

—¿Al champán?

—No. Al chocolate.

Sus ojos se suavizaron con compasión.

—Pobrecita. El chocolate es el mejor remedio para las rupturas que conozco. Tendremos que ahogar tu pena con… carbohidratos. No eres alérgica a ellos, ¿o sí?

—Solo a los que tienen sabor a chocolate.

Dos copas de champán después en un rincón del salón de baile, la habitación había adquirido una calidad de visión borrosa.

—Creo que necesito comer algo más que salmón en tostaditas —dije. *No* necesitaba una repetición de la despedida de soltera de Bree, o sus consecuencias.

—Buena idea. —Natalie detuvo a un camarero con un gesto sin esfuerzo de su mano—. Disculpe, ¿puede pedirle al jefe de cocina que empiece el servicio de la cena?

—Yo… ¿supongo? Tendremos que preguntarle al señor Flavio.

Arrugué la nariz. El alcohol no había disminuido la opresión en mi pecho, pero me había soltado la lengua.

—¿Por qué a él?

La camarera ladeó la cabeza.

—Esta noche, todo pasa por él.

Todo debería haber pasado por Larissa. O por una de nosotras.

—¿Por qué?

La camarera se encogió de hombros.

—Dice que está a cargo esta noche. *Es* el dueño.

—¿Flavio *es el dueño* del club campestre? —Ese hecho atravesó mi cerebro nublado.

—¿Sí?

—¿Ese Flavio… —Dios, cómo deseaba saber su apellido— … de allí? —Señalé el centro de la pista de baile, donde Larissa estaba a su lado.

—Sí. Le pediré al gerente que le pregunte a él. —Se giró sobre su zapato negro y me dejó allí, boquiabierta.

—Flavio es el dueño del club campestre —dije.

—¿No lo sabías? —preguntó Natalie.

—No, ¿y tú?

—No, pero ¿por qué pones esa cara?

—Es el prometido de Larissa. La fundación le está pagando al club campestre una suma de cinco cifras. Por hora. Es mucho dinero, y es un conflicto de intereses. —Yo había emitido los cheques, y Larissa los había firmado. No se me había ocurrido investigar la propiedad del lugar, pero ahora que lo sabía, tendría que reportarlo. Sumado al asunto raro con las cuentas, era demasiado para ignorarlo. Me froté las manos. Se sentían sucias.

Me había tragado la capacitación obligatoria de cumplimiento de Synergy una vez al año desde que me uní a la compañía, así que podía recitar de memoria la política sobre conflictos de interés, pero la fundación era demasiado pequeña para un programa de capacitación como ese. ¿Podría haber sido un error honesto?

—Sabía que algo no andaba bien —dijo Natalie—. La fundación nunca parecía tener tanto dinero como debería. Por eso acepté ayudar con la gala. Yo, ah… —agarró su copa de champán —, al principio pensé que podrías ser tú quien se quedaba con dinero de la fundación, pero después de conocerte, no me cuadraba. Le pregunté a Jackson si creía que Larissa podría ser turbia, pero venía tan altamente recomendada que creo que le tiene un poco de miedo.

Un ladrillo me pesaba en el estómago. No me había dado cuenta de nada raro en las cuentas hasta el extraño retiro de anoche. ¿Había estado tan concentrada en mis metas profesionales que se me había pasado por alto algo tan enorme como una malversación de fondos?

—Yo… yo encontré algo. Anoche. Una de las cuentas de la fundación fue vaciada. Por Larissa. —Abrí mi bolso de mano y le entregué la hoja impresa—. Hoy, hubo un depósito extraño en mi PayMo. Lo revertí, pero el número coincidía con el saldo del fondo para imprevistos.

—La semana pasada, cuando estuvimos aquí con la decoradora, dijiste que faltaba un depósito. ¿Qué dijo Larissa al respecto?

—Dijo que le dio el efectivo a la decoradora.

Natalie negó con la cabeza.

—Gail es una amiga. Acordó recibir su pago después del evento. Renunció a su depósito estándar.

La cabeza me daba vueltas. Esto era demasiado irregular. Nunca pasaríamos una auditoría. Algo andaba definitivamente mal. Pero Larissa había ganado ese premio el año pasado. No podía creer que hubiera defraudado intencionadamente a la fundación. ¿Quién podría hacerle eso a los niños?

—Deberíamos decírselo a Jackson —dijo Natalie—. Sé que él adopta un enfoque de no intervención en la gestión de la fundación, pero no le gustará oír esto.

—Preferiría hablar primero con Larissa. Ver qué tiene que decir en su defensa.

—Está bien, pero… —Se mordió el labio—. Hay más. No

quería decir nada hasta estar segura, pero creo que se ha estado embolsando el dinero que se supone que debe usar para el alquiler. Jackson mencionó que ha estado pagando por un espacio de oficina, pero ella y yo siempre nos reunimos en Starbucks.

Mis ojos se abrieron como platos.

—¿Jackson le ha estado dando dinero para un espacio de oficina? Las cuentas de la fundación deberían pagar eso. Además, ella ha estado trabajando desde su condominio.

Natalie negó con la cabeza.

—Tenemos que decírselo a Jackson. Esto... —sacudió los papeles en su mano—, esto es una prueba.

Se bajó de su silla y esperó, con las cejas enarcadas.

Tenía razón. Era demasiado para ser un error. Pero ahí se iba el puesto de subdirectora. Jackson Jones nunca me perdonaría por dejar que esto sucediera bajo mi supervisión.

Me deslicé del taburete alto.

—De acuerdo. Hablemos con él.

Ella buscó con la mirada a su hermano en la pista de baile, y yo miré en la dirección opuesta, hacia la entrada.

Mi mirada se enganchó en un par de hombros fuertes y una cabeza rubia que sobresalía por encima de la multitud. Se me cortó la respiración en el pecho.

¿Mateo?

Todo pensamiento se evaporó de mi cerebro. La fundación, el fraude de Larissa, incluso mi amiga a mi lado. Una ola de esperanza me invadió. Esperanza de que me hubiera perdonado. De que hubiera venido aquí para verme. De que... —tragué saliva— quisiera volver a ser parte de mi vida.

Porque yo quería eso.

Pero cuando giró la cabeza, me di cuenta de que solo era Cooper Fallon, de pie junto a mi hermano en la entrada del salón de baile.

Cuando mi estómago se desplomó, dejé de negarlo.

Había estado enamorada de Mateo todo este tiempo.

29

MATEO
Una hora antes

TENÍA todo lo que un soltero necesitaba en el Día de San Valentín: una cerveza en la mano, un *six-pack* en el refrigerador y un segundo *six-pack* detrás de ese. Además de fútbol en una televisión gigante. No, no era temporada de fútbol, ni siquiera de fútbol americano, pero aunque Miguelito nunca veía nada que no fueran las noticias financieras, tenía un increíble paquete de televisión por cable. El canal de la MLS estaba repitiendo un maratón de los partidos del Mundial del año pasado.

Y tenía al mejor amigo de todos, aunque tuviera que esconderse bajo una manta. Arranqué un pequeño triángulo de una tira de carne seca y se lo di a Roger, que ronroneó satisfecho bajo la manta de cachemira en el sofá modular de la sala de televisión de Miguelito. Luego le lancé un trozo más grande a Coco, que estaba tumbado en el suelo a mis pies.

El golpeteo de unos zapatos de vestir sobre las baldosas me dio tiempo de sobra para cubrir a Roger con la manta antes de que Ben entrara.

—Oye, Mateo, ¿puedes ayudarme con el moño? Todavía no le agarro el truco.

Dejé la cerveza y rodeé el sofá para pararme frente a él. Tenía un brillo fresco que lo hacía lucir aún más hermoso que el esmoquin entallado con adornos de satén. Me limpié los dedos llenos de carne seca en mis pantalones deportivos para no manchar el brillante moño.

—¿Es de Boss?

—No. —Suspiró extasiado, poniendo los ojos en blanco hacia el techo—. El puto Tom Ford. Mira los puños. —Levantó un antebrazo para mostrar el puño de satén y los botones forrados.

Silbé.

—Debe de quererte mucho.

—Lo sé, ¿verdad?

Una sonrisa se dibujó en mi rostro. ¿Estaba celoso de que mi primo hubiera conquistado al amor de su vida mientras yo tenía el corazón destrozado? Absolutamente. Aun así, no podía enojarme ante la felicidad incandescente de Ben.

—¿Lito no pudo hacértelo? —Le enderecé los extremos y dejé que la memoria muscular hiciera el resto. A mi padre le gustaba usar moños para ir a misa los domingos.

—Lo intentó… —El cuello de Ben se sonrojó bajo el cuello de la camisa en un tono que me recordó demasiado a la piel de su hermana—, pero no dejaba de, um, distraerse. Por eso vamos tarde. Ahora se está duchando.

Forcé una risita.

Siempre demasiado perceptivo, Ben preguntó:

—¿Vas a estar bien?

—¿Qué? —Apreté el nudo—. Claro. Tengo cerveza y fútbol. Más tarde pediré una pizza. La vida es buena.

—Mateo. —Ben me puso una mano en la camiseta, justo sobre el agujero que tenía en el pecho—. Siento que lo tuyo y de Mimi no funcionara. Estaba apostando por ustedes.

—Igual podrías apostar por San Marino —murmuré, acomodándole el moño.

—No me va mucho el rollo de los deportes. ¿Qué es San Marino?

—¿San Marino? —Miguelito entró, con su propio moño colgando del cuello—. Solo el peor club de fútbol europeo de la historia. No querrás ver un partido ahí, ¿o sí?

—¿Dónde queda…? Olvídalo. Mateo se estaba comparando con ellos y supe que no me gustaba. —Intercambió una mirada con su prometido.

—Lo que dije el otro día iba en serio —dijo con voz ronca—. Eres mi primo y te quiero. Te valoro. Eres suficientemente bueno.

Necesitaba esas palabras. Las absorbí a través de la piel como la vitamina D del sol. Se acumularon en mi estómago, calentándome desde dentro.

—Oh, Mateo —dijo Ben—. Por supuesto que eres suficientemente bueno. Puede que Mimi sea mi hermana, pero es una tonta si no lo ve.

Me picaron los senos nasales. Enganché a Ben con mi brazo derecho y a Lito con el izquierdo y los atraje en un abrazo aplastante. Contuve las lágrimas, no quería que cayeran sobre las solapas de sus esmoquins.

—Gracias —susurré con la garganta apretada.

Ben me abrazó con fuerza mientras Lito me daba unas cuantas palmaditas torpes en la espalda.

—Ambos te queremos, Mateo —murmuró Ben contra mi hombro.

—Pero… —Miguelito se separó suavemente de mi abrazo y atrajo a Ben a su lado—. No puedo aprobar que te estés regodeando en tu miseria. —Hizo un gesto hacia mi camiseta desteñida y raída y mis pantalones deportivos caídos—. ¿Por qué no estás vestido?

Me bajé la camiseta encogida para cubrirme el estómago.

—Estoy vestido. Estoy listo para una noche con mis clubes favoritos.

Miguelito echó un vistazo a la televisión.

—¿Leipzig contra Chelsea? Los odias a ambos.

Mierda, había estado demasiado ocupado regodeándome para prestar atención a quién jugaba.

—¿Quizá puedan perder los dos?

—A la mierda con esa estupidez. —Mi primo cortó el aire con la mano—. Vienes con nosotros a la gala. Vas a jugártela con Mimi.

—¿Qué? —Un escalofrío me recorrió la espalda—. No, no lo haré. Ella no me quiere.

—Claro que te quiere. —Ben me pasó una mano tranquilizadora por el bíceps—. Solo que se le ha olvidado.

Enseñé los dientes y me aparté de su contacto.

—Porque soy fácil de olvidar.

La boca de Ben se abrió en una *O* de horror. Esta vez, Miguelito me agarró del hombro, soltando las palabras entre dientes.

—Tú. No eres. Fácil de olvidar. Todo el que te conoce te adora. ¿Tu madre? Ella tenía sus problemas, no relacionados contigo. Y Mimi fue una tonta al dejarte ir. Probablemente se arrepienta de esa decisión ahora mismo.

Resoplé.

—Claro que sí. Ha llegado sola a esa gala y Larissa está... maldita sea, Larissa la está haciendo mierda, ¿verdad?

—Solo hay una forma de averiguarlo. Ven con nosotros. Vuelve a conquistarla.

Me volví hacia Ben. Es decir, quería a mi primo, pero su historial de citas era una mierda.

—Dale otra oportunidad —dijo Ben—. Si vuelve a cagarla, no me importa que sea mi hermana. La voy a mandar a la congeladora.

—Jamás podría interponerme entre tú y Mimi. Tienes que ponerte de su lado. Pero me quedo con Lito. —Le pasé un brazo por los hombros a mi primo.

Él se apartó, quitando arrugas invisibles de su esmoquin.

—Vamos. Te ayudaré a elegir un esmoquin arriba.

—El de brocado de Versace, amor —dijo Ben—. A ti nunca te queda del todo bien, pero a él se le verá increíble.

Los labios de Miguelito se curvaron hacia abajo, pero luego se encogió de hombros.

—Es un poco demasiado llamativo para mí. Pero perfecto para mi primo.

Cuando me di la vuelta para seguir a mi primo escaleras arriba, Ben me agarró la muñeca. Enarcando las cejas, dijo en una voz demasiado baja para que su prometido la oyera:

—Me llevaré a tu invitado a casa. No te recomendaría traerlo aquí de nuevo. Cooper no será tan amigable al respecto como lo es Coco, y podría retractarse de las cosas buenas que dijo de ti.

Me incliné sobre el respaldo del sofá, destapé a Roger y se lo entregué a Ben.

—Gracias, hombre. Te debo una.

—Nah. Haz que mi hermana vuelva a sonreír y todo estará perdonado. —Me dio una palmada en el hombro y se alejó con paso ligero, con Roger casi invisible contra su chaqueta de esmoquin negra.

—¿Vienes? —llamó Miguelito desde el descanso de la escalera.

Subí corriendo las escaleras para reunirme con él. Aunque no la recuperara, salvaría a Mimi de los celos helados de Larissa y la ayudaría a seguir en la carrera por el trabajo que tanto deseaba.

Quince minutos después, seguí a mi primo escaleras abajo. Estaba vestido y arreglado, y él me había rociado con una colonia de olor increíble que dijo que nunca le había gustado. Me recordaba a las flores nocturnas y a la cálida brisa del océano de mi tierra.

Ben se levantó del taburete de la cocina donde había estado esperando. Fingió protegerse los ojos.

—Por Dios, no puedo con tanta sensualidad. Mateo, si Mimi no te acepta de vuelta, no será ningún problema encontrar a alguien que te ayude a olvidarla. Demonios, yo te ayudaría.

Miguelito gruñó desde lo profundo de su garganta.

—¡Bromeaba! Totalmente en broma. Pero al entrar con ustedes dos, me sentiré como Scarlett O'Hara en el picnic de los Doce

Robles. —Ben tomó la mano de su prometido y lo condujo hacia la puerta del garaje—. Vamos, guapo. Llegamos tarde.

Miguelito le quitó algo del hombro a Ben.

—¿Eso es pelo de gato?

—No puede ser, amor. ¿De dónde sacaría pelo de gato en nuestra inmaculada casa? —Me guiñó un ojo por encima del hombro—. Vamos, Mateo. Ya hicimos la magia de la hada madrina. Ahora solo falta recuperar a tu princesa.

En silencio, los seguí hasta el garaje. ¿Y si Mimi no quería que la recuperaran?

Cuadré los hombros. Nunca lo sabría si no lo intentaba.

30

MIMI

ME APARTÉ DE LA ENTRADA. No podía ver a Ben hacerle ojitos a alguien que se parecía tanto al hombre que había desechado y perdido.

—Lo siento, ¿qué decías? —le pregunté a Natalie.

Pero ella también estaba distraída. Su hermano Jackson se acercó a nosotras con aire despreocupado. Sus ojos marrones brillaban como el champán.

—¿A dónde se fue Andrew? Todavía no me ha dado su donación. Pero esto te va a encantar. Acabo de aceptar un cheque de diez mil dólares de ese imbécil de van der Poel. Quería dártelo a ti, Nat —¿no es tu pareja esta noche?—, pero le dije que era mi puta fundación, y que diez mil dólares no iban a conseguir meterlo en tus pantalones.

—Como sea, quería agradecerles de nuevo por organizar todo esto. Lo que sea que les pague, no es suficiente por lo que han hecho aquí esta noche. —Hizo un gesto hacia las mesas del comedor que brillaban con cristal y plata, hacia la banda y las parejas que bailaban, hacia la gente que había venido con sus mejores galas en el Día de San Valentín para apoyar a los niños neurodivergentes.

Natalie resopló. —No nos pagas nada, Jackson. Te ayudé porque eres mi hermano y no quería que fracasaras estrepitosamente con tu primer gran evento. Mimi ayudó por la bondad de su corazón. Porque le encanta apoyar a los niños.

Aunque sí que quería ese puesto de subdirectora, pensé. —Bueno, eso no es del todo…

—Espera. —Jackson frunció el ceño—. ¿No les estoy pagando?

—No. —Imité su ceño fruncido—. Bueno, o sea, usted me paga por mi trabajo en Synergy, pero mi trabajo para la fundación es pro bono.

—Pero he estado transfiriendo dinero a la cuenta de la nómina cada dos semanas. Larissa dijo que lo repartiría entre el personal.

Natalie ahogó un grito.

Me quedé helada. La fundación no tenía una cuenta de nómina. Larissa dijo que Jackson le pagaba a ella directamente y que yo no tenía que preocuparme por eso. Había planeado hablar con Jackson sobre cómo gestionar mejor la financiación de la fundación y su impacto en sus impuestos personales, pero había querido esperar a que Larissa se decidiera por el puesto de subdirectora. La bilis se me revolvió en el estómago.

Tragué saliva. Era una acusación muy grave. Pero no había otra explicación para todo lo que Natalie y yo habíamos visto. —Creo que Larissa se ha estado enriqueciendo a través de la fundación. Se quedó con toda la nómina. Y ha habido otros gastos cuestionables. Conflictos de intereses. Tengo documentación de que le di a Larissa dinero en efectivo para un depósito, pero no se lo entregó al proveedor. Ha desaparecido. Y tengo esto —saqué los papeles doblados de mi bolso de mano—, la prueba de que Larissa vació el fondo de emergencia de la fundación anoche. Siento no haberme dado cuenta antes.

—Oh, joder. —Jackson examinó los papeles—. Vaya jugada de aficionada no enmascarar siquiera su dirección IP. Me tomará dos segundos confirmar que fue ella.

Se pasó una mano por la cara. —Soy un desastre con la parte empresarial. Debería haberle pedido a Cooper que me ayudara con esto. Pero venía tan bien recomendada. Y, francamente, me da un poco de miedo. —Se enderezó—. Voy a necesitar copias del resto de esa documentación para mi abogado.

—Por supuesto. Puedo dársela mañana por la mañana.

—Envíemela el lunes. No debería trabajar el fin de semana. Esperemos que se vaya sin hacer ruido y que el dinero pueda solucionar este desastre. —Sacó su teléfono, marcó y murmuró algo.

—Nunca pensé que… —susurré.

—Pues yo sí —dijo Natalie—. Ese tipo, Flavio, es su cómplice, no su prometido.

—Sí que daba una cierta vibra.

Jackson apartó el teléfono de su oreja. —Seguridad va a localizarla y evitará montar una escena. —Se tiró de las raíces del pelo —. Ahora, ¿dónde voy a encontrar a una nueva directora de la fundación para arreglar este desastre? —Escudriñó a la multitud como si fueran una fila de candidatos.

—Jackson, pedazo de idiota —dijo Natalie—. Tu nueva directora está parada justo delante de ti. —Me agarró por los hombros y me empujó delante de ella.

—¿Mimi? —Su rostro se iluminó—. ¡Claro! Mimi, ¿quiere hacerse cargo? —Mencionó un salario dentro del rango que yo había investigado.

—Yo… —Ay, mierda. Me sentía cómoda con la idea del puesto de asistente, siguiendo las órdenes de otra persona. ¿Pero ser yo la líder?—. ¿Estoy cualificada?

Natalie, que todavía tenía las manos en mis hombros, se inclinó y me habló al oído. —Te ayudaría, te lo prometo.

—Ayuda. —Me aferré a la palabra como si fuera un salvavidas —. Necesitaría mucha ayuda.

—A quien usted quiera —dijo él—. Puede contratar personal. Y un auditor.

Mis mejillas ardieron. ¿Cómo se me había pasado por alto el desfalco de Larissa? —¿Está seguro de que me quiere a mí?

—No se me ocurre una mejor candidata. He visto su buen trabajo. Además, Nat responde por usted.

—¿Puedo pensarlo y darle una respuesta el lunes?

—Por supuesto. —Miró su teléfono—. Parece que encontraron a Larissa. Tengo que ir a encargarme de ella.

—¿Qué vas a hacer? —Natalie se frotó las manos—. ¿Harás que la policía la espose?

—Has visto demasiadas series policíacas, Nat. Por ahora, voy a ver qué tiene que decir en su defensa.

—Mimi y yo vamos contigo.

—¿Ah, sí? —parpadeé. ¿Quería ver cómo derribaban a Larissa?

Había robado dinero a los niños que se suponía que debíamos ayudar. Demonios, claro que quería.

El equipo de seguridad de Jackson había retenido a Larissa en una pequeña sala de conferencias junto al vestíbulo. Jackson habló con la jefa del equipo, una mujer alta y musculosa con el pelo muy corto. —¿Dónde está Flavio?

—No lo encontramos. Pero abandonó a su pareja. —Señaló con la cabeza a Larissa, que levantó la nariz con altivez.

—Esto es ridículo, Jackson. No sé qué cree Miriam que he hecho…

—Ella no cree que usted haya hecho nada. Yo sí lo creo. Creo que ha estado robando dinero que se suponía que debía ayudar a los niños.

Me escondí detrás de Natalie, pero la gélida mirada azul de Larissa me encontró. —Miriam no sabe nada de cómo se gestionan las organizaciones sin ánimo de lucro. No lo entiende. Le mostraré exactamente…

Salí de la sombra de Natalie. —Tal vez no sepa cómo dirigir una organización sin ánimo de lucro, pero entiendo de contabilidad. Y de impuestos. Y creo que usted también. Lo que ha hecho no está bien. Tengo los recibos —o la falta de ellos— para demostrarlo.

—¿De verdad? —Enarcó las cejas y una sonrisa se dibujó en sus labios—. Jackson, creo que si examinas las cuentas personales de Miriam, verás que es ella quien sacó el dinero del fondo de emergencia.

Una fría comprensión recorrió mis venas. —¿Intentaba culparme a mí? ¿Hacerme cargar con la culpa de su robo? Yo sabía que ese dinero no era mío. Hice que PayMo revirtiera los cargos.

—Además —dijo Jackson—, puedo rastrear la IP. Estoy bastante seguro de a dónde me llevará.

Por primera vez, el miedo cruzó su terso rostro. —No puedes hacerme esto. Tengo contactos. Gente que se encargará de que no puedas probar nada.

Jackson se encogió de hombros. —No tengo que probar nada. Su empleo es a voluntad, y ya no necesito sus servicios. Confío en Mimi. Ella tiene pruebas de lo que usted ha hecho. Probablemente podamos encontrar más de las anteriores organizaciones sin ánimo de lucro con las que ha estado asociada. Así que sea inteligente, Larissa. Váyase de la ciudad y encuentre un trabajo honrado en el sector privado. Si me entero de que está intentando robar a otra organización sin ánimo de lucro, iré a por usted.

El pecho de Larissa subía y bajaba con agitación, pero permaneció en silencio. Su expresión se volvió impenetrable. —De todas formas, no creo que quiera quedarme aquí. Me voy.

Con una mirada cautelosa a la jefa de seguridad, se deslizó hacia la puerta, pero se detuvo a mi lado. —Ten cuidado, Miriam. Veo cómo quieres formar parte de este mundo. —Miró a los Jones—. Eres como yo, ambiciosa. Montando un espectáculo para ellos. Deseando ser el centro de atención. Pues bien, ese foco puede quemarte.

—No somos iguales. —Tenía más razón de lo que me gustaría admitir. Había querido ser como ella, volar tan alto como ella lo había hecho. Pero ahora veía que no había volado en absoluto. Había usado hilos invisibles para crear la ilusión de vuelo. Y preferiría trabajar en la oscuridad para siempre que hacer lo que ella había hecho—. Yo nunca robaría.

Enarcó una ceja. —¿No lo harías? Las mujeres como tú y como yo no tenemos la red de seguridad que tienen *ellos*. Tenemos que luchar con uñas y dientes para llegar a la cima. Cuesta dinero aparentar que pertenecemos. Y a veces tienes que fingir hasta que lo consigues.

A primera vista, lo que había dicho sonaba muy parecido al mantra de mi madre de *inteligencia, empuje y confianza*. Pero lo había retorcido de una manera que yo nunca haría. —Preferiría ser pobre y estar desempleada que tomar dinero donado para ayudar a los niños.

Enarcó una ceja. —Buena suerte con eso. Solo los ricos pueden permitirse un sentido de superioridad moral. —Con un resoplido, salió elegantemente por la puerta. Nadie la detuvo, y el repiqueteo de sus tacones se alejó rápidamente por el pasillo.

Jackson agradeció al equipo de seguridad, y estos salieron y cerraron la puerta.

—¿Vas a dejar que se salga con la suya? —Natalie puso las manos en la cintura.

—Nat, le estoy dando una segunda oportunidad. Yo también he cometido errores.

—¿Errores? —Su voz se elevó indignada—. ¡El desfalco no es precisamente un error!

—Jackson, tengo que estar de acuerdo. Es un delito grave —dije.

—Estuvo mal, y voy a darle la oportunidad de enmendarlo. Otras personas me dieron esa oportunidad —muchas oportunidades— cuando la cagué. —Se frotó un punto entre las cejas—. Pero prometo que la vigilaremos. Si lo intenta de nuevo en otro sitio, iremos a por ella. Yo cubriré con mis fondos personales cualquier cosa que haya tomado de la fundación.

Había robado a la organización por la que tanto había trabajado. A los niños. —Pero...

—Usted pondrá en marcha medidas para que esto no vuelva a ocurrir, ¿verdad? —preguntó.

—Por supuesto. —Era una promesa.

—Ahora, todavía tenemos una gala en marcha ahí fuera y donantes a los que exprimir. —Se frotó las manos—. Se suponía que Larissa iba a dar un breve discurso y luego presentarme. ¿Puede hacerlo usted, Mimi?

—¿Un discurso? —Los discursos no eran lo mío. Por eso me había hecho contadora.

—Solo dé la bienvenida a todos, agradézcales sus contribuciones y luego diga: «Aquí está Jackson». Nada complicado.

—¿Tienes un discurso preparado? —preguntó Natalie.

Se rio entre dientes. —Ya me conoces. Pienso improvisar. —Salió por la puerta con paso decidido.

Natalie me abrazó. —Estoy desilusionada por el robo de Larissa, pero estoy muy emocionada por ti. Deberías haber estado a cargo desde el principio.

—Pero no sé nada sobre dirigir una organización sin ánimo de lucro. Tal vez deberías…

—Te prometo que te ayudaré. Tienes las habilidades que necesitas. Eres organizada, tienes empuje y, sobre todo, te preocupas por los niños como Larissa nunca lo hizo.

La confianza de Natalie apuntaló la mía. —De acuerdo, si crees que puedo…

—Sé que puedes. —Me abrazó de nuevo—. ¿Lista para subir al escenario?

Mi sonrisa era vacilante. Claro, había alcanzado —superado— mi objetivo. Pero ahora tenía que dar un paso al frente y hacer el trabajo. Sin la red de seguridad del liderazgo de otra persona. Pero Natalie creía en mí. Con su ayuda, podría conseguirlo.

—De acuerdo. —Salimos juntas.

Pero en cuanto entré en el salón de baile, mi mirada se posó en la persona que había estado buscando toda la noche. Alguien alto, rubio y vestido con un esmoquin. Y esta vez, no era Cooper Fallon.

31

MIMI

—VAMOS, Mimi —dijo Natalie—. Ay.

Más bien *Aaaay*.

¿Qué hacía Mateo en la gala? Estaba de pie, solo, recorriendo a la multitud con la mirada. Ya no llevaba los jeans y la camiseta ajustada que solía usar. Esta noche estaba guapísimo y elegante con un esmoquin de brocado que se ceñía a sus hombros y a su torso musculoso y rozaba sus poderosos muslos. El corbatín estaba impecable y ajustado bajo su barbilla.

Parecía que pertenecía a ese lugar, a ese salón resplandeciente.

Mierda, ¿habría venido con alguien? No era tan cruel. Aunque me lo merecía después de lo que le había hecho. Un puño me oprimió el corazón.

—Necesito un minuto.

—¿Un minuto? —Natalie tarareó en señal de apreciación mientras lo recorría con la mirada de arriba abajo—. Yo necesitaría veinte. Por lo menos. Anda. Dejaré listos a los técnicos de sonido para ti.

Natalie desapareció con un clic-clic-clic de sus tacones. Pero mi mirada se quedó fija en Mateo.

Di un paso hacia él, y fue entonces cuando me vio. Su expresión se congeló, sus ojos se abrieron de par en par. Luego me recorrió con la mirada desde mi peinado recogido hasta el desborde de mis pechos, hasta donde el vestido se ceñía a mis caderas envueltas en licra, siguiendo la larga abertura del vestido hasta los dedos de mis pies en mis tacones color beige.

Lanzó su mirada de vuelta a mi rostro, y deseé poder borrar la incertidumbre que se instaló en el surco entre sus cejas.

Avancé tropezando hacia él, tan rápido como pude con los tacones demasiado altos, hasta que estuve de pie frente a él.

—Mateo, yo…

—Mimi. —Mi nombre fue un suspiro, una esperanza, un reencuentro. Extendió una mano como para tocarme, pero la retiró.

¿Y yo? Debía estar compitiendo por el premio al momento más incómodo de la noche. Horrorizada e incapaz de detenerla, vi mi mano extenderse hacia él para un apretón de manos.

Él bajó la mirada, y sus ojos se arrugaron con dolor como si lo hubiera pateado. Aun así, siendo siempre la mejor persona, envolvió su mano en la mía y la apretó.

—Mimi. —Esta vez, cuando lo dijo, mi nombre salió estrangulado y tenso.

Soltó la presión sobre mi mano, pero yo me aferré como Roger al gimnasio para gatos forrado de sisal.

—Mateo, lo siento. Nunca debí decirte esas cosas. No debí hacerte sentir que eras un escalón en mi carrera. Todo lo que hiciste fue ayudarme, y te lo eché en cara. Nunca quise lastimarte.

Su boca se tensó hasta que sus labios carnosos palidecieron. —Está todo bien.

—No. —Él tenía que entender esto, que nadie debía aprovecharse de él. Que nadie podía insultarlo y hacerlo a un lado como yo lo había hecho—. No, no lo está. Tomé todo lo que me diste. Y me diste tanto. Ayuda con la gala. Este vestido. Y mucho más. Y aun así fui una ingrata.

Su boca era una línea delgada. —Está bien. Me alegro de que todo te saliera bien.

Estaba haciendo todo mal, pero no sabía cómo parar. Así que me hundí más. —Sí. Me salió muy bien. Jackson acaba de ofrecerme el puesto de directora. No subdirectora. Directora. Y creo que voy a aceptarlo.

Su rostro tenso se resquebrajó, las comisuras de su boca se curvaron hacia arriba. —Eso es genial, Mimi. Me alegro por ti.

—Pero yo… —¿Por qué me costaba tanto? ¿Por qué estaba estancada en todo lo que era irrelevante? ¿Por qué no podía decirle lo que sentía por él?

Lo miré a los ojos, amables, suaves y cálidos como un cielo de verano. Y entendí por qué no podía hablar. Todo esto estaba mal. No era suficiente con decírselo solo a él. El mundo, o al menos todos en este salón de baile, tenían que saber lo maravilloso que era. Merecía no solo mi agradecimiento, sino el de toda una sala.

Me puse de puntillas y le di un beso rápido en los labios. —Quédate aquí, ¿sí? No te muevas.

Girando hacia el escenario, me abrí paso entre la gente que esperaba que la banda reanudara la música hasta que llegué a los escalones y los subí.

—¿Lista? —pregunté, tomando el micrófono de manos de Natalie.

—Todavía no veo a Jackson.

—No importa. Primero tengo que decir algo.

—¿Ah, sí?

Encendí el micrófono y me giré hacia el salón de baile. —Buenas noches a todos. Buenas noches.

Esperé hasta que la sala se calmó y capté la atención de la mayoría de los invitados.

—Bienvenidos a la primera Celebración Anual de las Diferencias Cerebrales del Día de San Valentín. Soy Miriam Levy-Walters, la asesora financiera de la fundación. Quiero agradecerles a todos su generosidad esta noche.

Recorrí a la multitud con la mirada. La mayoría parecía aburrida. O malhumorada porque todavía no habían comido nada. Me temblaron las rodillas al pensar en lo que quería decir.

Y fue entonces cuando hice algo de lo que me avergonzaría el resto de mi vida.

—¿Saben cuál es el problema de los chistes de matemáticas? —Enarqué las cejas y sonreí.

Ben se sabía ese. —¿No, cuál es el problema de los chistes de matemáticas? —gritó él.

Sonreí. —Los chistes de cálculo son todos derivados, los de trigonometría son demasiado gráficos, los de álgebra son siempre formulistas y los de aritmética son bastante básicos. —Hice una pausa—. Pero supongo que el chiste ocasional de estadística es un caso atípico.

El silencio se prolongó por dos segundos. Tres. Entonces, desde un lado del escenario, Natalie gritó: —¡Ja!

Mis mejillas ardieron. Supongo que la gente rica no apreciaba los chistes de matemáticas. Respiré hondo y dije: —Antes de presentar a Jackson, me gustaría reconocer a algunas personas que hicieron posible el evento de esta noche.

»Primero, a Natalie Jones. Natalie aportó una visión a esta gala y la ejecutó a la perfección. Gracias, Natalie, por tus contribuciones y por tu amistad.

Le sonreí mientras los invitados aplaudían. Ella echó los hombros hacia atrás y sonrió radiante, primero a mí y luego a la gente reunida debajo de nosotras en la pista de baile.

Cuando el aplauso disminuyó, continué. —También me gustaría reconocer a Mateo Rivera, quien no solo ayudó a traerles la comida y el entretenimiento esta noche, sino que también me ayudó a mí de muchas maneras.

Hice una pausa, fruncí el ceño. Eso no era todo. No del todo, de todos modos. Unas pocas personas aplaudieron, pensando que había terminado, pero levanté una mano y encontré a Mateo entre la multitud. Cuando me dedicó una sonrisa tímida, continué.

»Mateo me dio mucho más que ayuda. Me dio lealtad. Ánimo. Apoyo. Incondicionalmente. No importaba lo que le lanzara, siempre estuvo ahí para mí. No estaría aquí arriba esta noche sin él.

»No tenía ni la menor idea de cómo organizar una gala como esta. Pero él me dio la confianza para seguir adelante frente a la adversidad. Para ir por lo que quería lograr. E incluso cuando fue difícil, Mateo me lo hizo más fácil. Me sostuvo y me apoyó en cada desafío.

Más cerca. Ya casi llegaba a lo que quería, a lo que necesitaba decir.

»Él se preocupó por mí. Y descubrí que yo también me preocupo por él. Mateo, te amo. Quiero ser tu compañera en esto y en todo lo demás.

Natalie chilló y aplaudió, y algunas de las personas reunidas en la pista de baile se unieron. No tenían idea de que esto era monumental para mí.

Pero Mateo sí lo sabía. Su sonrisa tímida se había convertido en una sonrisa de oreja a oreja, y se dirigió como una flecha hacia mí a través de la multitud.

Acababa de profesarle mi amor frente a mil personas, pero no quería estar de pie en un escenario con un micrófono en la mano cuando él llegara hasta mí. Quería arrastrarlo a algún lugar privado para respaldar mis palabras con besos.

Dije al micrófono: —Y ahora, por favor, den la bienvenida a la persona que inició la fundación, cuyas ideas, filantropía y compromiso con los niños neurodivergentes son la razón por la que estamos aquí esta noche. Jackson Jones.

Le metí el micrófono en la mano a Natalie, sin importarme si Jackson estaba listo o no.

Yo estaba lista. Bajé corriendo los escalones hacia Mateo y le eché los brazos al cuello. Me levantó del suelo y me besó una vez, con fuerza, antes de susurrarme al oído: —¿Te amo, Miriam Levy-Walters. ¿Cuánto falta para que pueda llevarte a algún lugar y demostrártelo?

Le susurré de vuelta: —Tengo que quedarme hasta el final, pero…

—¿Pero? —Sentí su sonrisa contra mi mejilla.

—Pero sé dónde está el camerino. Podría, eh, ¿mostrártelo?

—Guíame, mi amor.

32

MATEO

DEBÍ HABERLO SABIDO. Era inútil esperar tener a Mimi para mí solo en el camerino. Nos detuvieron apenas bajamos de la pista de baile.

—¡Mimi! ¡Mateo! —Marlee, la asistente de Jackson, susurró a gritos por encima del discurso de Jackson—. Eso fue increíblemente romántico. ¿Están juntos ahora? —Juntó las manos bajo la barbilla, sonriendo ampliamente.

Tiré de la mano de Mimi y la atraje a mi lado. —Lo estamos.

Mimi me miró, sus hermosos ojos marrones chispeaban de impaciencia por tenerme a solas. Pero apenas podía creer que la reservada y autosuficiente Mimi hubiera declarado su amor por mí en el escenario. Necesitaba escucharlo una docena de veces más antes de creerlo de verdad.

Marlee chilló de alegría. —¡Estoy tan feliz por ustedes!

—Cariño —un tipo alto y desgarbado con gafas le pasó un brazo por la cintura—. Ah, creo que podrían necesitar un poco de tiempo a solas.

—Oh —parpadeó—. Claro que tienes razón, Tyler. Te buscaré más tarde, Mimi. ¡Quiero que me lo cuentes todo!

Mientras Mimi me arrastraba, murmuró: —A Marlee le encanta el amor. Nunca me dejará en paz con esto.

Casi habíamos logrado salir del salón de baile cuando Ben se interpuso en el camino de Mimi, con Miguelito a su lado. Ben abrió los brazos, y no tuvimos más remedio que entrar en su abrazo. Nos estrujó a los dos juntos.

Le oí susurrar al oído de Mimi: —Estoy tan feliz por ti.

La soltó, pero me sujetó a mí. —Te adoro, Mateo, pero si alguna vez la lastimas, le pediré a Cooper que te haga desaparecer.

Me zafé de su agarre. Sus ojos brillaban, ¿pero era con humor o con malicia?

—Amo a tu hermana —dije.

—Lo sé. Yo también la amo.

Mimi se puso delante de mí, erizada. —Basta, Benny. Ya soy mayorcita y sé lo que quiero. Y lo que quiero es a Mateo.

Me rodeó la cintura con su brazo, y para mí fue natural pasar mi brazo por el suyo. Como apoyo. Потому что ella acababa de dejarme sin fuerzas en las rodillas.

—Dilo otra vez, Mimi —murmuré.

—Te amo, Mateo. Quiero estar contigo. —Me apretó más fuerte.

Sus palabras me dieron el valor suficiente para lanzarle a Ben una mirada triunfante. Él se cruzó de brazos y se recostó en Miguelito.

Apenas me atrevía a mirar a mi primo, pero no pude evitarlo. Necesitaba su aprobación. Y comprobar que no me haría «desaparecer», fuera lo que fuera que Ben quisiera decir con eso.

Miguelito asintió hacia nosotros dos. —Hacen buena pareja. Cuídense el uno al otro.

No sentí que nos estuviera dando una orden, sino más bien que estaba constatando un hecho. Le di un beso ligero en los labios entreabiertos de Mimi. —Lo hacemos. Lo haremos.

El discurso de Jackson debió de haber terminado porque la banda empezó a tocar. Y por mucho que quisiera unos minutos a solas con Mimi, esta era la mejor oportunidad para alejarme de los que nos felicitaban mientras le ponía las manos encima.

—Vamos, Mimi. Mostrémosles nuestros pasos de baile. —Tomé su mano y la llevé al centro de la pista de baile, donde coloqué mis manos ligeramente bajo las suyas.

—¿Te acuerdas? —le pregunté.

Ella me sonrió, y todo en ella brillaba, desde ese vestido increíble hasta sus ojos de cuarzo ahumado. —Me acuerdo de todo.

—Bien. —Conté para empezar y comenzamos a movernos.

Empezamos con los pies, los sencillos pasos trayendo de vuelta la memoria muscular que habíamos formado en el club y luego de nuevo en mi casa. Entonces moví las caderas. Cuando Mimi lo hizo también, casi me tragué la lengua. La abertura de su vestido subió por su pierna, y todo lo que quería era tocar la suave piel de su muslo y verla temblar.

No, Mateo. Compórtate. O al menos, un poco.

Cambié el agarre de su mano para indicar un giro, y ella se movió conmigo como si hubiéramos bailado juntos toda la vida.

—Precioso —dije.

Sus mejillas se sonrojaron. —Solo porque tú estás haciendo todo el trabajo.

—No, mi amor. Tú también lo estás haciendo. Y con tacones.

—¿Qué? —La incertidumbre arrugó su frente.

—No mires hacia abajo. Lo estás haciendo genial. Ahora giramos.

Cambié mi agarre y la guié en el giro, luego giré yo. La hice girar de nuevo, acomodándola de espaldas contra mi pecho, y gemí en su oído. —Mimi, voy a morir. Aquí mismo, en la pista de baile.

—¡Oh, no! ¿Te pisé? —Sus pasos vacilaron.

—No. —La hice girar de nuevo para que me mirara—. El trasero de Miguelito es más pequeño que el mío. Apenas hay espacio en estos pantalones para mí, y no hay espacio extra para la erección que me estás provocando.

—Me encanta tu trasero en esos pantalones. —Su sonrisa era pícara—. Me encantará aún más sin ellos.

—Mimi —gemí—. Me estás matando.

—¿De verdad? —Rozó su muslo desnudo contra mi pantalón—. Pensé que era tu vida. Tu vida.

—Lo eres todo. Mi vida, mi corazón, mi amor.

Se acercó más a mí. —No creo que me acostumbre nunca a eso.

—Lo harás. —Puse nuestras manos unidas detrás de su cuello, y nos apretamos el uno contra el otro—. Te lo diré todos los días.

—Supongo que tengo un historial de necesitar que me lo recuerden.

Me reí entre dientes. —Supongo que sí.

—Mateo. —Plantó los pies en el suelo, deteniendo nuestro baile—. Nunca te olvidaré de nuevo. Nunca olvidaré esta noche.

Ya estaba acalorado bajo mi esmoquin por el baile, pero sus palabras hicieron que la felicidad burbujeara caliente en mi pecho como el chocolate de mi tía.

—Vámonos de aquí. —Bajé mi mano a su cadera y la guié fuera de la pista de baile hacia la salida.

—¿Por fin vamos al camerino? —Sus labios se curvaron en una sonrisa sexi.

Imité su expresión, planeando ya los besos que iba a depositar en esos labios. Más tarde.

—Vamos a casa para que pueda mostrarte una noche verdaderamente inolvidable.

—No. —Clavó los tacones en la alfombra—. Tengo que quedarme hasta el final.

—Mimi, has puesto tu corazón y tu alma en esto. Todo el mundo entenderá si te tomas una noche libre. Te lo mereces. Y me gustaría que la pasaras conmigo.

Su boca exuberante se puso seria. —No solo una noche, Mateo. Todas las noches.

—Absolutamente, mi sol. Y todos los días también.

—Entonces entiendes por qué tengo que quedarme, ¿verdad?

Esta gala es un compromiso, igual que el que estoy haciendo contigo.

Gemí. —¿Por qué tienes que tener razón todo el tiempo?

—No la tengo. Estuve muy, muy equivocada contigo. —Puso una mano tranquilizadora sobre mi corazón, donde todavía se estaba recomponiendo—. ¿Me dirás la próxima vez que esté siendo demasiado terca para ver lo que tengo justo en frente?

Levanté su mano hasta mis labios. —Por supuesto.

—¿Y cuestionarás mis suposiciones?

—Si quieres.

—¿Y usarás tus gafas para dormir una noche?

—¿Qué?

—Son tan sexi. ¿Por favor?

Le sonreí a mi irresistible novia. —Lo que sea por ti, mi vida. —La llevé de vuelta a la pista de baile, conté para empezar y la hice girar de nuevo.

Horas más tarde, después de que Mimi hubiera supervisado la subasta silenciosa y dirigido al equipo de limpieza, después de que hubiera ayudado al último donante felizmente ebrio a deslizarse en el asiento trasero de su coche para que lo llevaran, salimos juntos del club de campo, de la mano. Amantes. Compañeros. Socios. Y todo era real.

EPÍLOGO

MIMI
Seis meses después

LLEGABA TARDE.

Imposible, molesta y aterradoramente tarde. Tan tarde que la cena sería mucho después del atardecer. Tan tarde que era mejor pedir una pizza. Tan tarde que era mejor rendirse y esconderse bajo las sábanas.

Subí corriendo las escaleras hasta mi departamento, con la bolsa de la jalá golpeándome la pierna. Alguien en el pasillo estaba cocinando algo delicioso. Debería preguntarles si tenían suficiente para siete invitados más.

¡Siete! ¿Por qué demonios había pensado que era buena idea organizar la cena del viernes por la noche en mi diminuto departamento?

Porque era mi turno. Mamá y papá la habían organizado desde siempre. Hasta Ben y Cooper la habían organizado una vez.

¿Yo? Siempre tenía una excusa.

Bueno, la excusa siempre era el trabajo.

Desenredar el desastre que Larissa había dejado en la fundación me estaba costando más esfuerzo del que jamás había soñado. Al menos una vez a la semana, uno de sus antiguos socios se aparecía, buscando una tajada o un pago por algo; nunca me decían exactamente por qué.

Siempre les decía que ahora manejábamos la fundación de forma diferente. Luego les hablaba de nuestra misión hasta que se aburrían y se iban.

A veces dejaban algo de dinero para los niños. Eso me hacía sonreír.

Aunque no tanto como la gran donación de hoy. No podía esperar a contárselo a todos. Cuando llegaran en... —revisé mi teléfono— media hora. ¡Mierda!

Abrí la puerta con mi llave y la empujé.

Fue entonces cuando descubrí que el delicioso olor provenía de mi departamento.

Entré corriendo a la cocina, donde encontré a Mateo y a su tía Rosa inclinados sobre el horno. El sabroso y apetitoso aroma se desprendía de mi horno. Ese que no había horneado nada más que galletas de azúcar de tubo en semanas.

—Eh, hola —dije lo suficientemente alto como para que me oyeran por encima del extractor de la cocina.

Mateo se giró para mirarme. Él y su tía llevaban delantales blancos. ¿Acaso yo tenía delantales blancos? Demonios, ¿tenía algún delantal? No lo creía.

—Mi vida. —Extendió los brazos hacia mí, y yo me metí en su abrazo. Olía a carne asada, a papas y a pimienta de Jamaica.

—Yo... ¿qué está pasando?

—Vinimos temprano para ayudar, pero no estabas, así que empezamos sin ti.

—Eres el mejor. —Incliné el rostro para que me diera un beso —. Te amo.

Su beso fue con la boca cerrada, apto para todo público por su tía, pero transmitía calidez, cariño y la promesa de un *después*. Sus enormes manos descansaban en mi espalda baja, manteniéndome en mi sitio. Necesitaba un momento de reconexión, y yo estaba feliz de compartirlo con él.

Me rozó la mejilla con la nariz. —Yo también te amo.

Su voz, retumbando en su pecho, me provocó un cosquilleo en un lugar que me hizo desear que su tía no estuviera a nuestro lado.

Me giré en sus brazos, no del todo lista para romper nuestra conexión. —Gracias, Rosa. Huele delicioso.

—De nada, cariño. —Se inclinó y me besó la mejilla derecha—. Mateo dijo que planeabas hacer estofado de res con papas. Espero que no te moleste que le diera un poco de sabor.

La pimienta de Jamaica. Y… chiles picantes. ¿Qué diría mamá?

¿A quién le importaba? —Huele fantástico.

—Gracias. Trabajas muy duro. Por los niños. Estoy feliz de ayudarte.

Rosa lo sabía. Ella trabajaba duro por su propia causa: las víctimas de violencia doméstica. —Gracias.

—Hablando de trabajo… —Debería dejar las bolsas del supermercado, lavarme las manos y ayudarlos, pero no podía obligarme a alejarme de Mateo—. Tengo buenas noticias.

—¿Una gran donación? —Mateo apretó sus brazos a mi alrededor.

—No se vale adivinar. Pero sí. Voy a esperar a que todos los demás estén aquí para decirles de quién es.

—¿Qué gano si lo adivino primero? —Su mano se deslizó bajo mi impermeable hasta mi trasero y lo apretó de una manera que rozaba lo prohibido para menores.

Me aparté, con las mejillas ardiendo. —Nada. Así que no te molestes. No te lo diré.

Me giré hacia la mesa para dejar las bolsas del supermercado, pero él estaba allí, presionando su duro cuerpo contra mi espalda y rodeando mi cintura con sus brazos.

—Esto es lo que quiero por *no* adivinar. —Y me susurró algo tan sucio al oído que definitivamente iba a tener que cambiarme las bragas antes de que llegaran mis otros invitados.

—Está bien. No tienes que insistir. —Vaya, qué calor se había puesto en la cocina.

Rosa se aclaró la garganta. —Voy a empezar con las papas. Mateo, ve a ayudar a Mimi a prepararse para sus invitados.

Mi cara ardía. —Solo dame un minuto para lavarme y pelaré las papas.

—Ya está hecho. —Mateo me tomó de la mano y tres segundos después, me presionaba contra la puerta de mi habitación, quitándome el impermeable de los hombros mientras me besaba, ardiente y necesitado.

—Pero… —jadeé en busca de aire—. Mi familia va a estar aquí en… —revisé mi teléfono— veintitrés minutos.

Me quitó el teléfono de la mano y lo dejó en el tocador. —Entonces no tenemos tiempo para hablar.

Me desabotonó los pantalones y metió la mano dentro. —Ah, Mimi, tan mojada por mí.

Le puse la mano en el frente de su… ¿delantal? Un comentario sarcástico asomó a mis labios, pero en cuanto me rozó el clítoris, lo olvidé. De hecho, olvidé cómo respirar. Me convertí en una columna de puro placer. Me zumbaban los oídos.

¿Zumbaban?

—Mateo, para. Creo que hay alguien en la puerta.

—Pueden esperar —gruñó—. Puedo hacer que te vengas en tres minutos. Dos si yo… —Metió una segunda mano en mis pantalones, esta vez por detrás.

—No, Mateo. —Me agarré de sus hombros. Lo único que quería era aferrarme y dejar que él me guiara hasta mi liberación, pero no podía. No mientras mis invitados —mis malditos invitados *adelantados*— esperaban afuera bajo la lluvia—. Para.

Se detuvo, pero cuando sacó la mano de mis bragas, se lamió los dedos de una forma totalmente obscena.

—Me estás matando. —Me acomodé la ropa interior y me abroché los pantalones.

—¿Dos minutos? —Enarcó las cejas.

Me puse de puntillas y lo besé. —No. No importa lo guapo que seas y lo bueno que seas en eso, tenemos invitados. —Una ráfaga helada me recorrió ante eso. *Nosotros* no teníamos invitados; los tenía *yo*. Pero esa pequeña palabra, *nosotros*, seguía colándose en mi forma de hablar.

No me disgustaba.

Acomodándome la blusa con manos temblorosas, salí corriendo a la sala principal y presioné el botón del intercomunicador. —Hola.

—Estaba a punto de sacar mi llave y asegurarme de que no habías sucumbido a las llamas que salían de tu horno.

—Ja, ja, Benny. Debería hacerte esperar ahí afuera. —Pero entonces recordé que traía a Cooper. Aunque ya no era mi jefe, planeaba pedirle otra donación para la fundación de Jackson antes de fin de año. Pulsé el botón para dejarlos entrar.

Abrí la puerta una rendija y volví corriendo a la habitación y a mi baño, donde Mateo se estaba lavando las manos.

Captó mi mirada en el espejo. —¿Quieres meterte en la ducha?

—No hay tiempo. —Examiné mi ropa de trabajo arrugada. Tendría que servir.

Me levantó el pelo, lo enrolló en su mano y me besó la nuca. —Podríamos ser rápidos.

Ahí estaba ese *nosotros* de nuevo. Giré en sus brazos y le besé la mejilla. Quería quedarme ahí, oliendo su loción para después de afeitar y explorando todos mis lugares favoritos de su cuerpo. —Tenemos invitados. Ve a saludar a Ben y a tu primo mientras me lavo las manos y me pinto los labios, ¿de acuerdo?

—De acuerdo. —Se acurrucó en mi cuello, dejando un beso allí, pero un segundo después, se había ido.

Me miré en el espejo mis enormes pupilas, mis labios hinchados por los besos. Al diablo. Que mi familia viera lo feliz que me hacía Mateo.

Me lavé las manos y me apliqué un poco de labial de larga duración que debería aguantar unos cuantos besos robados más. Me cambié los tacones bajos por unas pantuflas y cerré la puerta de la habitación a mis espaldas.

Todos se apretujaban en mi diminuta cocina alrededor de Rosa. Ben arreglaba un ramo de crisantemos en un jarrón mientras Cooper hablaba en voz baja con su madre. Mateo estaba junto a la estufa, revisando las papas.

—Hola, chicos —dije.

—Hola, hermanita. —Ben ahuecó las flores una última vez y se abrió paso entre los demás para abrazarme.

—Mimi —dijo Cooper—. Todo huele delicioso.

—Gracias a tu madre y a Mateo.

—¿Un día duro en el trabajo? —preguntó Ben.

—Un día genial. Nunca van a creer la donación que acepté.

—¿La cantidad o el donante? —preguntó.

—Ambas cosas. Además de la persona homenajeada.

—Uy. Cuenta, cuenta.

—Bueno, Jamila Jallow entró en la oficina hoy…

—¿Mila? —Cooper levantó la cabeza de golpe—. ¿Cuánto?

—No te pongas celoso. Me dijo que es exactamente lo mismo que le dio a tu fundación. Un millón.

Ben silbó.

—Pero esperen. Aquí está la parte rara. Dijo que era en honor de… óiganme bien… Natalie Jones. —Natalie me estaba ayudando a planear la gala del próximo año. No lo estábamos dejando para el último momento como había hecho Larissa. Me estaba mostrando unos folletos de salones de eventos cuando Jamila entró como una brisa. Y Natalie había soltado un grito ahogado, como si Jamila llevara un hacha ensangrentada y no un diminuto bolso de diseñador con un cheque emocionantemente generoso dentro.

Rosa chasqueó la lengua. —Esa Natalie Jones se ilumina como un letrero de neón cada vez que Jamila está en la habitación.

—¿De verdad? —Arrugué la nariz. Natalie era tan naturalmente vivaz que no había notado nada diferente frente a Jamila—. Tienes razón. Se puso tan roja como la capa de Thor. Y luego, después de que Jamila dijo que la estaba homenajeando a *ella* con el donativo, simplemente salió corriendo. Y Jamila corrió tras ella. Bueno, no corrió. Fue más como un deslizamiento rápido. Se mueve como si estuviera sobre patines de hielo.

—Interesante. —Ben intercambió una mirada con Cooper.

—¿Qué? ¿Pasa algo entre ellas?

Cooper se encogió de hombros. —Quizá tengas razón, amor.

—¿Qué? —me quejé—. Nunca me ha dicho nada, y somos *amigas*.

—No te lo tomes como algo personal —dijo Ben—. Esa esconde mucho bajo toda esa moda y aplomo. Con su madre, y lo que diría Jackson… —Negó con la cabeza.

—Puedes preguntarle sobre eso el lunes, mi amor.

Las suaves palabras de Mateo me recordaron que estábamos chismeando sobre mi amiga. —Lo haré. Fue tan raro. Y nunca había aceptado una donación tan grande. Jackson estaba en la luna cuando lo llamé. Aunque *no* mencioné el homenaje. Supuse que Natalie se lo diría.

—La familia es rara —dijo Ben.

Como si fuera una señal, sonó el intercomunicador.

—¿Por qué todo el mundo es tan malditamente puntual? —murmuré, girándome hacia el intercomunicador.

En otro momento de *nosotros*, Mateo se puso a mi lado para recibir a mis padres. Por un momento, me imaginé tenerlo aquí todo el tiempo. Ya pasábamos todas las noches juntos cuando no estaba en el turno de noche. La última noche de su más reciente tanda de noches de servicio, fui a su casa aunque él estaba traba-jando, solo para dormir en sábanas que olían a él. Para que se acurrucara detrás de mí durante una hora en la madrugada antes de que yo me levantara para ir a trabajar.

Pero antes de que pudiera decir algo o siquiera apretar su mano, mis padres aparecieron en mi puerta. Abracé a mi papá mientras Mateo besaba la mejilla de mi madre. Luego, se colocó detrás de mí para estrechar la mano de papá mientras yo abrazaba a mamá.

—Huelo algo picante —dijo ella.

—El estofado tiene un toque caribeño esta noche. Rosa y Mateo lo prepararon.

Papá olfateó el aire. —Si sabe tan maravilloso como huele, puede que tenga que robarme la receta.

—Estoy segura de que así será —dije—. Rosa y Mateo son un equipo de ensueño en la cocina.

—Traje pastel de limón. —Papá levantó el recipiente del pastel.

Hice un ruidito de placer. Los pasteles de papá eran los mejores.

—Déjenme tomar sus abrigos —dijo Mateo.

—No, yo lo hago —dije—. De todos modos, tengo que sacar las velas del clóset.

—Lo haremos los dos. —Ayudó a mamá a quitarse el impermeable, y luego tomó el de papá. Me siguió hasta el clóset del pasillo, pero en lugar de esperar afuera y pasarme los abrigos, se metió conmigo y los dejó caer al suelo. Tiró de la cuerda para encender la bombilla. A la tenue luz, sus ojos se habían oscurecido, con solo el más fino anillo de azul.

—¿Qué estás haciendo?

—Comiéndome un aperitivo. —Evitando mi labial, me besó por el cuello hasta la clavícula—. El sonido que hiciste cuando tu padre mencionó el pastel de limón…

—Tú y tus aperitivos. —Pero enterré las manos en su pelo y me agarré con fuerza, dejando que el deseo se encendiera en una llama en mi centro. El tacto de Mateo era mucho mejor que incluso los postres de mi padre.

Su mano se deslizó sobre mi pecho, trazando círculos perezosos sobre mi pezón. No podía sentirlo a través de mi sujetador de trabajo de resistencia industrial, pero mis pezones se endurecieron de deseo.

—¿Dos minutos? —murmuró en el valle entre mis pechos.

—¿Mimi? —La voz de mi madre llegó a través de la delgada puerta del clóset—. ¿Necesitas ayuda?

Apreté los dedos en su pelo y, a regañadientes, lo aparté.

—No, mamá, Mateo me está ayudando. —Le lancé una mirada feroz.

—De acuerdo. ¿Quieres que abra el vino que trajimos?

—Sí, por favor. Saldremos en un minuto.

Le di unos segundos para que se alejara y luego dije: —Alcánzame esa caja de velas del estante, por favor.

—Ah, mi Mimi. —Mateo chasqueó la lengua—. Tan seria. Tan profesional.

—Eso te encanta de mí.

Sonrió. —Así es. Pero lo que me gusta aún más es pasar de verte seria a verte borracha de sexo.

—Yo no me pongo borracha de sexo —mentí.

—¿No? —Se dio la vuelta, y sus músculos se tensaron bajo su camiseta negra cuando se estiró para alcanzar la caja del estante. Dios, su trasero era increíble. Y era todo mío.

—¿Ves? —Me guiñó un ojo por encima del hombro.

Mierda. Lo había dicho en voz alta. —¿Y qué si es increíble? ¿Y mío? —Se lo apreté para que no quedara duda.

—Cuidado, o harás que me ponga indecente. —Se metió la caja bajo el brazo y se ajustó los jeans.

—No podemos permitir eso, ¿verdad? —Incliné una comisura de mi boca—. Pondré las velas mientras te tomas un minuto.

Antes de que pudiera volver a besarme hasta dejarme sin sentido, le arrebaté la caja y me deslicé fuera del clóset.

Mamá había encontrado mis candelabros y los había puesto en mi mesa. Coloqué las velas dentro y respiré hondo, dejando de lado los pensamientos sobre Mateo, el trabajo y mis estresantes invitados a la cena. Rasqué el fósforo por el lado de la caja y vi cómo la llama cobraba vida con un siseo. Lo sostuve junto a las velas hasta que la llama prendió y se mantuvo, luego dejé el fósforo en la bandeja, donde se consumió.

Siguiendo las tradiciones que mamá me había enseñado, pasé las manos sobre las velas para dar la bienvenida al Shabat y luego me cubrí los ojos para recitar la oración. Las velas ardían intensamente cuando terminé, y su calor pareció asentarse en mi interior.

Mamá me abrazó. —Gracias por invitarnos esta noche. ¿Crees que mantendrás las tradiciones cuando tú...? —Señaló con la cabeza a Mateo mientras salía del pasillo, una sonrisa se extendía por su hermoso rostro cuando nuestras miradas se conectaron.

—¿Cuando yo...?

—Parece que ustedes dos —miró a Mateo en la cocina y eligió sus palabras con cuidado— se están poniendo serios. Y él parece más religioso que Cooper. —La cruz de oro brillaba en su cuello.

—Oh, pero no estamos... —Pero eso parecía una mentira. *Éramos* serios. La misma calidez pacífica que cuando encendía las velas del Shabat me llenaba cuando lo veía al final del día. Mi cerebro había empezado a asociarlo con la felicidad. La seguridad. El hogar.

Vaya.

—Le encantan las tradiciones del Shabat. Y yo podría ir a misa con él. —Aunque odiaría renunciar a una mañana de domingo enredada con él en la cama.

—Tu padre y yo lo hicimos funcionar. Ustedes también pueden.

—¿Mimi, dónde hay un tazón para servir estas papas? —llamó Ben.

—Un segundo —llamé. Luego, rodeé a mamá con el brazo—. Tienes razón. Mateo es mi persona. No voy a renunciar a quién soy. Lo estoy añadiendo a mi vida. Lo resolveremos. Juntos.

La luz de las velas centelleó en los brillantes ojos marrones de mamá. —Un trabajo que amas y un buen hombre. Estoy tan feliz por ti, cariño.

Mateo salió de la cocina con el vino y me miró. La calidez se extendió por mi centro como mantequilla sobre pan caliente. —Yo también estoy feliz por mí.

EPÍLOGO EXTRA
PORNO DE PATIO DE JUEGOS

MIMI
Seis años después

—ES como ver el comienzo de una porno —dijo Bree, tapándole los oídos a su hijo.

Menos mal que mamá y Lia estaban cantando la canción del abecedario en el sofá de jardín a unos metros. Mi hija de tres años estaba en la etapa del *porqué*, y el porno no era algo que estuviera lista para explicarle.

Pero yo sí podía disfrutarlo.

Me recliné en la silla y admiré a mi esposo mientras levantaba la estructura que habían construido de la pila de madera que nos habían entregado la semana pasada. Tyler, el esposo de Marlee, estaba allí para estabilizarla, y Josh, el esposo de Bree, metía los tornillos en su lugar. Cerca de ahí, Jackson estaba inclinado sobre una sierra de mesa, cortando tablas a la medida.

—Josh —llamó Bree.

Él detuvo su trabajo. —¿Sí?

—Tengo otra cosa que necesita que la perforen.

Me tapé los ojos con la mano. —Asher ni siquiera tiene un año todavía. ¿No estás agotada?

—Todo el tiempo. Pero puedo hacer que Josh haga la mayor parte del trabajo, si sabes a lo que me refiero.

Me destapé los ojos y encontré a mi hombre sosteniendo el armazón de lo que sería la estructura de juegos de Lia. Ocuparía la mayor parte del diminuto patio trasero del bungaló que habíamos comprado al otro lado de la bahía de mi trabajo en la ciudad, pero Mateo me había convencido.

Si hubiera sabido del porno extra de obreros de la construcción, habría aceptado hace semanas.

Mateo asumía casi todas las responsabilidades del cuidado de Lia, y quería un lugar seguro para que ella trepara y jugara. Después de que Lia nació, Mateo había reducido sus responsabilidades como jefe de seguridad de Cooper mientras yo continuaba como directora de la fundación de Jackson.

Ahora Mateo se encargaba de las tareas administrativas como la programación y la nómina mientras Lia dormía la siesta. Solo trabajaba de vez en cuando un fin de semana o un turno de noche en lo de Rosa. La mayoría de los fines de semana eran para que los tres nos reconectáramos y jugáramos. Íbamos al zoológico, al parque, a la playa. Su delicada paciencia con Lia me hacía derretir cada vez que los veía juntos.

Otras cosas que hacía también me hacían derretir. Sabía exactamente a qué se refería Bree.

—Ya volví, ya volví. —Marlee le dio una mimosa a Bree y un vaso de agua con gas a mí, y luego se acomodó en la silla junto a la mía con su mimosa—. ¿De qué me perdí?

—Bueno —dijo Bree—, Mateo se secó la cara con la camiseta y te perdiste un vistazo a unos abdominales de primera.

—¡Dios santo! ¡Tal vez lo haga de nuevo!

—¿Deberían estar comiéndose con los ojos a mi marido? —alcé las cejas.

Me ignoraron. —Se supone que hoy llegaremos a los veintisiete grados —dijo Bree—. Creo que se van a quitar las camisas.

Todas nos reclinamos en nuestras sillas para ver el espectáculo. Los músculos de Mateo se contrajeron bajo su camiseta cuando se estiró por encima de su cabeza para sujetar la tabla mientras Tyler ajustaba otra pieza contra ella. La camiseta se le subió por abajo, dejando ver el triángulo de músculos en la parte baja de su espalda. Me imaginé masajeándoselos más tarde, y luego bajando mis manos hasta su lindo y redondo...

—Mimi, estás sonrojada. ¿Tienes mucho calor?

Aparté la mirada de mi marido hacia Alicia, que había hablado. Llevaba de la mano a la hija de Bree, Ayla, y cargaba en la cadera al pequeño de Marlee, Will. Durante la semana laboral, era una empresaria motivada, pero dedicaba los fines de semana a su familia, tanto la biológica como la que había encontrado. Como su marido, Jackson, era mi jefe, yo formaba parte de su círculo ahora, y la admiraba incluso más de lo que admiraba a Jackson. Había intentado modelar mi equilibrio entre trabajo y vida personal basándome en el suyo. Era un ejemplo mucho mejor de lo que había sido Larissa.

Me abaniqué la cara. —No, estoy bien.

—Quizá deberías entrar, al aire acondicionado. —Miró a los chicos—. Mateo nos mataría si te desmayaras.

—¿Qué pasa? —Ahí estaba de nuevo el radar de abuela de mi madre. Levantó a Lia en brazos y se paró frente a mí—. Mimi, ¿estás bien?

—Estoy bien. Mira, estoy bebiendo mi agua. —La bebí a grandes tragos, esperando que enfriara mi sonrojo por la lujuria —. Lia, ¿quieres que te lea?

—No. Bubbe. —Se aferró al cuello de su abuela.

No era algo muy importante para Lia estos días. Intentaba no tomármelo como algo personal. Casi nunca decía que no a un libro y a un abrazo antes de dormir, solo nosotras dos. Con Mateo como su cuidador, no era de extrañar que se hubiera vuelto una nena de papá.

Y al parecer, una nena de Bubbe también.

—Así es —le susurró mi madre con una sonrisa indulgente en los labios—. Vamos a entrar a ver cómo están Zadie y la tía Rosa en la cocina, y luego leeremos un cuento. —Se inclinó para poner a Lia de pie, y luego entraron juntas en la casa.

Coco salió corriendo, ladrando, seguido de Ben y Cooper. Ben resplandecía, y me enderecé en la silla. Le extendí una mano, y él la tomó, pareciendo a punto de estallar.

—¿Salió bien? —pregunté.

—Fue genial. Ella es genial. Hasta abrazó a este viejo gruñón. —Señaló a Cooper con el pulgar.

El rostro de Cooper parecía más relajado de lo que lo había visto en mucho tiempo. El proceso de adopción había sido una tensión para él. Sospechaba que tenía sentimientos ambivalentes sobre convertirse en padre, dado su padre abusivo. Pero hoy, sonreía. —Es adorable. Aunque creo que Coco fue el que cerró el trato.

—Todo el mundo lo quiere. Incluso tú, cariño. —Ben pasó un brazo por encima de su esposo.

—¿Qué tan pronto crees que podrás traerla a casa? —pregunté.

—Hay mucho más papeleo que hacer, pero ¿quizás el próximo mes? —La sonrisa de Ben era incandescente.

—Y tiene más o menos la edad de Ayla, ¿verdad? —preguntó Bree—. Organizaremos algunas tardes de juegos.

—No puedo esperar. —Me apretó la mano—. ¿Cómo te sientes, Mimi?

Oh, Dios. Volvíamos a eso. —Bien.

—Porque Mateo...

—Lo sé, lo sé. Todo lo que estoy haciendo es estar sentada aquí, bebiendo agua como una niña buena. Él está haciendo todo el trabajo.

—Excelente. ¿Te traigo un sándwich?

—Por Dios, Benny. Son las diez de la mañana.

—No querríamos que te pusieras de mal humor por hambre. —Guiñó un ojo.

—Ni se te ocurra empezar —le advertí—. Puede que seas más alto que yo, pero sigues siendo mi hermanito, y yo te...

Alicia carraspeó, y recordé las orejitas que escuchaban.

—Te querré para siempre —dije con dulzura, fulminándolo con la mirada.

—Voy a ver en qué puedo ayudar —dijo Cooper, caminando hacia su mejor amigo, que trabajaba en la sierra de mesa.

—¿Estás seguro de eso? —preguntó Bree.

—No puedo mantenerlo alejado. Está fascinado con la construcción —dijo Ben—. Además, necesita quemar algo de energía nerviosa. El proceso de adopción ha sido mucho. Estaremos muy felices cuando podamos traer a nuestra pequeña a casa. —Le tendió los brazos al pequeño Asher, que fue de buena gana a los brazos de Ben.

Se veían bien juntos, sus cabezas oscuras y rizadas casi tocándose. Ben no podía esperar a ser papá, y Cooper también se estaba haciendo a la idea. Lia estaría emocionada de tener una prima, y su nuevo hermanito o hermanita… Me acaricié el vientre, que nunca había sido plano, sobre todo desde mi primer embarazo, y que ahora estaba redondeado con otra vida.

—Mi vida.

Maldición, me había pillado. Entrecerré los ojos para mirar a mi marido, su rostro recortado contra el sol de verano. —¿Sí, amor?

—¿Todo bien?

—Estoy bien —gruñí.

—¿No tienes mucho calor?

—Tú eres el que está trabajando bajo el sol. —Señalé con la mano su camiseta deliciosamente sudada, sus jeans cubiertos de aserrín y sus botas con punta de acero rozadas—. Yo solo estoy sentada aquí a la sombra. ¿Necesitas agua?

Levantó la palma de la mano. —No, tú bebe tu agua. Yo me sirvo la mía. ¿Tienes hambre?

Me lamí los labios y me quedé mirando la franja de piel bronceada visible entre su camiseta y sus jeans caídos, cargados por su cinturón de herramientas. —Un poco.

—Voy a… oh. —Su sonrisa me dijo que había captado mi indirecta. Cuando se inclinó y me besó, saboreé la sal y el sol. Justo cuando abrí la boca para él, sin importarme que nuestros amigos y sus hijos estuvieran mirando, se apartó para susurrarme al oído —: Ahí tienes tu aperitivo, *mi amor*. Te entregaré tu plato fuerte más tarde.

Le ahuequé la mandíbula. —¿Lo prometes?

—Prometido. —Se enderezó—. Por ahora, tengo que volver al trabajo antes de que mi primo se lastime esas manos que valen oro. ¿Estás segura de que estás bien? ¿No te sientes mareada?

—Fue *una sola vez* —refunfuñé. Ni siquiera sabía que estaba embarazada cuando me desmayé hace unos meses en mi oficina en el trabajo. Pero nadie me lo iba a dejar olvidar. —Estoy bien. Y tengo mucha gente que me cuida.

Miró a Ben. —Asegúrate de que coma algo en la próxima hora. Algo de proteína. Le gustan las galletas saladas con mantequilla de maní.

—Entendido. —Mi hermano saludó—. Ahora vuelve al trabajo. Te puede comer con los ojos mejor desde allá.

Con un guiño pícaro, mi marido volvió trotando a la zona de trabajo, con el martillo balanceándose en su cinturón.

Esa tarde, con el sol de verano bajo en el horizonte, examinamos juntos la estructura terminada. Mateo y su equipo se habían superado. La estructura de juegos tenía una torre alta con techo, una rampa de escalada tachonada de agarres de colores, un tobogán en espiral y un par de columpios.

Ahora que Coco se había ido a casa, Roger se acercó a la estructura y olisqueó la base del tobogán. Se preparó y saltó ágilmente hasta la torre, su pelaje negro desapareciendo en el crepúsculo.

Choqué mi botella de agua con gas contra la botella de cerveza de Mateo. —Bien hecho, amor.

—Gracias. Quedó bien.

Lia, Ayla, Will, e incluso la hija de siete años de Jackson, Valentine, habían quedado cautivadas con ella, y solo la promesa de volver mañana había permitido que sus agotados padres se las llevaran a casa. Zadie y Bubbe habían tentado a

Lia para que se quedara a dormir, dejándonos a Mateo y a mí solos por fin.

—Debes de estar cansado —dije, amasándole el hombro.

—Fue un entrenamiento, eso seguro.

—¿Quieres que te masajee la espalda? —Me mordí el labio, imaginando pasar mis manos por su piel.

—Lo que de verdad quiero es una ducha. ¿Qué posibilidades hay de que me acompañes?

—Mmm. —Puse los ojos en blanco como si lo estuviera considerando—. Noventa y ocho por ciento.

Me pasó un brazo por la cintura y me llevó adentro. —¿Solo noventa y ocho?

—Hay un dos por ciento de posibilidades de que no lleguemos tan lejos. —Deslicé mis dedos hasta su trasero y apreté.

—Prometo que haré que valga la pena —dijo, llevándome a través de la casa hasta el baño—. Puedes sentarte en el banco mientras doy un espectáculo.

La idea del banco era tentadora. Había demolido el baño original de azulejos rosas y parte de un armario para construir una ducha tipo spa con un banco, además de media docena de cabezales de ducha e incluso un pequeño punto de apoyo para afeitarme las piernas.

—No necesito un espectáculo para excitarme. Me has estado provocando todo el día con ese cinturón de herramientas. Cuando te quitaste la camisa, quise arrastrarte al dormitorio. —Bree había tenido razón sobre el estriptis. Deslicé mis dedos por su cadera hasta la parte delantera de sus jeans.

—Ah, ah. Ducha primero. —Se inclinó y abrió el agua. Luego levantó el dobladillo de mi vestido de verano. Levanté los brazos para ayudarlo a quitármelo por la cabeza. Él retrocedió para admirar mi sujetador blanco resistente y mis bragas de encaje, trazando con un dedo áspero por el trabajo desde la copa de mi sujetador hasta rodear mi ombligo.

—¿Y cómo está mi niñita hoy?

—¿Cómo estás tan seguro de que es una niña?

—Solo un presentimiento —dijo, quitándose la camiseta.

—¿Y si es un niño? —Busqué a mi espalda para desabrochar mi sujetador.

—Entonces lo querré igual. Pero es una niña.

—Tan seguro —dije.

—Eh. —Se encogió de hombros. Luego se bajó los pantalones, y olvidé de qué estábamos hablando.

Aún no estaba duro, pero se puso rígido en cuanto lo toqué.

—¿Listo para entregar ese plato fuerte? —Lo acaricié.

Con suavidad, me quitó la mano de su miembro. —Déjame enjuagarme el aserrín primero. Un minuto.

Mientras él entraba en la ducha y se enjabonaba, me quité las bragas y me recogí los rizos en la cabeza con una pinza. Luego me reuní con él en la ducha humeante.

Nos hizo girar hasta que el agua masajeó mi espalda. Enjabonándose las manos con mi gel de baño, hizo largas pasadas por mi piel. Luego se acercó más y, con las yemas de los dedos, hizo círculos alrededor de mis pesados pechos.

—¿Así está bien? —preguntó.

—Sí —gemí. Mis pechos siempre estaban sensibles en el embarazo, pero él había aprendido a tocarlos para que yo flotara en el nivel justo de placer.

Deslizó una mano entre mis piernas. —¿Sí?

—Sí, sí. —Desesperada, me agarré a su verga y deslicé mis pulgares por el glande.

Siseó entre dientes. —Cuidado, mi vida, o…

—¿O qué? —Le deslicé una mano a sus bolas.

Su voz salió estrangulada. —O te daré la vuelta y te tomaré aquí mismo.

A pesar de la ducha caliente, me estremecí. —Oh, no, Sr. Manitas. No hagas eso. —Lo acaricié con más fuerza.

—Tentadora. —Me hizo girar y dirigió el chorro de la pared a mi entrepierna—. Iba a hacértelo suave y despacio en la cama, y ahora…

Apoyé las manos en el azulejo y abrí las piernas para que el

agua me masajeara. Mirando por encima del hombro, pregunté:
—¿Ahora?

Una mano enorme me agarró el trasero, y me mordisqueó el cuello donde se unía con el hombro. —Ahora te daré lo que quieras.

—Sí, por favor. —Meneé el trasero.

No tuve que pedirlo de nuevo. Flexionando las rodillas, se hundió dentro de mí. Ambos gemimos cuando nos unimos. Se detuvo un momento, besándome el cuello y acariciándome los pechos y el vientre.

Lo saboreé, el chorro de agua tibia y sus manos calientes e inquietas buscando los lugares que me daban más placer. Cuando rozó mi clítoris con el pulgar, jadeé.

Pasando un brazo por mis costillas y punteándome como una cuerda de violín, embistió dentro de mí, desatando chispas de placer que recorrieron mi columna y hicieron temblar mis piernas.

—Te tengo. Relájate —dijo.

Lo hice. Me sostuvo mientras yo presionaba las palmas contra la pared, dejando que el éxtasis se acumulara. Apreté a su alrededor, practicando mis Kegels.

Él gimió. —Justo así.

Seguí así, apretándolo mientras él me hacía vibrar hasta que mi clímax explotó y mis músculos tomaron el control, revoloteando.

Su maldición resonó en los azulejos mientras su cuerpo se endurecía y se sacudía dentro de mí. Su mano se detuvo y mantuvo una presión constante sobre mí hasta que me corrí de nuevo, soltando un grito que normalmente tenía que reprimir cuando Lia dormía en la habitación de al lado.

Apoyó la cabeza en mi hombro mientras nuestra respiración se calmaba. Finalmente, cuando volví a sentir las piernas, le besé la mejilla.

Sosteniéndome, se retiró y nos lavó suavemente de nuevo. Luego cerró la ducha y me envolvió en una toalla mullida. Usé otra para secarlo, terminando con una caricia en su pelo.

Me arrebató la toalla y se pasó la mano por sus ondas húmedas. —Si no estuviera tan cansado, yo...

—¿Harías qué? —Colgué mi toalla sobre la pared de la ducha y pisé el suelo calefactado, otra de las mejoras de Mateo.

—Te pondría sobre mis rodillas y... —Sus ojos azules brillaron.

—Suena divertido. ¿Quizás mañana por la mañana antes de que mis padres traigan a Lia de vuelta?

—Dios, sí.

—O... —miré su verga que se estaba endureciendo— ¿quizás más pronto?

—Ignóralo. Él no estuvo trabajando afuera todo el día.

—Mi pobre esposo. Pero creo que sé la manera perfecta de relajarte para que duermas.

—¿Ah, sí? —Enarcó una ceja.

Resultó que sí. En nuestra cama, lo monté hasta otro clímax vertiginoso. Se arqueó sobre el colchón, apretando mis caderas y gritando mi nombre.

Saciada y relajada, me dejé caer sobre él y le besé los labios. —Gracias por construir esa estructura de juegos hoy.

—Por supuesto. Lo que sea por mis chicas. Lo que sea por ti.

—Te amo.

—Yo también te amo. —Ni siquiera me había bajado de él cuando cerró los ojos, sus respiraciones agitadas se ralentizaron hasta convertirse en un sueño profundo.

Después de una visita al baño, me acurruqué junto a mi marido y apoyé mi brazo sobre su ancho pecho.

Roger saltó a la cama y se acurrucó a su otro lado. Acaricié su pelaje liso y luego besé la mejilla de mi esposo.

En su sueño, Mateo se giró hacia mí y me abrazó. Mientras me quedaba dormida, agradecí a Dios y a mi marido por la vida feliz que habíamos construido juntos.

———

¡Muchas gracias por leer *Recuérdame!* Por favor, considera publicar una reseña en tu tienda favorita, BookBub, o Goodreads. Las reseñas ayudan a otros lectores a encontrar nuevos autores como yo.

¿Sientes curiosidad por lo que pasa con Jamila y Natalie? Su libro es *Tiéntame,* una comedia romántica sáfica de la mejor amiga del hermano y jefa/empleada, y está disponible en tu tienda preferida. Sigue leyendo para un adelanto.

LOS OJOS pequeños y brillantes de Larry eran como los aretes de perlas negras de mi madre: redondos, lustrosos y sentenciosos.

—No me mires así —susurré, volviendo a prestarle atención al chef Guillaume.

Con un genio para la multitarea perfeccionado en los mejores restaurantes de Francia, el instructor me lanzó una mirada amenazante sin interrumpir el ritmo de su lección sobre los mariscos.

Larry parpadeó, lo cual era raro porque estaba casi segura de que las langostas no tenían párpados. Si los tuvieran, el chef Guillaume nos habría enseñado a filetearlos.

Me moví sobre mis pies, adolorida de tanto estar parada con esos horribles zuecos que me rozaban sin piedad el empeine. Saqué el paño de cocina del cinto de mi delantal y lo arrojé sobre Larry, que descansaba en la tabla de cortar de mi puesto de trabajo. Ahora podía concentrarme en el chef Guillaume, que había empezado un paréntesis sobre las alergias a los mariscos.

Mucho mejor.

El paño se movió y una pinza con una liga me saludó débilmente. Sentí una punzada en el pecho. El chef explicó que nuestras langostas espinosas locales de California se enviaban a China a precios exorbitantes.

Pobre Larry.

Hacía un par de días, estaba pasando el rato con sus amigos langostas en el Atlántico Norte. Hoy, se asfixiaba lentamente aquí, en mi clase de cocina de un instituto comunitario en San Francisco, palideciendo bajo las poco favorecedoras luces fluorescentes, esperando a zambullirse en la olla de agua que casi había alcanzado el punto de ebullición.

Me quedé mirando su pinza inmovilizada. *Ya somos dos, amigo.*

Le quité el paño de la cabeza y lo metí debajo de su cuerpo de color marrón rojizo para que no estuviera acostado sobre la resbaladiza tabla de cortar. Debía de oler como las otras pobres criaturas que había despachado en mi clase de carnicería.

¿Las langostas tenían nariz?

Probablemente no, gracias a Dios. Si la tuviera, olería mi miedo.

Habíamos empezado el semestre con aves de corral. Nos llegaban fallecidas y sin cabeza, a diferencia de Larry. Casi vomité al ver los cuerpos pálidos y desplumados, pero en lugar de eso, me imaginé lo que diría mamá si abandonaba también esta escuela. Me aguanté y seguí adelante, descuartizando las piezas lo suficientemente bien como para que el chef Guillaume me aprobara.

La siguiente unidad fue la de carne de res, pero también nos llegó sin rostro. Aprendí a separar las costillas del lomo y creé un asado de costilla enrollada al que el chef no le gruñó. Lo llamó «no está mal», que era tan bueno como una A en cualquier otra clase. Aunque no tenía mucha experiencia con las A en la escuela, culinaria o de otro tipo.

Pasamos al pescado y, aunque tenían cara, al menos llegaban muertos.

Hasta Larry.

—Señorita Natalie Jones, ¿está prestando atención? —¿Cómo se me había acercado el chef Guillaume sin que me diera cuenta? Me fulminó con la mirada desde el otro lado de mi mesa de trabajo con las manos en las caderas.

—Sí, chef —chillé. No me atreví a mirar a Larry.

—Entonces, ¿por qué su langosta está envuelta como un *bébé* y no cociéndose en la olla?

Ay, no. Miré a mi derecha, donde mi vecino Gregory estaba limpiando su puesto. Salía vapor de la tapa de su olla.

—Esperando a que hierva del todo, chef —dije, mirando mi olla, donde las burbujas empezaban a romper la superficie.

—Muéstreme. —Torció el labio mientras miraba a la langosta —. Retire esa toalla.

—Disculpe. —Con cuidado, desenredé mi paño de Larry. El pobrecito no tenía muy buen aspecto.

Las fosas nasales del chef se ensancharon. —Haga una demostración para la clase de cómo matar a la langosta sin crueldad.

—Yo… eh… —*Matar sin crueldad* me sonaba a oxímoron—. ¿Podría mostrarme la técnica de nuevo?

Extendió la mano hacia Larry.

Salté para cubrir al crustáceo con mi cuerpo. —¡A él no! —Me quedé helada—. Quiero decir, yo lo haré. —Era lo menos que le debía a Larry.

El chef enarcó una ceja. —*Bon*. Yo haré la demostración, luego usted repite.

Se dio la vuelta y le arrebató la langosta de la mesa a Chantal. La golpeó contra la tabla de cortar junto a Larry. En un movimiento fluido, tomó mi cuchillo y enterró la punta en el cerebro de la langosta. Cuando se retorció, Larry se arrastró débilmente por la tabla de cortar.

—¿Ve? Rápido y sin crueldad. —Dejó caer la langosta muerta en la olla de Chantal. Ella murmuró su agradecimiento y tapó la olla.

—Ahora usted. —Me tendió mi cuchillo, con el mango por delante.

Miré mi olla. Malditos quemadores de gas tan eficientes. Había alcanzado el punto de ebullición. Acepté el mango y centré mi atención en Larry. Resignado a su destino, dejó caer sus antenas.

Se me partió el corazón por él.

Acabaría mezclado con sus amigos en una crema de langosta que se serviría en la cafetería de la escuela o en un rollo de langosta para llevar.

¿Por qué tenía que morir por un sándwich aguado y con demasiada salsa?

Lo único que quería era vivir su mejor vida de langosta. ¿Y qué si no había determinado cuál podría ser? Se merecía otra oportunidad para averiguar qué hacer con su vida.

Espera. ¿Era Larry o yo?

—Señorita Jones. Permítame recordarle que solo nos quedan treinta minutos de clase.

Treinta minutos. El chef Guillaume no aceptaba trabajos atrasados. Tendría que asesinar al pobre Larry ahora si quería tener alguna esperanza de desarmar su caparazón a tiempo. El tenedor plateado para langosta brilló bajo las luces fluorescentes. El que el chef esperaba que usara para sacar la carne de Larry de su caparazón.

Larry levantó su pinza a modo de despedida, mostrándome la liga azul. Azul como el océano. Azul como los delicados bordes del caparazón que cubría sus delgadas articulaciones, las cuales se suponía que debía sacar con el tenedor.

Tragué saliva. *Hoy no, Larry.*

—Lo siento, chef.

Dejé caer el cuchillo, le eché el paño de nuevo a Larry y lo levanté. No era pesado, solo un par de kilos, pero sus enormes pinzas colgaban.

—¿Qué está haciendo, señorita Jones?

Mantuve la cabeza gacha. —Me voy, chef.

El aula se había quedado en un silencio sepulcral.

—Si sale por esa puerta, suspende mi clase. Será difícil que se gradúe sin ella.

Habría sido difícil graduarme incluso con una nota aprobatoria en su clase. Metiendo a Larry bajo mi brazo, saqué mi bolso tote Louboutin de su cubículo debajo de mi puesto de trabajo y me lo colgué al hombro. —Lo entiendo, chef.

—¿De verdad lo entiende, señorita Jones? —Su ceja gris se levantó. Debió de sentir la presión que me hacía volver día tras día a una clase que estaba suspendiendo.

Eché un vistazo a mi estuche de cuchillos. Me gustaba el peso del gran cuchillo de chef y la forma en que el mango se ajustaba a mi mano. Era una pena dejarlo aquí. Pero tendría que soltar a Larry, y si lo hacía, mi malhumorado instructor podría arrojarlo a mi olla y hervirlo vivo.

Era mejor dejarlo. Asentí a Gregory. Él tenía talento. Se los merecía más que yo. La escuela de cocina era un desperdicio para mí, igual que la universidad, la escuela de moda, las prácticas de planificación de eventos e incluso la floristería que me compró mi padrastro.

—Lo siento, chef —repetí, y con un agarre firme en Larry, me di la vuelta sobre mis zuecos.

Ojalá pudiera decir que salí campante, pero mi maldito zueco se enganchó en el suelo y se me salió del pie. De todas formas, siempre los había odiado. Me quité el otro y, en calcetines, salí arrastrando los pies del aula.

EL CONDUCTOR del Uber se alejó del bordillo en Rincon Park. Me había acostumbrado al olor a pescado en las dos horas que habíamos pasado en el aula, pero tener a Larry en el pequeño Mazda era demasiado, sobre todo después de que se mareara un poco.

A pesar de las nubes bajas, el aire era más fresco en el parque, y me dirigí directamente al muelle.

—No te preocupes, Larry. Yo me encargo. Puede que las langostas espinosas parezcan diferentes, pero seguro que son majas. Vas a hacer muchos amigos nuevos.

Giró sus pedúnculos oculares hacia mí.

—En serio, amigo. No creo que sobrevivieras si te enviara de vuelta a Maine o de donde seas. Esto es mucho mejor que ser servido en la cafetería. Si no te gusta la bahía, puedes nadar alrededor de la península hasta el océano.

Pensándolo bien, probablemente debería haberlo llevado al lado del océano de la ciudad, but ya era demasiado tarde para eso. El agua era profunda aquí, y no había pesca comercial en la bahía.

Cuando llegué a la barandilla, apoyé a Larry en ella, todavía envuelto en mi paño de cocina. Sus pedúnculos oculares se movían entre mí y el agua de abajo.

—Mira, Larry. Sé que este es un lugar nuevo y que tienes miedo. He empezado muchas cosas nuevas, y esto es lo que siempre me ha funcionado: encontrar una manera de ayudar a los demás. Así te necesitan, les gustes o no.

Larry no se lo tragaba. Golpeó la barandilla con la pinza.

—No tienes por qué seguir mi consejo. ¿Qué sabré yo, de todos modos? Ninguna de mis escuelas o trabajos ha durado, y me va a costar un montón explicarles a mamá y a Charles lo que pasó hoy. Pero lo correcto para mí está ahí fuera, y lo correcto para ti está ahí abajo.

Ambos miramos el agua. Era profunda y azul.

—Busca una buena roca y mantente oculto hasta que recuperes las fuerzas. Cómete… Por cierto, ¿qué comen ustedes? ¿Plancton? ¿Algas? ¿Pececillos? Seguro que está ahí abajo. Tal vez conozcas a una langosta hembra simpática —o a un macho, lo que te haga feliz— y te establezcas en una parte bonita y profunda del océano, críen algunos bebés juntos. ¿De acuerdo? —Me sequé un poco de rocío del océano de la mejilla.

Movió sus pinzas débilmente.

—Cierto. Tengo que quitarte eso. —Metí la mano en mi bolso y encontré la navaja suiza rosa que mi hermano Jackson me regaló cuando tenía doce años. Saqué la hoja larga y corté la liga de goma de su pinza derecha, y luego la de la izquierda. Tímidamente, abrió y cerró las pinzas.

—¿Mejor? De acuerdo, voy a dejarte caer.

Pero no lo hice. Me quedé mirando sus ojos nublados.

—Esta es tu segunda oportunidad, amigo. No la desperdicies.

—¿Quién era yo para aconsejarlo? ¿Cuántas segundas, terceras o cuartas oportunidades había desperdiciado yo? ¿Cuántas veces me había lanzado mamá esa mirada de ojos entrecerrados y labios apretados que me decía cuánto la había decepcionado? ¿Cuántas veces había dicho realmente las palabras: *Natalie, ¿cuándo vas a sentar cabeza? ¿Por qué no puedes ser más como tus hermanos o tu hermana?*

Nunca tendría tanto éxito como mis hermanos. Debería hacer lo que había hecho mamá y casarme con un tipo con potencial. Me había presentado a suficientes hijos de sus amigos ricos como para que ya hubiera encontrado uno que me gustara.

Larry me dio un golpecito en la mano con la pinza.

—Cierto, lo siento. Esto no se trata de mí. Se trata de ti. De acuerdo, a la una… a las dos… y a las tres. —Lo puse boca abajo y lo dejé caer de cabeza al agua, tres metros más abajo. Se deslizó dentro, sin salpicar, como un clavadista olímpico. Flotó por un segundo bajo el agua, meciéndose con las olas que golpeaban contra el muelle. Casi pareció que me saludaba. Luego, con un coletazo, se sumergió, y su caparazón marrón desapareció en el agua oscura. Esperé un minuto, agarrando el apestoso paño de cocina. Luego dejé pasar otro minuto. Pero Larry no reapareció.

Esperaba que a él le fuera mejor con su segunda oportunidad que a mí con las mías.

Me volví hacia la ciudad. Podía pedir otro Uber a casa, asearme y pensar en cómo explicarles a mis padres que había abandonado la escuela de cocina dos semanas antes de que terminara el trimestre. O…

Vi el edificio alto que daba sombra al edificio más bajo de mi hermano.

Él había tenido su buena dosis de segundas oportunidades. Quizá pudiera ofrecerme algún consejo. O al menos más compasión de la que recibiría de nuestra madre.

———

Tiéntame está disponible en edición de bolsillo con tu vendedor favorito.

ACERCA DE LA AUTORA

A Michelle McCraw le encanta leer novelas románticas y trabajar en tecnología. Un día, decidió combinar sus dos intereses, y ahora escribe romance contemporáneo picante y nerd que podría hacerte reír. Sus libros presentan personajes que aman sin vergüenza la ciencia, la ingeniería y la tecnología.

Como autora estadounidense y texana de nacimiento, Michelle ha paleado nieve durante tormentas en Nueva Inglaterra y cambió a una quitanieves en el Medio Oeste. Ahora vive en Georgia, donde NO extraña la nieve EN ABSOLUTO. Disfruta de la lectura, los viajes, beber bourbon y consentir a su perro extraordinariamente mal educado pero adorable. Ha sido finalista en el RWA Vivian Contest, el Contemporary Romance Writers' Stiletto Contest y el Windy City Romance Writers' Four Seasons Contest.

facebook.com/MichelleMcCrawAuthor

instagram.com/MMOWriter

amazon.com/author/michellemccraw

goodreads.com/MichelleMcCraw

bookbub.com/authors/michelle-mccraw

LIBROS DE MICHELLE MCCRAW

Synergy Series

Trabaja Conmigo

Finge Conmigo

Viaja Conmigo

Mándame

Recuérdame

Tiéntame

40 and Fabulous

Fashion and Passion

Frenemies and Lovers

Books and Hookups

Conspiracies and Chemistry

Advances and Retreats

Marriage and Trouble

Sugar and Spice